돈황유서

석굴 속 실크로드 문헌

지은이

하오춘원(郝春文, Hao Chunwen)

중국 수도사범대학 역사학과 교수로 같은 대학 고문헌연구소 주임과 중국돈황투르판학회 회장을 맡고 있다. 돈황학과 함께 위진남북조, 수당오대 시대의 역사를 주로 연구한다. 『중고시기기사읍연구(中古時期社邑研究)』, 『돈황학개론(敦煌學槪論)』 등을 비롯한 10여 권의 저서와 100여 편의 논문, 서평을 발표하였다. 중국사회과학기금의 주요 프로젝트를 여러 차례 수행하였고, 베이징 제10차 철학사회과학 우수성과 1등상 등의 학술상을 수상하였다. 남경사범대학 강좌교수, 미국 예일대학과 대만 중정대학 객좌교수, 영국국가도서관, 홍콩중문대학, 미국 프린스턴대학 객좌연구원 등을 역임했다.

옮긴이

정광훈(鄭廣薰, Jung Kwanghun)

한국외국어대학교 중국어과를 졸업하고 베이징대학에서 중국 고대문학으로 박사학위를 받았다. 고려대학교 민족문화원연구원 HK연구교수를 거쳐 지금은 금강대학교 학술연구교수와 한국외국어대학교 객원강의교수로 재직 중이다. 중국 당대(唐代)의 서사문학과 돈황 사본을 중심으로 그 시절의 문화와 이야기를 연구한다. 『현대중국학특강』, 『동아시아문학 속 상인 형상』 등을 함께 쓰고, 『돈황변문교주』, 『그림과 공연』 등을 함께 번역하였다.

돈황유서 석굴 속 실크로드 문헌

초판인쇄 2020년 6월 1일 **초판발행** 2020년 6월 10일
지은이 하오춘원 **옮긴이** 정광훈 **펴낸이** 박성모 **펴낸곳** 소명출판 **출판등록** 제13-522호
주소 서울시 서초구 서초중앙로6길 15, 1층
전화 02-585-7840 **팩스** 02-585-7848
전자우편 somyungbooks@daum.net **홈페이지** www.somyong.co.kr

값 17,000원
ISBN 979-11-5905-473-0 93820
ⓒ 하오춘원, 정광훈, 2020

이 역서는 2019년 대한민국 교육부와 한국연구재단의 지원을 받아 수행된 연구임(NRF-2019S1A5B5A02046123)

돈황유서

석굴 속 실크로드 문헌

Dunhuang Manuscripts : An Introduction to Texts from the Silk Road

하오춘원 지음 ─ 정광훈 옮김

소명출판

월아천 月牙泉 왕메이王玫 촬영
월아천은 돈황시 남쪽 약 5km 지점에 위치해 있다.
명사산鳴沙山 산간에서 초승달 모양의 샘이 솟아 '월아천'이라 한다.

막고굴莫高窟 9층 누각 왕메이 촬영

1900년 6월 22일, 왕원록이라는 한 도사가 돈황 막고굴 제16굴 북벽에서 사방 각 3미터, 높이 약 2미터 정도의 석굴(제17굴)을 발견한다. 석굴 안에는 16국 시대부터 북송 때까지의 경권과 문서가 겹겹이 쌓여 있었다. 이 자료들이 이른바 '돈황유서'이다.

저자의 말 _ 한국의 독자들에게

    1987년 중국의 첫 번째 세계문화유산 목록에 돈황 막고굴이 포함될 정도로 돈황의 고대 문화유산은 세계적으로 잘 알려져 있다. 그리고 이러한 세계적 인지도만큼 돈황의 문화유산이 한국에 준 영향 또한 적지 않다. 돈황의 문화유산은 주로 돈황 막고굴과 장경동에서 출토된 돈황유서를 말한다. 비록 세계문화유산에 등록된 것은 돈황 막고굴이지만, 돈황학이 성립될 수 있었던 이유는 돈황유서의 발견에 힘입은 바가 크다. 돈황유서, 돈황 석굴예술, 돈황 유적, 돈황학 이론을 주요 연구대상으로 하는 새로운 융합 학문인 돈황학은 이미 세계적인 학문으로 자리를 잡았으며, 그만큼 국제 학계와 문화계 모두에 막대한 영향을 미쳐왔다.

    돈황 막고굴이 일반 대중들에게 큰 감동을 주었다고 한다면, 돈황유서는 학계와 문화계에 큰 영향을 주었다고 할 수 있다. 돈황의 고대 문화유산을 전면적으로 이해하려면 돈황 장경동에서 출토된 돈황유서에 대한 소개가 반드시 이루어져야 할 것이다. 물론 한국 독자들에게도 이 유일무이한 문화의 보고를 소개할 필요가 있다.

    돈황의 문화유산에 대해 한국 학계와 대중들은 큰 관심을 가져왔다. 매년 많은 사람들이 돈황을 참관하고 있으며 학계와 문화계에도 돈황학에 흥미를 가진 사람들이 적지 않다. 그중 일부는 돈황학 저작의 번역과 연구를 직접 수행하면서 한국돈황학회를 출범시켜 돈황학의 보급에 앞장섰다. 2017년 11월, 한국외대와 우석대 등이 공동 개최한 '돈황·실크로드 국제학술회의'에는 중국, 미국, 일본, 한국 등 여러 국가에서 수십 명의 학자가 참석하였다. 저자 역시 이 회의에 강연자로 참석하여 서울과 전주에서 돈황과 돈황학에 대한 한국 학계의 열정을 절감할 수 있었다.

한국의 학계, 문화계 인사, 일반 대중들이 돈황과 돈황학에 큰 관심을 갖는 것이 돈황이 세계적으로 유명한 문화유산을 갖고 있기 때문만은 아닐 것이다. 한국과 중국의 고대문화는 같은 한자문화권에서 밀접한 관련을 맺어 왔으므로 지금의 한국인들도 한자문화 체계 속의 돈황 고대문화에 당연히 흥미를 느꼈으리라 생각된다.

돈황과 한국을 연결시켜주는 또 하나의 고리는 바로 고대 실크로드다. 돈황의 문화가 지극히 화려하면서도 다채로울 수 있었던 것은 돈황이 마치 반짝반짝 빛나는 보석처럼 실크로드 위에 박혀 있기 때문이다. 동쪽으로 해상실크로드까지 연장한다면 고대 한국은 중국에서 일본으로 갈 때 중요한 기착지 역할을 했음에 분명하다. 근래에 적지 않은 한국 학자들이 고대 실크로드 연구에 매진하면서 실크로드의 기점이 한국이라는 의견을 제시하고 있다. 그러나 사실상 실크로드는 일종의 교통 네트워크로서 이른바 기점과 종점이라는 것은 존재하지 않는다. 이런 관점에서 본다면 한국 역시 고대 해상실크로드의 빛나는 보석이라고 말할 수 있다. 비록 거리상으로는 수만 리 떨어져 있지만 한국과 돈황은 밝게 빛나는 두 개의 역사적 보석으로서 긴밀하게 연결되어 있는 것이다.

한국 학계의 돈황학에 대한 열정은 중국 돈황학 저작에 대한 일련의 번역 작업으로도 증명된다. 2016년 한국외대 정광훈, 금강대 최은영 교수 등은 여러 학자들과 함께 『돈황학대사전』을 한국어로 번역하였다. 백과사전으로도 불릴 만한 이 사전은 한국 학자들이 편리하게 돈황학을 이해할 수 있도록 해 주었다. 이제 정광훈 교수는 『돈황유서─석굴 속 실크로드 문헌』이라는 저자의 책까지 한국어로 번역하게 되었다. 이 책은 한국 학계와 일반 독자들이 돈황유서의 내용을 공부할 때 상당한 도움을 줄 수 있을 것이다. 이 자리를 빌려 정 교수에게 진심으로 감사의 뜻을 전한다.

2020년 3월 베이징에서

하오춘원郝春文

돈황은 쉬어가는 곳이었다. 기나긴 서역 땅을 지나온 사람들은 돈황에 잠시 머물며 장안까지의 남은 여정을 준비했고, 장안에서 출발한 사람들은 앞으로 다가올 험난한 여정을 위해 이곳에서 긴장을 풀며 각오를 다졌다. 한여름에도 아침저녁으로는 시원함이 느껴지는 기후와 사막 초입임에도 넉넉한 물과 양식은 지친 여행자들의 발길을 멈추기에 충분했다. 4세기 중엽 '낙준'이라는 선승이 돈황 근처 명사산에 석굴을 개착한 것은 비단 종교적 깨달음뿐 아니라 이곳 자체의 생활 환경과 평온함도 큰 이유였을 것이다. 지금도 야간열차를 타고 이른 아침 돈황역에 내리면 우선은 이 작고 오묘한 도시에서 며칠 쉬고 싶다는 생각부터 든다.

돈황은 경계의 도시이기도 하다. 전통시대 중국적인 도시명과는 확연히 다른 '돈황'이라는 이름부터 스스로 중원의 문화에 귀속되지 않음을 호소하는 듯하다. 정치적으로 중원 왕조의 판도 내에 있을 때도 경계와 혼종의 공간적 특징은 여전했고, 때로는 중원 왕조를 벗어나 월지, 흉노, 토번 같은 서북 유목민의 세력권 안으로 들어가 자연스레 그들의 문화를 흡수하기도 했다. 이러한 경계의 특성은 당연히 서로 다른 문화적 요소들을 끌어당겼다. 다양한 민족, 종교, 음악, 미술, 언어들이 돈황이라는 공간에서 함께 어울렸다. 1900년 돈황 막고굴에서 우연히 그리고 다행히 발견된 두루마리 사본들이 이러한 다양성을 그대로 반영하고 있다.

하오춘원 교수의『돈황유서—석굴 속 실크로드 문헌』은 이 문헌들에 대한 간결한 스케치다. 수만 건에 이르는 돈황유서 중에 대표적인 자료들을 골라 그 형태와 문자에 대해 소개하고, 종교, 역사, 문학, 사회, 과학 기술, 사부서 등으로 나누어 내용을 정리했다. 근 40년을 돈황학 연구에 매진해 온 저자가 엄선한 자료라 돈황유서에 대한 기초 지식을 쌓는 데 큰 도움이 될 것이다. 더구나 저자가 직접 촬영하거나 수집한 150건의 도판 자료들은 이 책의 가치를 한층 높여주고 있다. 이 도판들만 일별하더라도 돈황유서의 기본적인 형식과 내용들을 상당 부분 파악할 수 있을 정도이다. 저자는 책 첫머리에서 돈황의 유서가 우리가 흔히 인식하는 '유서'가 아니라고 강조했지만, 사후의 유서를 통해 한 사람의 삶과 생각을 집약해서 파악할 수 있듯이 우리는 돈황의 유서를 통해 그 시대의 역사와 문화의 다양한 인자들을 거슬러 조명할 수 있다. 그러므로 돈황의 수많은 사본은 죽은 자의 '유서'가 아닌 지나간 시대가 남긴 '유서'라고 말할 수 있을 것이다.

한국인에게 가장 익숙한 돈황사본은 당연히 신라승 혜초의『왕오천축국전往五天竺國傳』일 것이다. 프랑스의 젊은 학자 폴 펠리오가 1908년 돈황에서 입수하여 현재는 프랑스국립도서관이 소장 중인 이 여행기는 8세기 초 인도와 서역 각국의 종교, 지리, 물산, 풍습에 대한 귀중한 정보들을 제공해 주었으며, 그만큼 세계적으로도 주목을 받아 한국어뿐 아니라 영어, 일본어, 독일어, 이탈리어 등으로도 이미 번역되었다. 신라의 승려가 불교 성지를 따라 기록한 이 여행기는 당시 중국인에 의해 장안이나 돈황 지역에서 여러 권 필사되었을 것이다. 그리고 그중 두루마리 한 권이 앞뒤가 잘린 채 근 천 년 동안 돈황의 석굴 속에 감춰져 있다가 20세기 초 어지러운 시기에 발견되어 프랑스인에 의해 유럽으로 반출된 과정은 그 자체로도 매우 드라마틱하다. 수많은 돈황유서 중 하나일 뿐이지만, 바로 이 하나의 사본이 시대와 지역을 초월하여 갖가지 곡절과 사연을 품고 있는 것이다. 그리고 이 『왕오천축국전』의 사연들은 지금도 완전히 드러나진 않았다고 생각된다.

사본이 품고 있는 이러한 사연들은 과학기술의 도움으로 많은 부분들이 밝혀지고 있다. 1997년 영국도서관을 중심으로 발족한 국제둔황프로젝트IDP는 각국에 소장되어 있는 돈황사본의 디지털화 작업을 지금도 진행하고 있다. 프랑스는 이미 소장 자료의 디지털화 작업을 완료하여 IDP에서 자료를 제공하고 있으며, 영국도서관, 중국국가도서관 등도 느리지만 꾸준하게 돈황 사본의 이미지를 업로드하고 있다. 세계 각지의 학자들은 이들 사본을 다운로드받아 연구에 활용하면서 집단 지성의 힘을 공유한다. 다양한 전공의 연구자들에 의해 이전에는 몰랐던 사본들 각각의 사연이 드러나고, 이러한 사연들이 집적되면서 그 시대의 역사와 문화는 재구성된다. 최근 중국 서화西華시범대학에서 발족하여 점차 세계적으로 주목을 받고 있는 '사본학寫本學' 역시 이러한 취지로 시작된 학문이라고 할 수 있다. 하오춘원 교수의 이 책이 돈황의 사본들이 품고 있는 저마다의 사연에 다가갈 수 있는 징검다리가 되길 희망한다.

돈황의 소중한 자료들을 소개할 기회를 주신 저자께 감사드리며, 익숙지 않은 내용과 도판들을 꼼꼼히 살펴봐주신 소명출판 윤소연 편집자께도 감사의 말씀을 함께 전한다.

2020년 5월

정광훈

차례

대영도서관

'돈황유서'는 유서가 아니다

'돈황敦煌'은 많은 사람들에게 익숙한 이름이다. 그러나 '돈황유서'에 대해서는 아는 사람이 많지 않을 것이다. '유서'라는 두 글자만 보면 사람이 죽기 전에 남기는 글이라고 생각된다. 그러나 돈황유서는 이런 유서가 아니라 고대 돈황 지역 사람들이 남긴 경권經卷과 문서를 의미한다.

1900년 6월 22일, 왕원록王圓籙이라는 한 도사(그림 1)가 돈황 막고굴莫高窟 제16굴 통로 북쪽 벽에서 사방 3미터 남짓에 높이는 2미터 정도 되는 또 하나의 석굴(지금의 제17굴)을 발견한다. 석굴 안에는 16국 시대부터 북송 때까지의 경권과 문서들이 가득 쌓여 있었다(그림 2, 3). 이것이 바로 이른바 '돈황유서'이다(그림 4).

그림 1
왕도사

그림 2, 3
돈황 장경동

그림 4
하얀 천으로 감싼
돈황유서

명사산鳴沙山의 깎아지른 언덕에 막고굴이 조성되었기 때문에 돈황유서가 보존되어 있던 석굴을 돈황석실 혹은 석실로도 부른다. 그리고 필사한 불경이 돈황유서의 주요 부분을 차지하고 있어서 흔히 이를 '석실 사경'이라고도 부르고 돈황유서가 보존된 석굴은 '장경동藏經洞'이라 칭한다.

돈황유서는 '돈황권자', '돈황문서', '돈황문헌' 등으로도 불린다. 왜 이렇게 다양한 이름을 갖게 되었을까? 이는 돈황유서의 내용 및 형태와 관련된 문제이기 때문에 먼저 돈황유서에 대한 개괄적 소개가 필요할 것이다.

돈황유서 개황

돈황유서의 내용

돈황유서에는 온갖 내용이 포함되어 있다. 그중에서 가장 많은 것은 불교 전적으로 전체의 90% 가량을 차지한다. 종교 문헌으로는 불교 문헌 이외에 도교, 경교(기독교), 마니교 전적도 있다.

　종교 문헌 이외의 문서는 전체 10% 정도로 많다고 할 순 없다. 그러나 그 내용은 고대 정치, 경제, 군사, 지리, 사회, 민족, 언어, 문학, 미술, 음악, 무용, 천문, 역법, 수학, 의학, 체육 등으로 매우 다양하고 풍부하다.

돈황유서의 시한

돈황유서의 시한은 그것이 필사 혹은 초사된 연대를 말한다. 돈황유서의 제기題記에 따르면, 현재 연대를 알 수 있는 돈황유서 중 가장 이른 것은 서기 393년(후량後涼 인가麟嘉 5년) 후량의 왕상고王相高가 필사한 『유마힐경維摩詰經』(그림 5)이다. 이 사본은 현재 상해박물관에 소장되어 있다. 연대가 가장 늦은 돈황유서는 1002년(북송 함평咸平 5년)에 쓴 것으로, 이는 돈황왕 조종수曹宗壽가 제작한 사

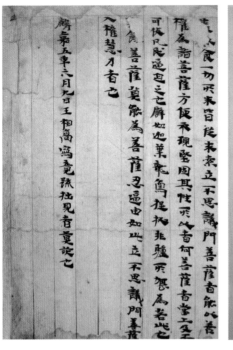
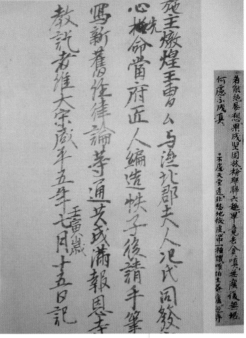

경寫經의 제기이다(그림 6). 600여 년의 시간차가 있는 것이

다. 돈황유서의 대다수는 당대 후기, 오대, 송대 초에 필사

되거나 초사되었다.

그림 5
『유마힐경』

그림 6
러시아 소장
Φ32b 사본

돈황유서의 문헌 형태

돈황유서는 대부분 손으로 필사되었으며 소량의 조판 인

쇄본과 탁본도 포함되어 있다.

인쇄술이 발명되기 전 고대의 문서와 전적은 오랜 기간

사본의 형태로 존재했다. 처음에는 죽간과 목간에 글자를

썼다. 사람들은 대나무나 나뭇조각을 좁고 길게 잘라서 그 위에 글자를 썼다. 죽간이나 목간에는 보통 글자를 한 행으로만 썼으며 글자 수는 일정하지 않다. 많으면 40여 자, 적으면 한두 자뿐인 것도 있으며 보통은 20여 자 정도를 쓴다. 지금 책들의 판형에 차이가 있는 것처럼 고대 죽간과 목간도 길이가 달랐다. 긴 것은 1미터, 짧은 건 16~17센티미터 정도이다. 책을 한 권 쓰려면 많은 죽간이 필요하고 이 죽간을 엮어서 책으로 만드는 것이다. 죽간은 대부분 삼끈으로 만든 줄로 엮는데, 어떤 것은 비단끈을 쓰기도 하고(사편絲編) 가죽끈을 사용한 것도 있다(위편韋編). 춘추전국과 진한 시대에는 죽간과 목간으로 책을 만드는 방법이 이미 보편화되었다. 대략 춘추에서 전국 시대로 넘어갈 즈음 비단에 글자를 쓴 책(백서帛書)이 등장했다. 백서는 목간이나 죽간보다 가볍고 글자를 쓰기에도 편리하다. 그러나 비단의 가격이 너무 비쌌기 때문에 죽간과 목간만큼 널리 쓰이진 못했다. 동한 때는 종이에 초사한 서적이 등장했다. 종이는 가벼운 데다 글자를 쓰기에도 편하고 값도 싼 편이었기 때문에 점차 널리 퍼지게 되었다. 진대晉代에 오면 종이책이 죽간, 목간, 백서를 완전히 대신하게 된다. 돈황유서는 바로 종이에 필사한 전적이 유행한 시대에 제작되었기 때문에 대부분 손으로 쓴 텍스트이다(그림 7).

필사 텍스트와 비교했을 때 인쇄 텍스트는 중복 간행이 가능하기 때문에 문화 전파에 더욱 유리하였다. 고대 중국의 위대한 발명 중 하나인 인쇄술은 지금까지 조판 인쇄, 활자 인쇄, 컴퓨터 인쇄의 세 단계를 거쳤다. 조판 인쇄는 갖가지 재료의 판 위에 그림과 문자를 새겨서 조판을 만든 다음 그것을 인쇄하는 것이다. 일찍이 한대漢代에는 문서를 봉한 진흙에 도장을 찍는 방식이 등장했다. 이 도장은 서명과 수결을 대신하는 것으로 반복 사용이 가능했다. 문자를 찍는 데 사용된 진흙판이라는 점에서 조판 인쇄의 선구라 할 수 있다. 수대隋代에는 조판으로 인쇄한 기록이 이미 있었다. 조판 인쇄의 재료는 보통 대추나무나 배나무처럼 결이 세밀하고 튼튼한 목재를 사용한다. 조판의 제작과 인쇄 과정은 이렇다. 먼저 글자를 얇고 투명한 종이에 써서 글자 면을 아래쪽으로 하여 나무판에 붙인다. 이후 조각칼로 글자 모양을 그대로 새긴 다음 완성된 조판에 먹물을 입

그림 7
S.5574『기경일권』

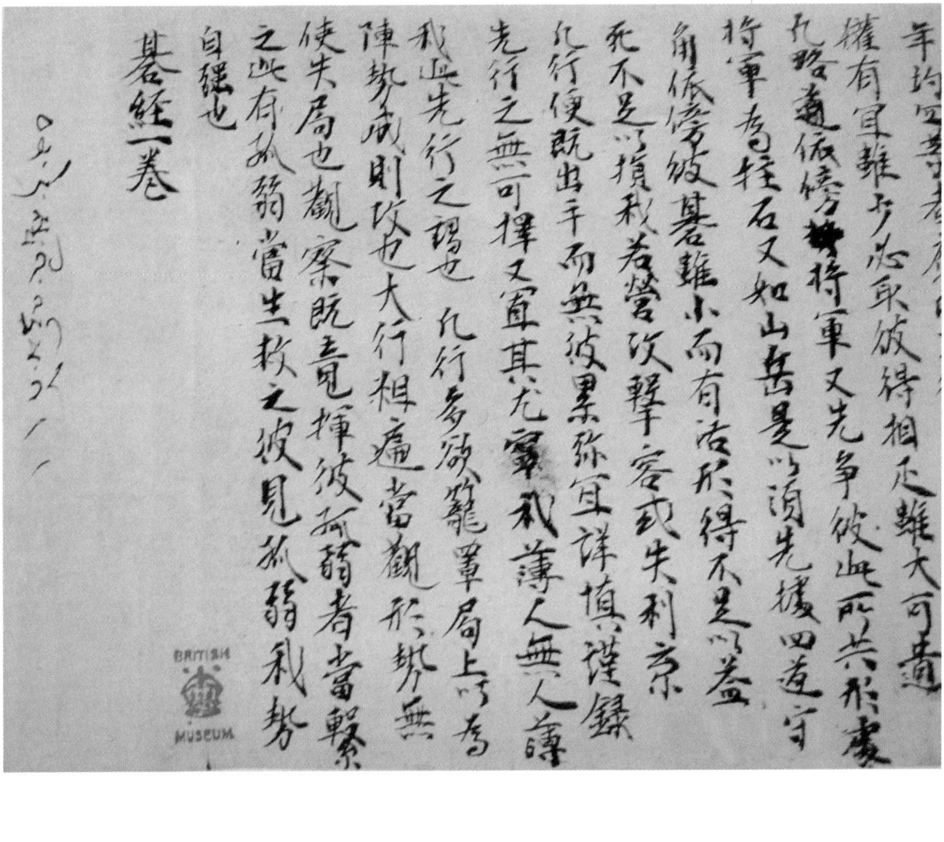
權有宜雖少必取彼得相乏雖大可遺
凡路通依傍將軍又先爭彼此所共於處
將軍為柱石又如山岳是以須先據四道守
角依傍彼碁雖小而有活於得不足以益
死不足以損我若營攻擊容或失利京
凡行便既出手而無彼累弥宜詳慎謹錄
先行之無可擇又宜其尤穿我薄人無人薄
我此先行之謂也 凡行多欲籠罩局上以為
陣勢成則攻也大行相逼當觀於勢無
使失局也觀察既竟揮彼孤弱者當繫
之此有孤弱當先救之彼見孤弱我勢
自强也
碁經一卷

헌다. 그런 다음 나무판에 종이를 덮고 솔로 가볍고 균일하게 문지른 후 떼어 낸다. 거꾸로 글자를 새기기 때문에 종이에는 정자로 인쇄된다. 중국은 오래 전에 조판 인쇄술을 발명했으나 초기의 조판 인쇄물은 대부분 보존되지 못했 다. 따라서 돈황유서로 남아 있는 수십 건의 조판 인쇄물은 현존하는 세계 최 초 인쇄물의 일부가 되었다(그림 8). 그중 가장 유명한 것이 함통咸通 9년(868)의 『금강경金剛經』이다(그림 9). 이 자료는 현존하는 것으로 연대가 표시된 세계 최 초의 조판 인쇄물이다.

탁본은 비첩碑帖, 각석刻石이나 여타 기물의 문자 혹은 도안에 얇은 종이를 붙 여 먹으로 해당 글자나 도안을 찍어낸 것이다. 종이와 먹으로 금석 등에 새겨 진 글자나 도상을 찍어내기 때문에 타본打本 혹은 탁편拓片이라고도 부른다. 이 는 영인 기술이 발명되기 전 중국 고대에서 오랫동안 사용된 복제 방법이다. 관련 기록에 따르면 비문을 탁본하는 기술은 남북조 시대 양梁나라 때 이미 발 명되었으나 여러 이유들로 인해 초기 탁본 역시 지금은 남아 있지 않다. 그래 서 돈황유서에 보존된 몇 건의 당대 비문 탁본 역시 현존하는 세계 최고最古의 탁본이 되었다. 여기에는 당 태종太宗의 「온천명溫泉銘」, 이옹李邕의 「화도사옹선 사탑명化度寺邕禪師塔銘」(그림 10), 유공권柳公權의 『금강경』 탁본(그림 11) 등도 포함 되어 있다.

돈황유서의 장정裝幀 형태

돈황유서의 장정 형태는 고서의 갖가지 장정 방식을 거의 모두 포괄할 정도로 다양하다. 그러나 절대다수는 권축장卷軸裝이다. 권자장卷子裝이라고도 하는 권

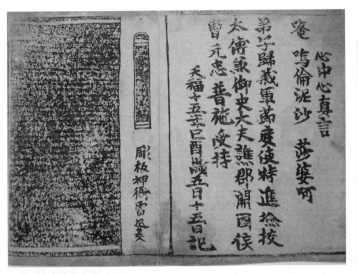

그림 8
P.4515 조판 『금강경』

그림 9
S.P.2 함통 9년(868)
『금강경』

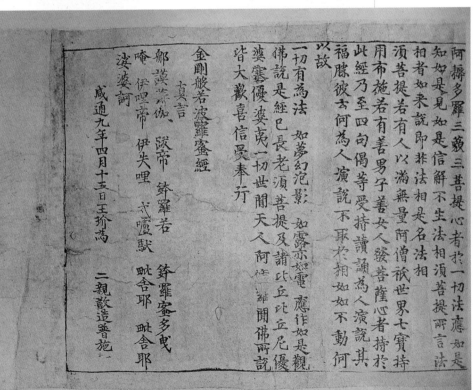

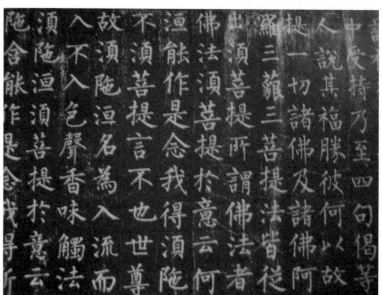

축장은 종이 서적과 문서가 출현한 후 오랫동안 아주 넓은 지역에서 유행한 장정 방식이다. 제작법은 먼저 종이를 필요한 만큼 긴 두루마리로 붙인 다음 다시 원형의 나무막대를 종이 한쪽 끝에 붙여, 읽을 때는 평평하게 펼치고 다 읽은 다음에는 그것을 말아서 하나의 권축으로 만든다(그림 12, 13, 14, 15, 16).

권축장 외에 범협장梵夾裝도 있다. 범협장은 인도에서 전래되었다. 인도에서는 오랜 세월에 걸쳐 좁고 긴 파트라나무Pattra 이파리에 불경을 적었기 때문에 이를 '패엽경貝葉經'이라고도 부른다. 패엽경은 이파리 하나하나로 구성되어 있다. 이파리 위에 두 개의 구멍을 뚫고 일정 수량만큼 쌓은 다음 위아래에 각각 판을 대고 다시 끈으로 묶는다. 내용을 읽을 때 끈을 느슨하게 하면 패엽경의 이파리를 하나하나 움직일 수 있다. 불경을 다 읽은 후 끈을 바짝 당기면 범협이 된다. 경문이 범어로 되어 있고 위아래에 판을 대기 때문에 '범협장'이라 부른다. 협판夾板의 장정 형태를 쓰기 때문에 범협장이라고 하는 것이다. 돈황유서 중 범협장은 원래 모양을 모방하거나 변화시킨 범협장이다. 첫 번째 변화는 경문을 나뭇

그림 12
국가도서관 BD166,
펼치지 않은 권축장
돈황유서

그림 13

S.1040 권축장

『서의』

그림 14

P.2004 권축장

『노자화호경』

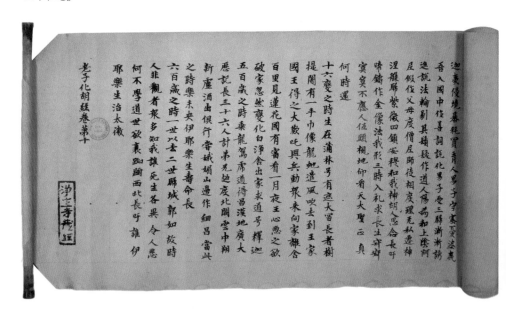

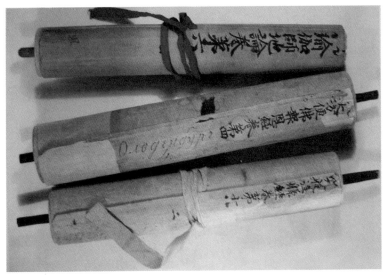

잎에 쓰지 않고 종이에 쓴 것이고, 두 번째 변화는 대부분의 경문을 중국어로 썼다는 것이다(그림 17, 18).

세 번째는 경절장經折裝이다. 경절장은 불경을 접어서 쌓은 장정 형식이다. 권축장 문서는 소장하기에는 편하지만 열람하기에는 불편하다. 특히 두루마리가 길 경우에는 펼치거나 말 때 모두 상당한 시간이 걸린다. 게다가 두루마리는 오래 지나면 관성이 생긴다. 다 읽은 부분은 오른쪽에서 왼쪽으로 저절로 말리고, 아직 읽지 않은 부분은 왼쪽에서 오른쪽으로 말려 버리는 것이다. 적당한 곳을 문진으로 자

그림 17
P.4646 범협장
「돈오대승정리결」

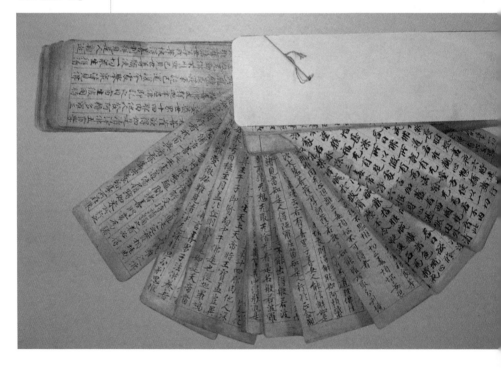

주 눌러주지 않으면 문서가 좌우 두 방향 모두에서 말려들어가 내용을 읽을 수 없게 된다. 그래서 불교도들은 원래 긴 불경을 처음부터 끝까지 일정한 행수나 폭에 맞춰 좌우로 접어서 장방형으로 만들고 다시 그 앞뒤에 같은 크기의 두꺼운 종이를 붙여 표지로 삼았다. 이것이 바로 경절장이다(그림 19, 20). 권축장과 비교했을 때 경절장 문서는 열람하기에 훨씬 편하다.

경절장의 출현에는 범협장의 영향도 있었을 것이다. 현존하는 초기 경절장 서적을 보면 문자를 초사할 때 페이지 중간 부분에 구멍 뚫을 자리를 미리 남겨 놓고 어떤 페이지에는 동그라미 두 개를 그려놓기도 했다. 그러므로 초기의 경절장이 바로 미완성의 범협장일 가능성도 있는 것이다.

네 번째는 선풍장旋風裝이다. 선풍장은 경절장을 한 단계 더 발전시킨 것이다. 경절장은 읽기에 불편한 권축장의 단점을 개선하였으나 오랜 기간 반복해서 경절장 서적을 읽으면 접힌 부분이 끊어져 장기 보존과 사용이 힘들게 된다.

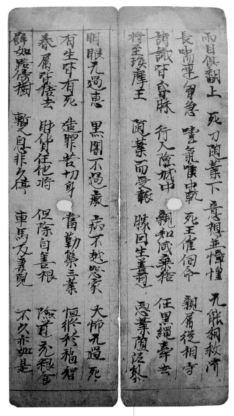

그림 18
국가도서관 BD9139
범협장 불경

一切有爲法 如夢幻泡影 如露亦如電 應作如是觀
佛說是經已長老須菩提及諸比丘比丘尼優婆塞優婆夷一切世間天人阿修羅聞佛所說皆大歡喜信受奉行
金剛般若波羅蜜經
大身真言
隨心真言
心中心真言
唵 嗚倫泥沙 莎婆訶
弟子歸義軍節度使特進檢校太傅兼御史大夫譙郡開國侯曹元忠普施受持
天福十五年己酉歲五月十五日記
雕板押衙雷延美

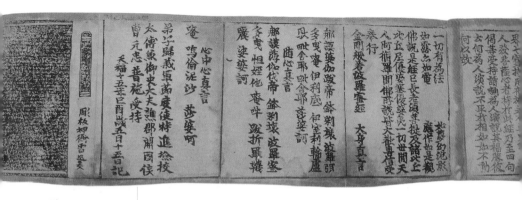

그림 19
P.4515 경절장 인쇄본 『금강경』

그래서 사람들은 글자를 쓴 종이들을 다른 종이 한 장 전체에 순서대로 붙이는 방법을 썼다. 지붕에 기와를 얹은 것과 흡사한 모양이다. 이렇게 해서 페이지 하나하나를 열람하기에 매우 편리해져 펼치고 말기에 불편한 권축장의 단점을 해결하게 되었다. 그러나 선풍장은 외형이 권축장과 거의 같고 소장할 때는 오른쪽에서 왼쪽으로 단단하게 말아두므로 겉모습은 여전히 권축장이다. 반면 안쪽 페이지들은 마치 회오리처럼 오른쪽으로 돌기 때문에 선풍장이라 불린다(그림 21). 선풍장 서적은 펼쳐보면 마치 용의 비늘처럼 페이지가 차례로 배열되기 때문에 용린장龍鱗裝이라고도 한다. 선풍장은 권축장에서 책엽장冊葉

妙法蓮華經觀世音菩薩普門品第廿五
爾時无盡意菩薩即從座起偏袒右肩合掌向佛而作是
言世尊觀世音菩薩以何因緣名觀世音佛告无盡意
菩薩善男子若有无量百千万億衆生受諸苦惱聞是
觀世音菩薩一心稱名觀世音菩薩即時觀其音聲皆
得解脫若有持是觀世音菩薩名者設入大火火不能燒
由是菩薩威神力故若爲大水所漂稱其名号即得
淺處若有百千万億衆生爲求金銀瑠璃車𤦲馬瑙
珊瑚虎珀珠等寶入於大海假使黑風吹其船舫飄墮
羅刹之難以是因緣名觀世音若復有人臨當被害

그림 20
중국국가도서관 BD8816 경절장 『묘법연화경』

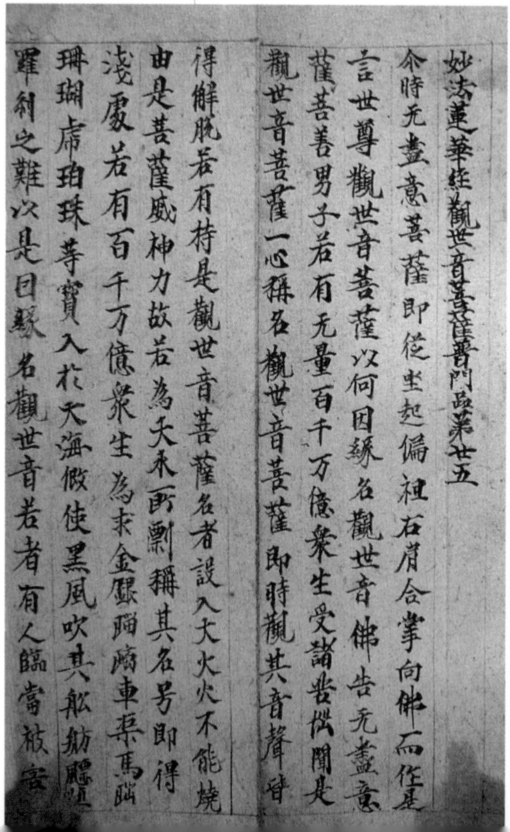

^裝으로 넘어가는 과도기의 형태라서 책엽장의 특징이 보이면서도 권축장의 외형에서 벗어나지 못하고 있다.

　다섯 번째는 초기 호접장^{胡蝶裝}이다. 보통 호접장은 송대에 조판 인쇄가 성행한 후에 유행한 장정 형태라고 여겨진다. 제작 방법은 먼저 한쪽 면에 문자를 인쇄한 종이를 안쪽으로 대칭이 되게 접은 다음 가운데 접힌 부분을 기준으로 순서에 따라 가지런히 맞추고 풀로 차례차례 붙여 책등을 만드는 것이다. 호접장의 특징은 풀로만 붙이고 끈은 사

그림 21
P.2524 펼쳐놓은
선풍장 돈황유서

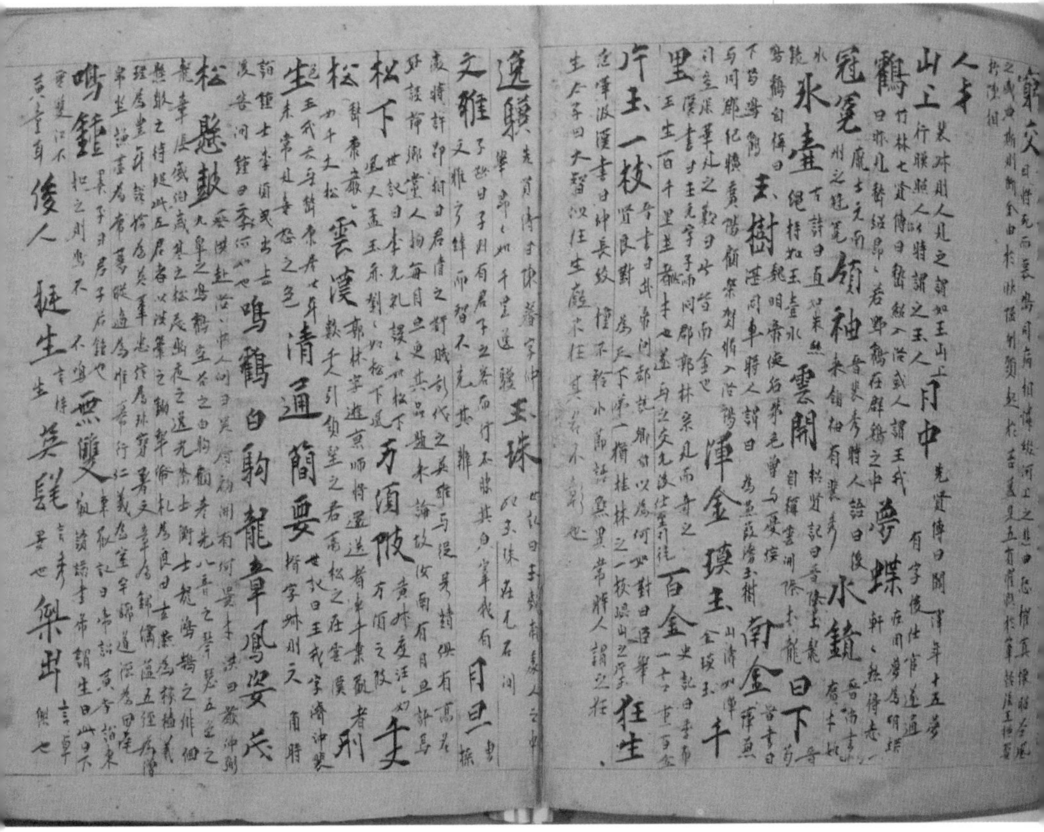

용하지 않는다는 점이다. 이런 장정 형식은 판심이 책등으로 모이는 모양이 마치 나비의 몸 같고 책을 펴서 읽으면 나비의 날개 같다. 또 보관해 둘 때는 나비가 두 날개를 접고 꽃밭에 앉은 것 같은 모습이다. '호접장'이라고 부르는 건 바로 이 때문이다. 돈황유서 중에는 호접장과 흡사한 만당 오대 때의 서적이 있다. 예컨대 S.5448 『돈황록敦煌錄』(그림 22, 23)은 거칠고 두꺼운 마지麻紙의 양쪽 면에 글자를 써서 이 종이를 하나하나 접고 풀로 붙여서 책으로 만든 것이다. 첫 페이지 뒷면 한 쪽은 글자를 쓰지 않고 공백으로 두어서 접은 후 표지로 썼다. 그리고 이 표지 위에 '돈황록일본敦煌錄一本'이라는 서명을 썼다. 마지막 페이지 왼쪽 절반은 글자를 쓰지 않고 공백으로 두어서 접은 후 뒤표지로 충당했다. 이 장정 형태는 후대 호접장에서 종이를 접어 풀로 이어붙이는 방법과 기본적으로 동일하다. 다른 점이라면 후대의 호접장은 단면 인쇄인 반면 이 책자는 양면 초사라는 것이다. 이는 호접장의 추형雛形이라 할 수 있다. 유사한 장정의 돈황유서로 S.5451 『금강반야바라밀경金剛般若波羅密經』(당대 말기), 러시아 소장 Дx.12012

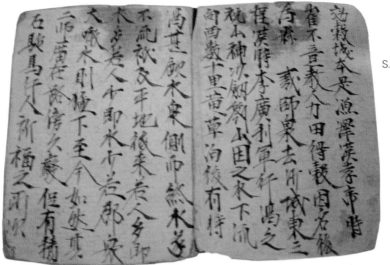

그림 23
S.5448『돈황록』

당오대 문서(그림 24), 프랑스 소장 P.2876『금강경』(그림 25)
등도 있다.

여섯 번째는 포배장包背裝이다. 일반적으로 포배장은 남
송 때 시작되어 명청 시대에 유행한 것으로 알려져 있다.
위에서 서술했듯이 호접장은 글자가 있는 면을 안쪽으로
향하게 접은 다음, 접은 종이의 가운데를 이어 붙여 책등을
만든다. 포배장은 접는 방향이 반대이다. 즉 글자가 있는 면
을 바깥쪽으로 향하게 접어서 가운데가 서구書口 쪽이 되게
하는 것이다. 접은 종이는 서구를 기준으로 가지런히 맞추
고 책등의 한쪽에 구멍을 뚫은 다음 종이를 꼬아서 넣어 페
이지를 고정한다. 그런 다음 마지막으로 책보다 조금 큰 두
꺼운 종이를 반으로 접어서 책등에 붙여 표지, 책등, 바닥
을 한꺼번에 감싸도록 한다. 외관상 포배장은 지금 흔히 볼

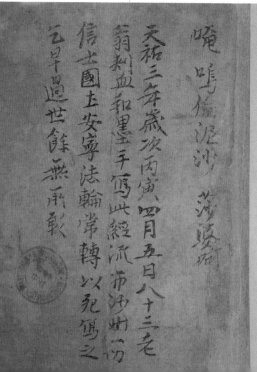

그림 26
S.5556 포배장의
두꺼운 표지

수 있는 양장본이나 일반 장정본과 다를 바가 없다. 이 장
정 형태는 페이지를 함께 고정시킨 후 바깥쪽을 다시 두꺼
운 종이로 감싸기 때문에 풀로만 이어 붙여서 쉽게 떨어져
나가는 호접장의 단점을 방지할 수 있다(그림 26). 돈황유서
S.5589 『대비심진언大悲心眞言』 등은 종이를 접고 장정하고
책등을 감싸는 방식이 상술한 포배장과 기본적으로 동일
하여 초기 포배장 형식으로 볼 수 있다.

　일곱 번째는 선장線裝이다. 선장서는 페이지에 구멍을 뚫
어서 실로 고정하는 방식으로 책을 만드는 장정 형식이다.
지금도 사용되고 있는 선장서 양식은 명대에 출현했다(그림
27). 그러나 돈황유서 중에는 당말, 오대, 송초에 끈이나 명주

그림 27
새롭게 제본된
선장서

실로 페이지를 엮어 만든 책자본 서적이 남아 있다. 예를 들어 S.5534『금강반야바라밀경』, S.5536『금강반야바라밀경』, S.5539『십공찬문＋空贊文』, S.5646『금강반야바라밀다경』(그림 28), 돈황연구원소장 96『금강반야바라밀경주注』(그림 29), S.5645『예참문禮懺文』(그림 30, 31) 등이 이에 해당한다. 이들 선장서는 후대의 선장서처럼 정교하고 아름답진 않지만 이것을 선장서의 전신으로 보는 데는 전혀 무리가 없다.

상술한 몇 가지 장정 형식 외에 돈황유서 중에는 장정이 필요 없는 한 장짜리 문서들도 있다. Дх.2889「사원수계첩寺院授戒牒」(그림 32) 같은 문서들은 한 장만 있으면 되는 수계 증명서였다. 일부 계약서나 모임 규약(사조社條)도 흔히 한 장짜리 문서 형태로 남아 있다(그림 33).

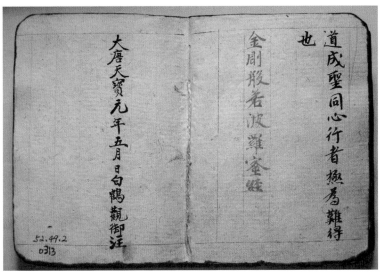

그림 28
『금강반야
바라밀다경』

그림 29
돈황연구원 소장
96『금강반야
바라밀경주』

S.5645

그림 30,31
S.5645『예참문』

白□菩□□說黃覺□常偈
西方日巳暮尘勞由未除老
病死時志枬首下久□念：：
攉年但猶如少水常歡諸礼
佛眾終李至无餘
諸行元常　是生滅法　生滅二已
宷娍為樂　如笑謚涅盤　永断怛其兇
若能志心聽　常德元量樂

敬礼檡迦牟尼佛
敬礼東方一切諸佛　敬礼當来弥勒尊佛
敬礼南方一切諸佛　敬礼東南方一切諸佛
敬礼西方一切諸佛　敬礼西南方一切諸佛
敬礼北方一切諸佛　敬礼西北方一切諸佛
敬礼上方一切諸佛　敬礼東北方一切諸佛
敬礼下方一切諸佛
敬礼過現未来一切諸佛
敬礼舍利刑象无量寶塔
敬礼十二分尊經甚深法藏
敬礼諸大菩薩摩訶薩埵
敬礼聲聞緣覺一切賢聖
為二天釋梵王等敬礼常住三寶
為諸龍神等風雨傾時敬礼常住三寶
為皇帝聖化无窮敬礼常住三寶

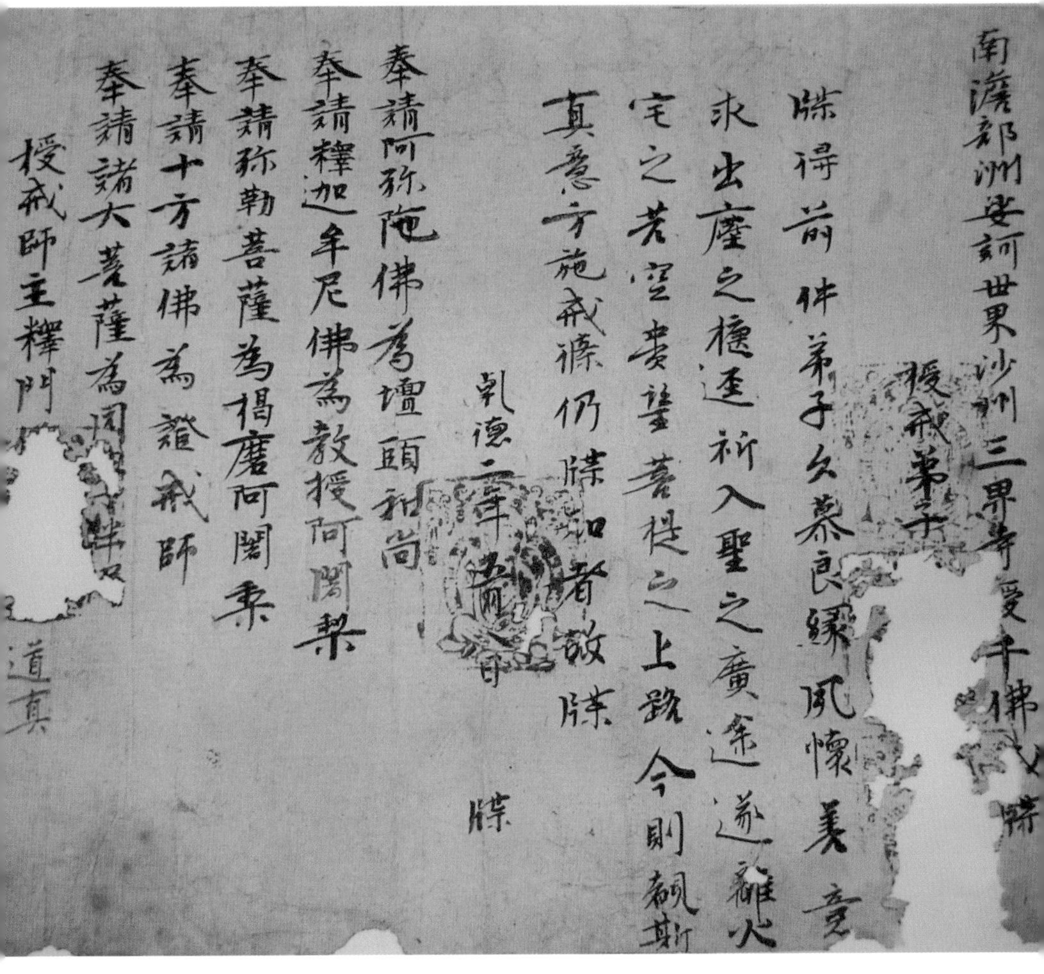

南瞻部洲娑訶世界沙州三界寺受千佛⋯戒

授戒弟子⋯

牒得前 仲弟子久慕良緣 風懷美意

永出塵之櫃逐 祈入聖之廣途 遂離火

宅之芳空 實踐菩提之上路 今則飄其

真意 方施戒牒 仍牒如者 敬牒

乳德二年⋯

牒

奉請阿弥陀佛為壇頭和尚

奉請釋迦牟尼佛為教授阿闍梨

奉請弥勒菩薩為羯磨阿闍梨

奉請十方諸佛為證戒師

奉請諸大菩薩為同⋯

授戒師主釋門⋯

道真

그림 32
Дx.2889
「사원수계첩」

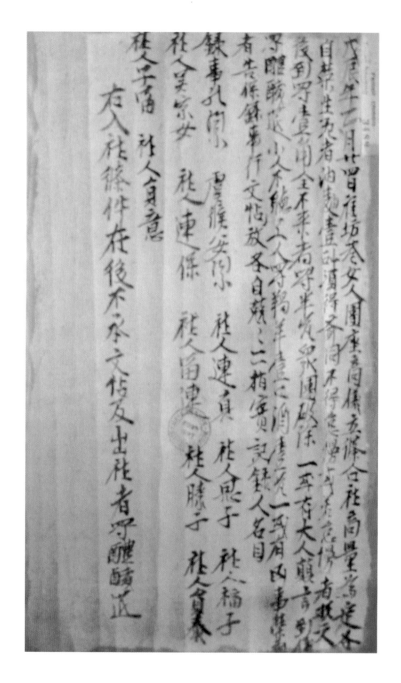

그림 33
P.3489 사조

돈황유서의 문자 형태

돈황유서의 문자는 주로 한문이지만 고대 호인胡人들이 사용한 호어胡語 문헌들도 적지 않다. 이러한 문헌들 중에는 토번문吐蕃文이 가장 많다. 고대 티베트문古藏文이라고도 하는 토번문은 당오대 때 토번인이 사용한 문자이다. 토번은 서기 786년부터 848년까지 돈황 지역을 관할했으며, 이 기간 동안 돈황에서 토번의 제도, 언어, 문자를 보급했다. 그래서 돈황 장경동藏經洞에도 약 8천여 건에 이르는 많은 토번문 문헌들이 남아 있었던 것이다(그림 34). 이들 문헌은 토번과 돈황의 역사 그리고 당시 서북 지역의 민족 변동에 대한 연구에 있어 중요한 가치를 지닌다.

돈황유서 중 두 번째로 많은 호어 문헌은 회골문回鶻文 문헌이다. 회골문은 고대 회골인이 사용한 문자로서 회흘문回

그림 35
P.4521 회골문 문서

^{紇文}이라고도 한다. 당송 대에 회골인은 돈황 역사에서 중요한 역할을 했다. 당 말기 이후 돈황 동쪽의 감주^{甘州}, 숙주^{肅州}와 서쪽의 서주^{西州}에는 모두 회골인이 세운 정권이 있었고 돈황 지역에도 회골인 거주민이 있었다. 서기 1041년부터 1068년까지 회골인은 돈황 지역의 주인이 되기까

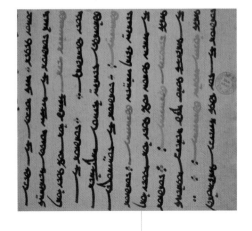

지 했다. 이상의 이유로 인해 돈황 장경동에도 50여 건의 회골문 문서가 남게 되었다(그림 35, 36). 이들 문서는 편지, 장부, 불교 문헌 등을 포함하고 있어 회골의 역사와 문화의 연구에 중요한 의미를 갖는다.

세 번째는 우전문^{于闐文}이다. 우전문은 고대 신강^{新疆} 화전^{和田} 지역에 거주하던 민족 '새인^{塞人}'이 사용하던 병음 문자로서 '우전새문'이라고도 한다. 19세기에서 20세기로 넘어갈 무렵 신강 화전(고대 우전에 속함)에서 발견되었기 때문에 이렇게 불리게 되었다. 오대에서 송대까지 돈황을 지배한 조씨^{曹氏} 귀의군 정권은 우전 왕실과 혼인 관계를 맺으며 서로 밀접하게 교류하였다. 그래서 돈황 지역에 많은 우전어 문헌이 남게 된 것이다. 그중 30여 건이 장경동에 보관되었으며 내용은 불교 전적, 의약 문헌, 문학 작품, 사신의 보고문, 지리 문서, 공사^{公私} 장부 등이다(그림 37).

네 번째는 소그드어 문헌이다. 소그드어는 고대 소그드인이 사용한 문자이다. 소그드인은 원래 중앙아시아 제라프샨강 유역에서 거주하던 사람들로 장사에 아주 능했던 것으로 유명하다. 양한 이래로 많은 소그드인들이 돈황과 실크로드 상의 도시들을 왕래했다. 심지어 당송 대에는 일부 소그드인들이 돈황에 이민 부락을 만들기까지 했다. 이런 이유로 돈황유서 중에는 소그드어 문헌도 20여 건 남아 있다. 내용은 주로 한문을 번역한 불교 전적이다(그림 38).

다섯 번째는 범문梵文이다. 범문은 고대 인도의 고전 언어이자 불경의 경전 언어이다. 당대 고승 현장이 인도에 가서

그림 39
Ps.16 범문 불경

구한 불경이 바로 범문으로 쓴 것이다. 당송 때 서쪽으로 구법을 떠나거나 동쪽으로 불법을 전하러 온 고승들은 돈황을 지나면서 범문의 불교 전적을 돈황에 남겨두곤 했다. 그래서 돈황 장경동에도 몇 건의 범문 불교 전적이 남게 되었다(그림 39).

돈황유서의 수량과 소장 상황

현존 돈황유서의 수량을 통계 내는 건 쉽지 않다. 돈황유서의 보존 상태가 매우 복잡하기 때문이다. 어떤 것들은 10여 미터에 이르고, 어떤 것들은 몇 글자만 기록된 작은 종잇조각에 불과하다(그림 40, 41).

과거에는 자료의 권수卷數로 수량을 측정했다. 일리 있는 방법이긴 하지만 돈황유서의 정확한 수량을 반영하긴 힘들다. 일리가 있다고 한 것은 돈황문서의 대다수가 권축장이고, 하나의 권축을 하나의 측정 단위로 볼 수 있기 때문이다. 정확하지 않다고 한 것은 고대의 '권'에 요즘 서적의

그림 40
대영도서관 소장
돈황유서 잔편

그림 41
대영도서관 소장
돈황유서 잔편

'장후'과 비슷한 함의가 들어있기 때문이다. 긴 권축 하나 자
체가 다시 몇 개의 '권'으로 나뉘는 데다 몇 글자만 들어간
잔편들은 '권'으로 수량을 셈할 수 없다. 그래서 이 책에서
는 '건'을 단위로 하여 돈황유서의 수량을 측정코자 한다.
물론 이 통계 방법도 단점은 있다. 즉 돈황유서 매 건마다
그 크기의 차이가 심하다는 것이다. 아주 작은 잔편이든 10
여 미터에 이르는 권축(몇 개의 권을 포함)이든 모두 하나의
건으로 셈할 수밖에 없다. 그러나 이런 식으로 계산하면 돈
황유서의 정확한 수량은 산출해 낼 수 있다.

돈황유서는 세계에서 유일무이한 희귀 자료이다. 1900년 막고굴 장경동이 발견될 때 중국은 청 왕조 말기에 처해 있었다. 반제국과 애국을 기치로 한 의화단운동이 고조에 이르고 제국주의 열강이 8국 연합군을 보내 중국을 침입한 때였다. 이처럼 중국 전체가 망국의 위기에 처해 있던 때에 이리저리 도망갈 궁리만 하던 청 조정의 통치자들은 서북쪽 변방에서 발견된 장경동에 대해 알지도 못했고 그럴 틈도 없었다. 당시 감숙, 돈황 지역의 관리들은 대부분 무지했었기 때문에 이 귀한 보물에 필요한 보호 조치를 취하지 않았다. 중국 서북 지역 문물에 대한 서양 열강의 약탈과 파괴는 중국을 정치적, 군사적으로 침략하고 나눠가지려 한 행위의 부산물이다.

주지하듯이 19세기 중반부터 서구 주요 열강들의 중국에 대한 침략은 갈수록 심해졌다. 그래서 19세기 말이 되면 이미 제국주의 단계에 이른 서방의 주요 국가들이 중국에서 세력권을 분할 소유하려 한다. 광활한 중국 서북 지역 역시 국경을 접한 제정러시아와 인도를 통치하던 영국이 호시탐탐 노리고 있었다. 그 이전 1870년대에 이미 영국과 러시아 등은 '탐험대'를 신강, 감숙, 몽골, 티베트 등지로 보내 군사와 경제 정보를 밀탐하고 지도를 그리고 도로를 조사하여 향후 이 지역의 통제를 위한 준비를 시작했다. 이들은 중국 서북 지역에서 활동하는 동안 적지 않은 고대 문물을 수집하였다. 그중에 가치가 매우 높은 일부 고문서는 유럽 학계의 큰 관심을 끌었다. 특히 1889년 영국 중위 바우어H. Bower는 쿠차에서 해당 지역 보물 수집가가 한 불탑 유적에서 발견한 산스크리트어 패엽 사본(51장)을 손에 넣었다. 감정 결과 이 사본은 현존 최고最古의 산스크리트어 사본으로 판명되었고, 이 소식을 들은 유럽 각국의 '탐험대'는 저마다 중국 서북 지역의 고대 문물을 차지하리라는 욕망을 갖게 된다.

이후 고대 문물을 찾으려는 외국의 '탐험대'가 끊임없이 중국 서북 지역을 방문한다. 무력을 등에 업은 이 '탐험대'들은 처음에는 신강 지역 위주로 활동한다. 그들은 우전, 약강若羌, 쿠차, 투르판 등지의 유적에서 고대 중국의 진귀한 문물들을 약탈해 간다. 1907년 이후 돈황 막고굴은 곧바로 주요 약탈 목표가 되었다.

돈황유서를 탈취해 간 첫 번째 인물은 영국 국적의 헝가리인 스타인Stein이다(그림 42). 1907년과 1914년 두 차례 돈황으로 온 그는 당시 막고굴을 관리하고 있던 왕도사를 구슬려 한문 돈황유서 13,600여 건, 투르판 및 기타 문자 문헌약 2천 건, 그 밖에 비단과 종이에 그린 회화 예술품 등을 손에 넣었다. 그는 근대 이후 서양 열강들이 중국과 맺었던 불평등조약에 따라 중국으로 들어왔다(그림 43). 이러한 불평등조약에 근거하더라도 그가 허가받은 사항은 중국 내지를 "여행하며 사업하는" 것뿐이었다. 중국 경내에서 문물을 발굴하고 구입할 권리는 없었던 것이다. 따라서 스타인이 돈황에서 돈황유서를 가져간 행위는 불법이었다.

당시 청 정부 외무부가 스타인에게 발급해 준 입국 허가 '여권'(지금의 비자에 해당)을 보면, 주駐베이징 영국공사가 어떤 공직도 갖지 못한 스타인을 '총리교육대신'으로 위조했음을 알 수 있다.

스타인이 가져간 경권 자료는 처음에는 대영박물관과 런던의 인도사무부 도서관(그림 44)에 각각 소장되었다. 비단과 종이에 그린 그림은 당시 영국과 인도 정부가 뉴델리에 세운 중앙아시아 고대문물박물관과 대영박물관에 나뉘어 소장되었다. 1973년 영국 의회의 비준을 통해 대영박물관 도서관이 박물관에서 분리되었고, 이 도서관과 인도사무부도서관 등이 합병되면서 대영도서관이 만들어졌다. 이후 원래 대영박물관과 인도사무부도서관에 소장되었던 돈황문헌은 모두 대영도서관 동방부가 소장하게 되었다(그림 45).

스타인 다음으로 돈황에 온 외국 '탐험가'는 프랑스의 폴 펠리오Paul Pelliot이다(그림 46). 1908년, 펠리오는 프랑스 '탐험대'를 이끌고 돈황으로 와서 왕도사로부터 7천여 건의 돈황유서를 편취하였다. 그중 한문 문서는 4천여 건, 토번 문자 등 한문 이외 문자의 문서가 3천여 건이었다. 펠리오는 스타인보다 늦게 막고굴에 도착했다. 스타인은 한문을 모르는 데다 장경동 문헌 전체를 가져갈 수도 없어서 수많은 걸작들이 장경동에 아직 남아 있는 상황이었다. 반면 펠리오는 중국어뿐 아니라 여러 언어에 정통했고 장경동에 들어가 직접 자료를

그림 44, 45
대영박물관 외관

고를 수 있도록 허락받았다(그림 47). 따라서 펠리오가 가져간 경권 문서는 수량에 있어서는 스타인에 미치지 못했지만 질에 있어서는 장경동의 정수였던 것이다. 나중에 이 돈황문헌들은 모두 파리의 프랑스국립도서관에 소장된다(그림48). 이 외에도 펠리오는 돈황에서 비단과 종이에 그린 그림과 견직물도 가져갔다. 훗날 이 유물들은 파리의 기메박물관에 소장된다.

그림 46
폴 펠리오

1909년이 되어서야 나진옥羅振玉 등 북경에 있던 학자들은 돈황 장경동이 발견되어 수많은 희귀 자료가 이미 외국으로 빠져나갔다는 소식을 펠리오에게서 전해 듣는다. 충격을 받은 북경의 학계는 남은 문헌이라도 찾을 수 있도록 청 조정의 학부學部에 급히 조치를 취해 달라고 요청한다. 그제야 청 정부는 난주蘭州의 섬감총독陜甘總督에게 전보를 보내 막고굴 자료를 정리하여 모두 북경으로 운반토록 명한다. 그러나 왕도사는 관부에서 장경동을 본격적으로 조사하기 전에 미리 진귀한 사본

그림 47
장경동에서 문서를
선별 중인 펠리오

을 나무 상자 두 개에 가득 담아 다른 곳에 몰래 숨겨둔다.
게다가 조사와 운반을 맡은 청 조정의 관리들은 남아 있는
돈황문헌을 제대로 정리하지도 않았고 운반 도중 도둑을
맡거나 유실되는 일도 비일비재했다. 1910년 운반 차량이
북경에 도착하자 접수와 호송을 맡았던 신강순무新疆巡撫 하
언승何彦升은 아들 하진이何震彝에게 문헌들을 자기 집에 가
져가도록 시킨다. 하진이는 장인 이성탁李盛鐸 등과 함께 그
중에서도 좋은 자료를 빼돌리고 긴 두루마리는 둘로 자르
는 방법으로 문헌의 수를 늘리기까지 한다. 이렇게 해서 돈
황 장경동에 원래 보존되어 있던 6만여 건의 돈황문헌 중
경사京師도서관(중국국가도서관의 전신)에 최종 소장된 것은
14,000건에 지나지 않게 되었다. 이후 중국국가도서관이 여

러 경로를 통해 전국 각지에서 2천여 건의 돈황유서를 수집하면서 현재 중국국가도서관 소장 돈황유서는 16,000여 건에 이르게 되었다(그림 49, 중국국가도서관).

하 씨와 이 씨 집안에서 훔쳐간 돈황문헌은 대부분 일본으로 팔려나가고 또 일부는 여러 곳을 전전하다가 대북중앙도서관臺北中央圖書館에 최종 소장된다.

왕도사가 몰래 숨겨둔 돈황문헌 중 상당수는 나중에 일본 '탐험대'와 스타인 그리고 러시아 '탐험대'의 수중으로 들어간다.

일본 오타니大谷 '탐험대'의 다치바나 즈이초橘瑞超와 요시카와 쇼이치로吉川小一郞는 1912년 초 제3차 탐험 중 돈황에 모인다(그림 50). 둘은 막고굴에서 8주 동안 머물면서 돈황석굴을 조사하고 촬영하는 한편 왕도사에게서 상당수의

그림 49
중국국가도서관

경권을 사들인다. 이후 그들은 돈황에서 신강으로 이동한
다. 같은 해에 다치바나 즈이초는 투르판에서 시베리아 철
로를 통해 귀국하고 유시카와 쇼이치로는 1914년 초에야
감숙과 내몽고를 거쳐 귀국한다(그림 51). 귀국하는 길에 유
시카와 쇼이치로는 1914년 2월 다시 돈황으로 와서 왕도사
를 비롯한 몇몇 사람들로부터 돈황문헌을 사들인다. 이들
숫자를 합하면 제3차 오타니 '탐험대'가 가져간 돈황문헌
역시 수백 건에 이른다(그림 52).

　　오타니 '탐험대'는 19세기 말, 20세기 초 중국 서북 지역
에서 활동한 서구 '탐험대'와 다른 점이 있었다. 그들의 활

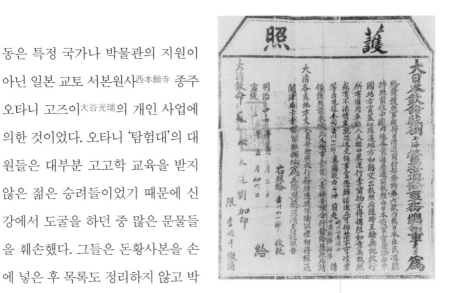

동은 특정 국가나 박물관의 지원이
아닌 일본 교토 서본원사西本願寺 종주
오타니 고즈이大谷光瑞의 개인 사업에
의한 것이었다. 오타니 '탐험대'의 대
원들은 대부분 고고학 교육을 받지
않은 젊은 승려들이었기 때문에 신
강에서 도굴을 하던 중 많은 문물들
을 훼손했다. 그들은 돈황사본을 손
에 넣은 후 목록도 정리하지 않고 박

물관에 보내지도 않은 채 오타니의 개인 별장인 이라쿠쇼
二樂莊에 보관해 두었다. 1914년, 서본원사가 재정 압박에 시
달리면서 오타니 고즈이는 종주에서 물러나게 된다. 이에
따라 오타니 '탐험대'가 가져갔던 돈황문헌도 여순旅順, 경

성(서울), 교토 등지로 흩어진다. 여순으로 들어간 일부는 나중에 여순역사문화박물관에서 소장하게 된다. 1954년 여순역사문화박물관은 문화부의 지시에 따라 전시용 9건 외에 돈황문헌 대부분을 중국국가도서관으로 이관한다. 경성으로 들어간 일부는 처음에는 조선총독부박물관에 소장되었다가 지금은 서울의 국립중앙도서관에 소장되어 있다.

일본 소장 돈황유서는 주로 류코쿠龍谷대학, 오사카 교우쇼오쿠杏雨書屋, 도쿄대학, 미쓰이문고三井文庫, 교토국립박물관, 도쿄서도書道박물관, 도쿄국립박물관, 교토 후지이유린칸藤井有鄰館, 덴리天理도서관, 다이도큐大東急기념문고, 나라 당초제사唐招提寺, 국립국회도서관, 네이라쿠寧樂미술관, 도쿄여자대학도서관, 코세이佼成도서관, 큐슈九州대학문학부 등에 소장되어 있고 일부 개인 소장 자료도 있다. 이들을 모두 합하면 대략 1천 건 정도 된다. 일본 소장 돈황유서는 상술한 오타니 '탐험대'의 수집품과 하언승, 이성탁 등이 몰래 일본으로 빼돌린 자료가 주를 이루며, 나중에 중국에서 일본으로 팔린 문서들도 일부 포함되어 있다. 오타니 '탐험대'가 반출한 돈황유서는 대부분 교토 류코쿠대학 도서관에 소장되어 있다.

19세기 말과 20세기 초 제국주의 열강이 중국 서북 지역 문물을 약탈해 가던 과정에서 제정러시아 역시 수차례 '탐험대'를 신강, 감숙 지역에 파견해 진귀한 문물들을 대량으로 가져간다. 그중 러시아 불교예술사 학자인 올덴부르그Oldenburg(그림 53)는 동아시아와 중앙아시아를 연구하는 '러시아위원회'의 파견으로 1906년부터 1909년 그리고 1914년부터 1915년까지 두 차례에 걸쳐 '탐험대'를 이끌고 중국으로 온다. 두 번째 방문 때 올덴부르그 일행은 돈황에서 몇 달을 머물렀다(그림 54). 그들은 막고굴 전체에 대한 정보를 기록하고, 평면

도를 그리고, 3천여 장의 흑백
사진을 찍고, 일부 벽화를 모사
하고, 석굴의 모래 샘플을 채집
했다.

올덴부르그가 돈황에 도착
했을 때 장경동은 이미 영국,
프랑스, 일본 '탐험대'가 수차례
다녀간 후인데다 청 조정의 조

사와 정리를 거친 다음이라 남은 자료가 거의 없을 것으로
생각할 수 있다. 그러나 올덴부르그의 수확 또한 결코 적지
않았다. 그는 19,000여 건에 이르는 돈황 경권 문서뿐 아니
라 350건에 이르는 비단과 종이 회화 작품까지 손에 넣었
다. 올덴부르그가 가져간 돈황문헌은 대부분 잔편들이며

온전한 사본은 4~5백 건에 불과하다. 이는 그가 돈황에 머무는 동안 왕도사와 돈황 지역 사람들이 개인적으로 소장하고 있던 사본들을 수중에 넣었을 뿐 아니라 장경동 자체까지 아주 철저하게 뒤졌다는 의미이다(그림 55).

올덴부르그가 약탈해 간 돈황문헌은 나중에 러시아 상트페테르부르크 동궁冬宮 아시아부로 들어갔고, 지금은 러시아연방과학원 동방학연구소 상트페테르부르크 분소의 소장품으로 되어 있다(그림 56). 그리고 비단과 종이에 그린 회화, 소조 등의 돈황 예술품은 지금까지 상트페테르부르크 에르미타주박물관에 소장되어 있다.

어느 정도 시간이 지나 왕도사가 돈황유서를 빼돌린 일을 관부에서도 알게 되었다. 이에 감숙성 교육청은 1911년 다시 한번 막고굴 정리 작업을 진행하여 투르판 문서 94묶음을 획득한다. 이 문서들 중 일부는 나중에 감숙성도서관으로 들어가고, 일부는 돈황권학소敦煌勸學所로 옮겨지고, 또 일부는 막고굴에 보존된다. 지금은 돈황연구원, 돈황시박물관, 감숙성도서관과 주천酒泉, 장액張掖, 무위武威 등

그림 55
문물을 싣고 있는
올덴부르그 고찰대

그림 56
동방학연구소
상트페테르부르크
분소 서고

지의 지방 기구에 소장되어 있다. 이 조사 작업을 통해 장경동 돈황문헌의 정리는 거의 마무리된다.

앞에서 말했듯이 청 정부가 돈황유서를 조사하고 북경으로 호송하는 과정에서 자료가 자주 도둑맞거나 유실된다. 이들 돈황유서는 결국 전국 각지 공사公私 소장가들의 수중으로 들어가거나 심지어 외국으로 흘러가기도 했다. 그래서 감숙성박물관, 중국국가박물관, 고궁박물원, 수도박물관, 상해박물관, 요녕성박물관, 섬서성박물관, 절강성박물관, 산동성박물관, 중경시박물관, 호북성박물관, 안휘성박물관, 귀주성박물관, 산서성박물관, 천진예술박물관, 여순박물관, 남경박물원, 주천시박물관, 정서현박물관, 영등현박물관, 고대현박물관, 장액시박물관, 감숙성도서관, 상해도서관, 천진도서관, 절강성도서관, 중경시도서관, 남경도서관, 천진문물공사, 감숙성문물공사, 항주시문물보관소, 절강온주문서관리소, 서북사범대학 역사학과 문물실, 북경대학도서관, 감숙중의학원도서관, 서북대학도서관, 사천대학도서관, 상해사서출판사도서관, 중국문물연구소도서관, 수도사범대학 역사박물관, 중국서점, 중국불교도서문물관, 상해 용화사, 상해 옥불사, 소주 서원사, 남경 영곡사, 오태산 원통사, 남경 금릉각경처, 항주시 영은사, 대북고궁박물원, 대만중앙연구원 부사년도서관, 대북역사박물관, 홍콩중문대학문물관, 홍콩예술관 등 수많은 도서관, 박물관, 대학, 사원 그리고 개인들이 돈황유서의 일부를 소장하게 되었다. 이들이 소장하고 있는 자료들은 많아야 2~3백 건, 적으면 고작 1~2건이며 전체 수량도 2천여 건 정도이다.

그밖에 해외에도 일부 유서들이 산발적으로 소장되어 있다. 예컨대 덴마크 수도 코펜하겐의 황실도서관 14건, 인도 뉴델리 인도국립박물관 6건, 독일 뮌헨 바바리아 주립도서관 3건, 스웨덴 원동遠東 고대박물관 1건 등이다. 미국의 하버드대학 포그예술박물관, 국회도서관, 프린스턴대학 게스트도서관, 워싱턴 스미스학회 프리어미술관, 시카고대학도서관 등에도 돈황유서 혹은 그림이 소장되어 있다.

위에서 소개한 바에 따르면, 약 6만 건에 달하는 돈황유서는 현재 유럽, 아시아, 미주의 9개 국가, 80여 개 박물관, 도서관, 문화 기구 그리고 개인 소장자에게 분산되어 있음을 알 수 있다. 그중 영국 대영도서관이 대략 15,000여 건, 프랑스국가도서관이 7,000여 건, 중국국가도서관이 16,000여 건, 러시아국가과학원 동방문헌연구소가 19,000여 건이다. 이상 네 기관은 돈황유서의 주요 부분을 소장하고 있기 때문에 돈황유서의 4대 소장처로 불린다. 60,000여 건의 돈황유서 중 상대적으로 온전한 유서는 대략 30,000여 건 정도이고 나머지는 모두 잔편들이다.

돈황유서의 내용과 가치

돈황 종교 문헌과 그 가치

돈황유서는 온갖 내용을 망라하지만 불교 사원의 장서이기 때문에 불교 전적이 전체의 90%를 차지한다. 그밖에 도교, 경교(기독교), 마니교 전적도 포함되어 있다. 이들 자료는 모두 종교 전적이다.

　돈황 불교 문헌 중 많은 부분은 역대 대장경에 수록된 불경이다. 『대반야바라밀다경大般若波羅蜜多經』(그림 57), 『금강반야바라밀다경金剛般若波羅蜜多經』, 『묘법연화경妙法蓮華經』, 『금광명최승왕경金光明最勝王經』, 『유마힐소설경維摩詰所說經』, 『대승무량수경大乘無量壽經』 등이 이에 해당한다. 이들 돈황 불경 중 어떤 것은 복본이 수백 심지어 1~2천 건에 달하는 반면, 지금 전하는 대장경 속의 중요 불교 전적이 돈황유서에는 보이지 않는 것도 적지 않다. 당대 대장경 목록인 『개원록開元錄』 「입장록入藏錄」에 따르면, 당시 대장경은 전체 1,079부 5,048권의 불교 전적으로 구성되었다. 돈황유서 속 불교 전적 중 『개원록』 「입장록」에 보이는 것은 350부뿐이다. 이 350부 중 온전하게 남아 있는 것은 93부뿐이며 나머지 257부는 모두 경문의 일부가 떨어져 나간 것이다. 당시 중원 불교 대장경의 장경 체계를 볼 때 돈황 장경동 불교 전적은 체계적인 불교 장서가 아니었던 것

그림 57
P.2782
『대반야바라밀다경』

이다. 이 경권들은 세상에 이미 전해지는 것들이지만 초사 연대가 비교적 이르다는 점에서 교감 가치가 충분하다.

　오늘날 고적을 정리할 때 따라야 하는 중요 원칙 중 하나는 바로 최대한 오래전의 판본을 찾아야 한다는 것이다. 송 이전의 서적은 주로 베껴 쓰는 방식으로 전해져 잘못 쓰는 경우가 흔하기 때문이다. 그래서 옛사람들은 "세 번 베껴 쓰면 '魯'가 '魚'가 된다"고 했다. 세 번을 베껴 쓰다 보면 원래 '魯' 자를 모양이 비슷한 '魚' 자로 쓴다는 것이다. 송대 이후에는 조판 인쇄가 서적 유통의 주요 방식이 되었다. 초사와 비교할 때 인쇄본 서적은 다량으로 생산되기 때문에 비교적 엄격한 교감 과정을 거쳐야 했다. 그래서 보통은 초사된 서적보다 실수가 적었다. 그러나 조판과 번각翻刻의 과정에서도 실수는 나왔다. 특히 명대에는 책을 찍는 사람이 멋대로 원서의 문자를 고치면서 지식이 부족하여 틀리지도 않은 글자를 잘못 고치곤 했다. 중국은 전란이 빈번한 데다 자연적인 훼손도 심하여 고대의 판본이 그대로 보존되기가 쉽지 않았다. 그래서 청대에는 송대 각본 서적이 거의 없어지고 전해지는 서적 대부분이 명대의 각본이었다. 이들 책 중에는 읽어도 이해할 수 없거나 통하지 않는 부분이 매우 많았다. 청대 이후 학자들은 고적을 정리할 때 항상 잘못된 부분이 상대적으로 적은 명 이전의 각본을 애써 찾으려 했다. 그러나 원대 각본도 이미 찾기 힘든 마당에 송본을 찾기는 더욱 난망한 일이었다. 장경동에서 출토된 돈황유서가 모두 송대 이전의 문헌이라는 점에서 그 교감 가치는 두말할 필요도 없을 것이다.

현재 세상에 전해지는 장경은 대부분 남송 이후의 인쇄본이며, 역대 불경이 서로 다른 판본으로 번각되면서 그 안의 문자도 많이 달라졌다. 돈황유서 중 불교 전적은 비록 하나의 완전한 대장경을 구성하진 못하지만, 수당 대에 유행했던 주요 불경이 모두 포함되어 있고 어떤 것은 여러 종의 판본과 복본도 남아 있다. 이들 돈황사본 불교 전적은 초사 연대가 비교적 이른 고본古本이기 때문에 잘못된 부분이 상대적으로 적다. 『대반야바라밀다경』, 『보우경寶雨經』, 『불설회향륜경佛說回向輪經』 등은 해당 경전이 번역되고 얼마 지나지 않아 초사되어 돈황으로 전해진 것이다. 이들 불경은 당연히 지금 유통되는 판본보다 경본의 원래 모습에 더 가깝다. 또 일부 돈황사본 불경은 당대 수도 장안에서 돈황까지 전해진 궁정 사경이다. 이들 사경은 장안 고승들의 반복된 교정을 거친 믿을 만한 선본善本이다. 예컨대 구마라집鳩摩羅什이 번역한 『금강경』은 가장 널리 전해지고 영향력도 가장 컸던 불교 전적이다(그림 58). 이 경전은 돈황

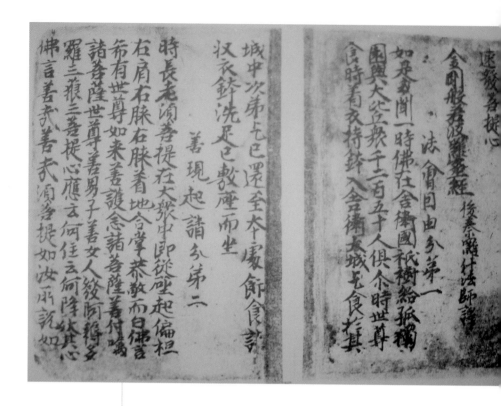

유서와 통행본 장경 안에 모두 포함되어 있으나 통행본이
돈황본보다 62자 더 많다. 관련 연구에 따르면 이 62자는
경전을 번각하는 과정에서 각경인이 다른 역본의『금강경』
에서 가져와 채워 넣은 것이다. 따라서 이 62자가 없는 돈
황본이야말로 구마라집이 처음 번역한 원래 모습이라 할
수 있다. 이 발견은 불경 전파 과정에서의 첨삭 문제, 특히
서로 다른 역경 판본의 상호 영향에 대한 이해에 중요한 의
미를 갖는다. 돈황유서에 남아 있는 불경은 이들 경전이 송
대 이후 전파되는 과정에서 빚어진 실수를 교감하는 데 있

어 매우 중요한 자료가 되는 것이다.

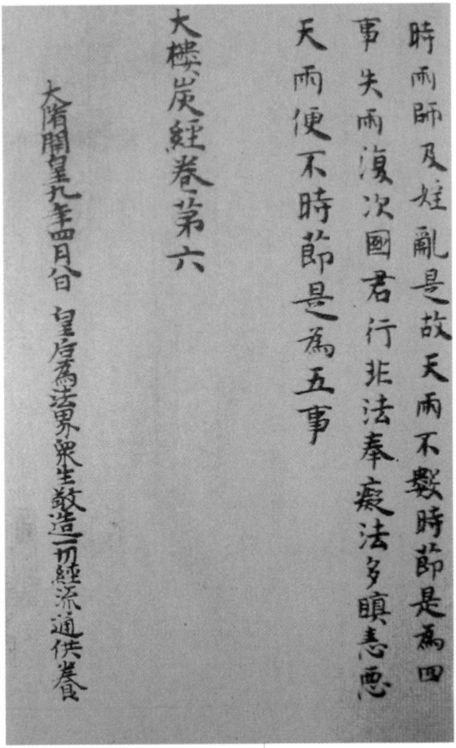
時雨師及婬亂是故天雨不數時節是爲四
事失雨復次國君行非法奉癡法多瞋恚惡
天雨便不時節是爲五事
大樓炭經卷第六
大隋開皇九年四月日 皇后爲法界衆生敬造一切經流通供養

그림 59
천진예술박물관021
(60·5·1696) 수 개황
연간 황후가 쓴
『대루탄경』

돈황유서 속 불경은 문물로서의 가치도 상당하다. 돈황유서는 대부분 천 년이 넘은 자료이기 때문에 하나하나가 진귀한 보물이다. 종교적 행위는 경건해야 했으므로 당시 사람들은 불경을 베낄 때 필경사와 종이에 상당히 신경을 썼다. 궁정에서 경전을 필사할 때는 더 좋은 종이를 쓰고 더 정성을 들이고 교감에 특히 주의했다(그림 59). 이런 돈황유서는 당연히 다른 유서들보다 문물로서의 가치가 더욱 크다. 돈황유서 속에 보존되어 있는 유명한 불경, 특히 궁정의 불경은 관방의 해서楷書 필경사가 붓으로 정성들여 쓴 것이다. 그러므로 이들 사경은 훌륭한 예술품이기도 하다. 시대가 바뀌면서 사경의 서체 또한 점차 발전해 갔다. 돈황 사경은 중국 고대서법사의 연구를 위한 중요 자료이자 서법 연구자와 애호가들이 서법을 연구하고 익히기 위한 범본範本이기도 하다.

위에서 말했듯이 돈황 불교 경전은 당시 중원의 장경 체계 혹은 대장경과 비교하여 빠진 부분이 많다. 그러나 한편으로는 당시 유행하던 대장경에는 보이지 않던 불교 전적도 다수 포함되어 있다. 이처럼 '누락된 불경'과 대장경에 수록되지 않은 불교 전적은 문헌학적으로 더욱 중요한 연구 가치를 지닌다.

돈황 지역의 승려 활동에 대한 기록이 보이는 것은 조曹씨 위魏나라 때부터이다. 서진西晉 때 축법승竺法乘이 돈황에 사원을 짓고 불법을 전파하면서 이곳은 점차 불교의 성지가 되었다. 내지와 비교했을 때 돈황은 전란이 상대적으로 적었고, 불교에 막대한 타격을 입혔던 당 무종武宗의 폐불 사건도 이곳까지는 피해가 미치지 않았다. 그래서 돈황 장경동은 당말, 오대, 송초 때 중원 지역에서는 보이지 않던 경전을 보존할 수 있었던 것이다. 예컨대 축담무란竺曇無蘭 역본인『불설죄업응보교화지옥경佛說罪業應報敎化地獄經』과 불공不空 역본『범한번대자음반야심경梵漢翻對字音般若心經』(그림 60) 등은 불교경전 목록에 원래 있다가 나중에 실전되었는데 다행히 돈황유서에 남아 있었던 것이다.

그림 60
P.2322『범한번대자음반야심경』

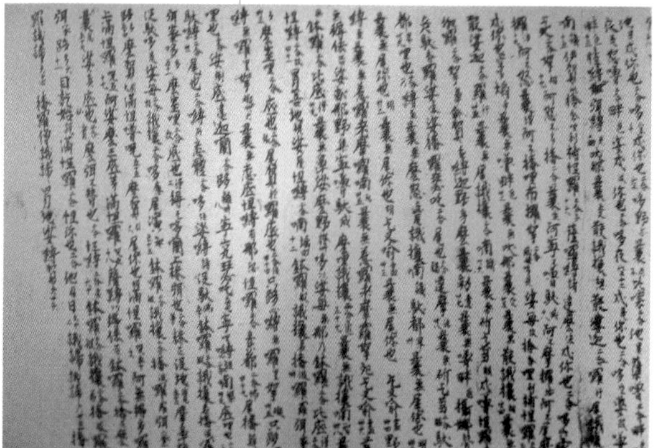

담천曇倩이 안서安西에서 번역한『금강단광대청정다라니경金剛壇廣大淸淨陀羅尼經』, 법성法成이 번역한『반야바라밀다심경般若波羅蜜多心經』(그림 61),『제성모다

라니경諸星母陀羅尼經』, 『살파다종오사론薩婆多宗五事論』, 『보살율의이십송菩薩律儀二十頌』, 『팔전성송八轉聲頌』, 『석가모니여래상법멸진지기釋迦牟尼如來像法滅盡之記』, 『대승사법경大乘四法經』, 『육문다라니경六門陀羅尼經』 등의 경전은 돈황 혹은 안서에서 번역되어 중원으로 전해지지 못하고 서북 지역 일대에서만 전해지다가 돈황유서에 남게 되었다. 이들 '누락된 경전'은 현존 한문 대장경의 결락을 상당 부분 메울 수 있다.

불교가 중국으로 전해진 후 대량의 불경이 한문으로 번역되었을 뿐 아니라 중국의 승려들은 많은 불교 저작들을 잇달아 쓰기도 했다. 이들 불교 저작은 중국 불교도의 불교에 대한 이해로서 중국 불교의 특징을 구체적이고 진지하게 반영할 수 있었다. 그러나 당대에 대장경을 편찬하는 과정에서 중국인의 저술은 넣지 않는다는 의견이 우세해졌고, 그 결과 불교에 관한 중국인의 저술 대부분이 점차 보이지 않게 되었다. 알려진 바에 의하면 당대의 중국인 불교 저술은 1만 권 이상이었으나 지금 전해지는 대장경에는 그중 극히 일부만(사전부史傳部, 목록부目錄部, 불경음의佛經音義 등) 볼 수 있을 뿐이다. 돈황유서에는 과거에 누락된 대량의 중국 불교 저작이 보존되어 고대 중국 불교

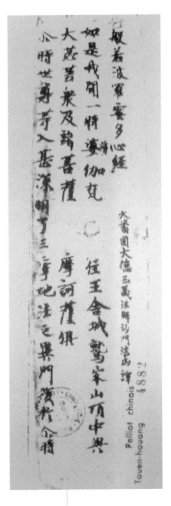

그림 61
P.4882 법성 역,
『반야바라밀다심경』

의 연구에 풍성한 자료를 제공해 주고 있다.

돈황유서에 보존된 중국인 저술 불교 전적의 내용은 매우 광범위하다. 여기에는 경經, 율律, 논論, 소疏, 석釋, 사전, 목록, 음의, 잡문 등이 포함되며 특히 각종 소와 석의 수량이 가장 많다. 예컨대 『반야바라밀다심경』은 반야 경전의 정수로서 반야 사상 전체의 개요와 핵심 내용을 담고 있다. 경전의 지위가 사람으로 따지면 심장과 같기 때문에 『심경』으로 불린다. 불교 연구를 위한 기본 전적 중 하나인 이 경전은 간명한 언어, 완벽한 의미, 심오한 사상으로 널리 유통되어 막대한 영향을 미쳐 왔다. 삼국 시대 이후 이 경전은 최소 21차례 번역되었으며 여기에 주와 소를 더한 것도 매우 많았다. 그러나 역대 대장경 중에 당 이전의 주소가 남아 있는 것은 8종에 불과하다. 돈황유서에는 당대 이전의 『반야심경소』 10종이 보존되어 있고, 그중 9종은 후대에 전해진 대장경에는 없는 것이다. 이렇게 해서 현재 우리가 볼 수 있는 당 이전의 『반야심경』 주소는 총 17종이 된다. 기존 대장경에는 없는 이들 『반야심경』 주소는 연구 가치가 매우 크다. 예를 들어 P.2178 뒷면(3) 등에는 당대 지선智詵이 쓴 『반야바라밀다심경소』(그림 62)가 기록되어 있다. 지선은 당대 선종 명승인 홍인弘忍의 10대 제자 중 한 명이다. 이 경소는 아홉 부분으로 나뉘어 경문에 대해 상세한 주석을 더했으며 경문의 해석은 선종의 특색을 명확하게 띠고 있다.

『유마힐소설경維摩詰所說經』은 대승불교의 주요 경전 중 하나로서 불교 신도와 연구자들의 큰 관심을 끌어왔다. 이 경전은 일곱 차례에 걸쳐 번역되었으며 중국에 많은 영향을 미쳤다. 돈황유서 중에는 이 경전에 대한 20여 종의 주소가 있다. 이들 주소는 초록 연대가 전진前秦부터 당송까지 여러 왕조에 걸쳐 있으며, 대부분 역대 대장경에는 없는 내용으로 역자 본인 혹은 그 제자들이 주

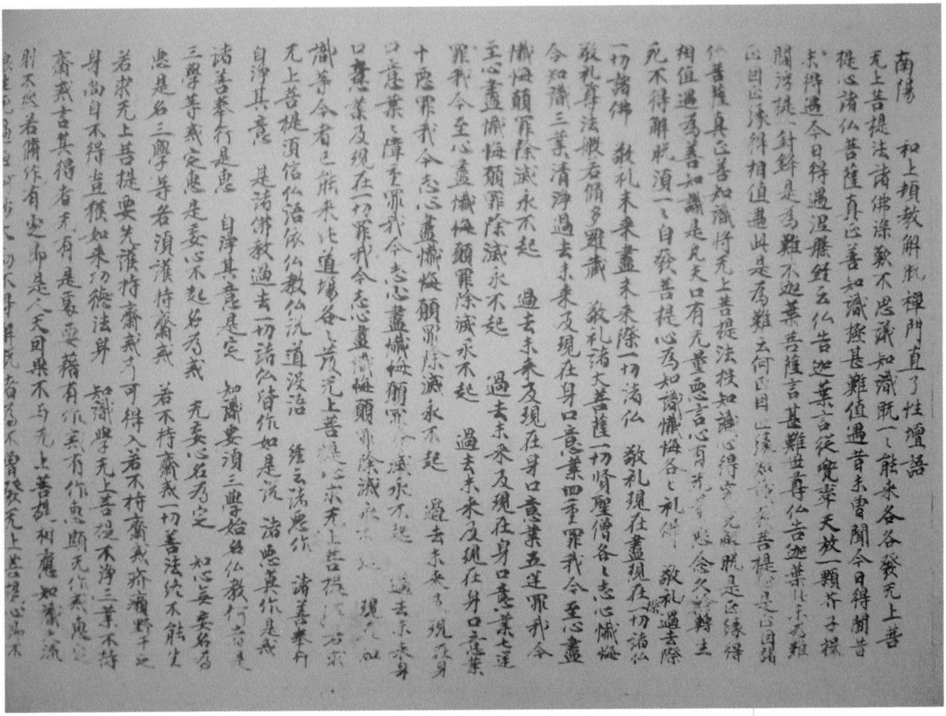

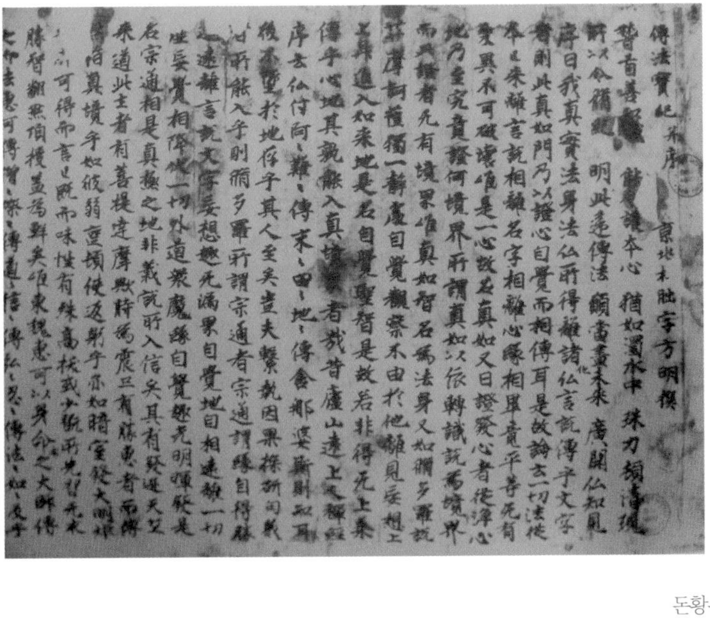

그림 62
P.2178뒷면(3) 지선 『반야바라밀다심경소』

그림 63
S.2106『유마의기』

소를 단 것이다. 또 이들 주소는 중국 고대 불교도들의 경전에 대한 구체적 인식을 반영하고 있어 불교의 중국화에 대한 연구에 중요한 자료가 된다. 예컨대 S.2106 사본에 전하는『유마의기維摩義記』(그림 63)는 구마라집이 번역한『유마힐소설경』에 주석을 단 것이다. 이 '의기'는 비록 작자는 미상이지만 초사 연대가 북위 경명景明 원년(500)이라 시대적으로 구마라집 역『유마힐소설경』주소 중 구마라집의 제자 승조僧肇가 작업한「유마경주」바로 다음이다.

당대 중후기에 선종은 더욱 유행하여 중국 불교의 주류가 되고 선승의 저작 역시 갈수록 늘어난다. 승려 종밀宗密이 편찬한『선장禪藏』1백여 권은 선종 관련 저작을 수록하였다. 그러나『선장』이 완성되고 얼마 지나지 않아 당 무종武宗의 회창會昌 폐불 사건이 터지고 선종 내부의 파벌 싸움까지 겹쳐 초기 선종 저작은 대부분 유실되고 만다. 그러므로 돈황유서로 보존되어 있는 8세기 전후의 선종 저작은 초기 선종 역사의 이해에 있어 매우 중요한 연구 가치를 지닌다. 예컨대 P.2045 등의 사본에 남아 있는 선종 7대조 신회神會의『남양화상돈교해탈선문직료성단어南陽和尚頓敎解脫禪門直了性壇語』(그림 64)는 신회가 개원 6년(718) 이후 남양 용흥사龍興寺 수계 의식 때 행한 불법 강연 기록으로서 신회와 선종 남종 사상의 연구에 있어 중요한 가치를 지닌다.

이러한 선종 전적에는『신회어록神會語錄』,『돈오무생반야송頓悟無生般若頌』,『보리달마남종정시비론菩提達磨南宗定是非論』,『이입사행론二入四行論』등도 있다. 또 선종 초기 역사의 연구를 위한 중요 자료로『능가사자기楞伽師資記』,『전법보기傳法寶記』,『역대법보기歷代法寶記』도 있다. 713년에 완성된 당 두비杜胐의『전법보기』(그림 65)는 초기 선종 북종의 전승사에 관한 사서이나 오래전에 유실되었다. 돈황유서에는 이 문헌의 사본 4종이 남아 있다(P.2634, P.3559, P.3858, S.10484). 이 선종

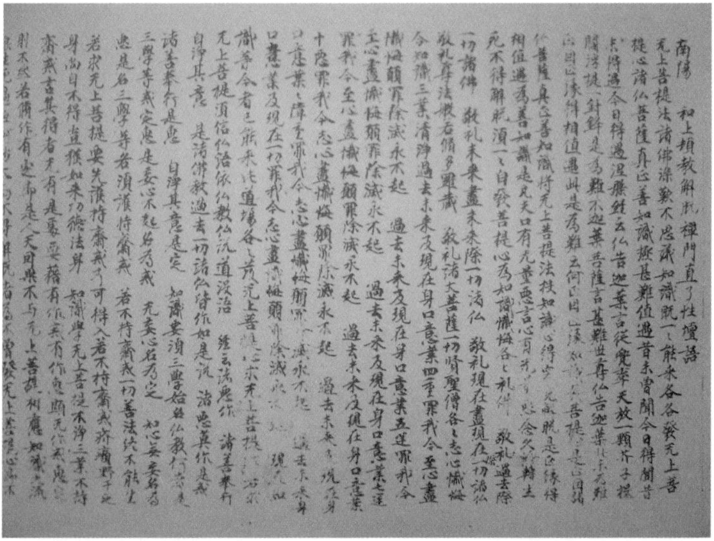

그림 64
P.2045
『남양화상돈교해탈선문직료성단어』

그림 65
P.2634『전법보기』

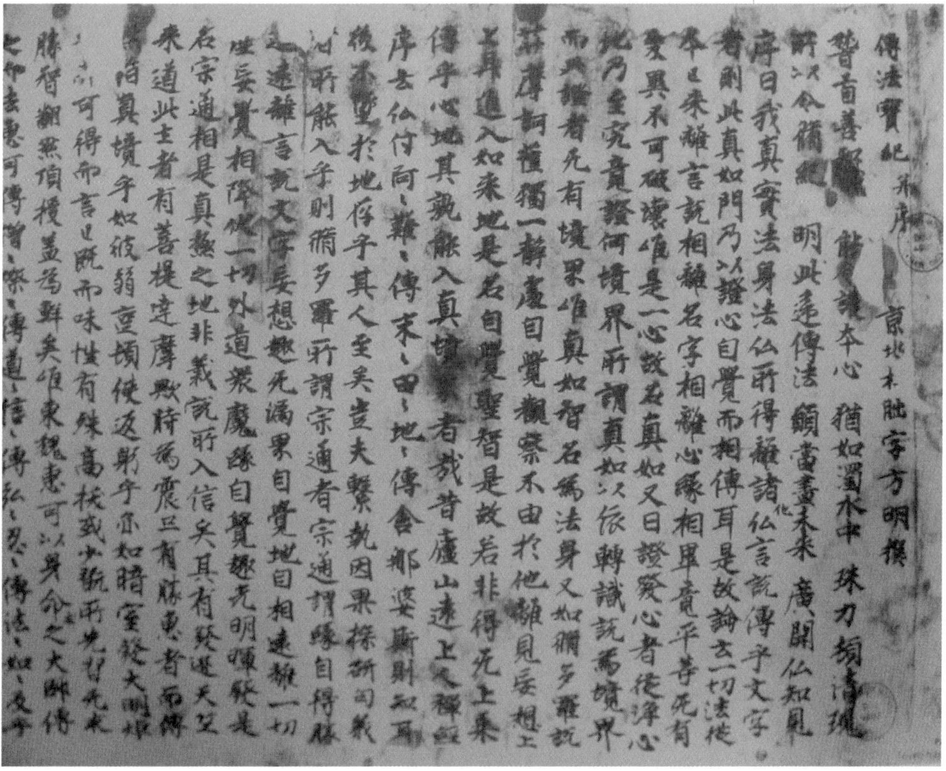

사서에는 보리달마부터 신수神秀까지 선종 7대 조사의 전법 체계, 전승자의 간략한 전기와 선법의 주장이 기록되어 있어 초기 선종의 법계와 인물의 생애, 사상을 연구하는 데 중요한 자료가 된다.

당 정각淨覺이 쓴 『능가사자기』는 『전법보기』보다 조금 늦게 완성된 또 한 권의 선종 북종 역사서인데 역시 오래전에 실전되었다(그림 66). 그러나 돈황유서에는 이 문헌의 사본 8종이 보존되어 있다(S.2045, P.3294 등). 『능가사자기』는 『능가경』으로 전승된 선종 전법 체계를 기술한 것으로 총 8대 13

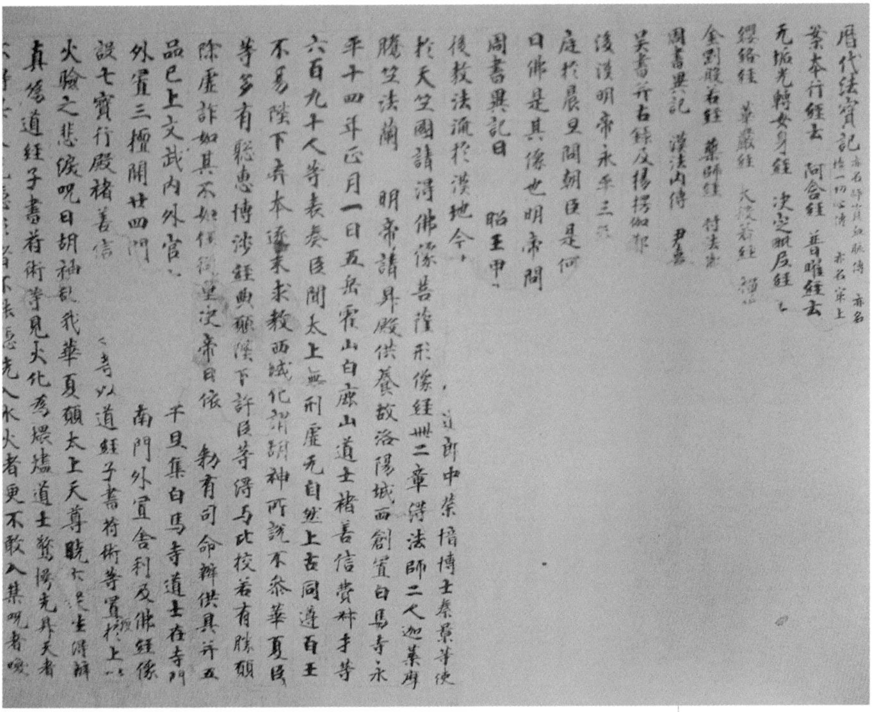

인의 전기와 선법이 포함되어 있다. 『전법보기』가 보리달마를 선종의 조종으로 보는 것과 달리, 이 문헌은 『능가경』의 역자인 남조 구나발타求那跋陀를 동토 선종의 조종으로 보고 보리달마를 2대조로 본다.

돈황유서에 남아 있는 또 한 가지 선종 사서는 『역대법보기』(S.516 등. 그림 67)이다. 이 문헌은 당대 검남劍南 지역 보당사保唐寺를 중심으로 한 선종 계보를 주요 내용으로 하면서 이 계보를 선종의 정통으로 보고 있다.

돈황유서 중에는 수당 때 금지된 종파인 삼계교三階教의

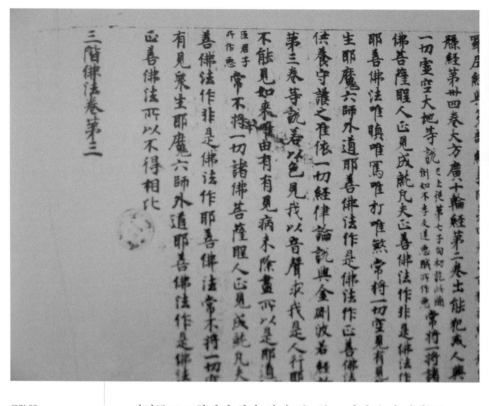

전적들도 포함되어 있다. 삼계교는 북조 말기 승려 신행信行

이 창건한 불교 종파이다. 그들의 전적은 수 문제文帝 때부터

당 현종玄宗 때까지 몇 차례에 걸쳐 금서로 지정되어 훼손되

었다. 결국 북송 초가 되면 삼계교는 종적이 사라지고 그 전

적도 대부분 유실된다. 돈황유서에 남아 있는 수대와 당대

초 삼계교 전적에는 『삼계불법三階佛法』(S.2684, P.2059. 그림 68),

『삼계불법밀기三階佛法密記』(P.2412), 『신행유문信行遺文』(S.2137),

『대근기행법對根起行法』(S.2446), 『무진장법략설無盡藏法略說』

(S.21137), 『대승법계무진장법석大乘法界無盡藏法釋』(S.721) 등이

있다. 이 문헌들은 신행의 생애와 사상 그리고 수당 시대 삼계교의 활동과 사상을 이해하는 데 중요한 자료를 제공해 준다.

불교의 설법에 따르면 '경'은 모두 부처의 말씀이다. 불설을 가탁하여 날조한 것은 위경僞經이고, 진위를 판단할 수 없는 것을 의경疑經이라 한다. 중국 불교 전파의 기나긴 역사에서 불설을 가탁한 '불경'은 매우 많았다. 불교의 정통성을 유지하기 위해 중국 불교도들은 경전의 진위 구분을 대단히 중시했고, 오랜 세월의 실천 과정을 통해 진위를 판단하는 구체적 방법을 도출할 수 있었다. 역대 승려들은 불교 경전을 정리할 때 항상 의경과 위경을 배제하기 위해 노력했다. 그래서 역사적으로 유행한 의경과 위경의 대부분은 현재 전하지 않는다. 그러나 돈황유서 중에는 이러한 경전이 일부 남아 있다. 사실 의경과 위경이 출현하여 유행한 것 역시 당시 사회에 이 경전들이 생존할 토양이 마련되어 있었기 때문이다. 이 경전들은 당시 민간의 신앙과 습속 등을 보여 주기 때문에 자료로서의 가치가 매우 크다. 예컨대 『대방광화엄십악품경大方廣華嚴十惡品經』(S.1320 등. 그림 69)은 양梁 무제武帝가 도살을 금지하고 채식을 제창한 배경에서 지어진 것이다. 이 경에서는 중생이 선근善根을 닦으려면 중생을 해치지 않고 방종하지 않고 술과 고기를 먹어선 안 된다고 말한다. 뿐만 아니라 음주와 육식의 죄업과 술과 육식을 끊을 때 오는 축복에 대해 집중적으로 논하였다. 이 경은 『광홍명집廣弘明集』의 기록과 함께 한대 불교 소식素食 전통의 형성 과정을 보여 준다.

『권선경勸善經』(P.2650. 그림 70)은 사람들에게 매일 아미타불을 천 번 외울 것을 권하고 이 경을 베끼면 전염병에 걸리지 않으며 베껴서 문에 붙이면 전염병이 피해가는 효과가 있다고 말한다. 사람들의 전염병에 대한 공포 심리를

그림 69
S.1320
『대방광화엄십악품경』

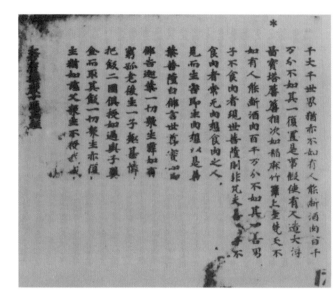

그림 70
P.2650『권선경』

그림 71
S.3961 『시왕경』

반영한 것이다.

　『시왕경十王經』(S.3961 등. 그림 71)은 대중들에게 매월 15일, 30일 두 번 왕생재往生齋를 미리 열고, 만약 새로 죽은 자가 있으면 100일, 2년, 3년의 기일에 지옥 시왕의 이름으로 재회를 갖추어 사자를 위한 공덕을 닦도록 권한다. 아울러 이 공덕이 사자를 지옥의 고통에서 벗어나 정토에서 왕생할 수 있게 해 준다고 말한다. 이 경전은 그림과 문자가 함께 섞여 있어 지옥의 모습을 형상적으로 보여주며 당 이후 중국 지옥 관념의 변화와 장례 풍습을 이해하는 데 중요한 가치를 지닌다. 그림에서 표현되는 지옥의 형구들 역시 당대

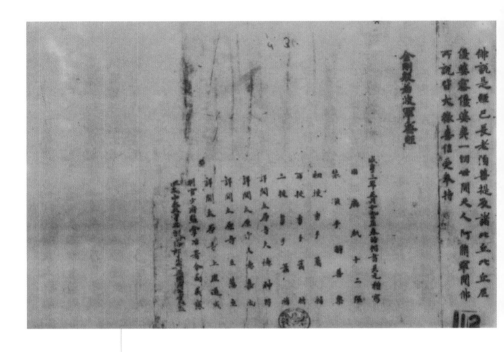

의 형구 연구에 좋은 참고 자료가 된다.

　돈황 사경들 중에는 제기題記가 첨부된 것들이 상당히 많다. 이들 제기 역시 중요한 학술적 가치가 있다. 소위 사경 제기란 경문을 초사하려는 사람 혹은 사경 자금을 댄 사람이 초사자에게 의뢰하여 쓴 문자로서 길이는 몇 글자에서 수백 자에 이른다. 보통은 불경 본문 다음에 쓴다. 불경 제기의 내용은 각기 다르다. 관부의 사경 제기는 흔히 사경의 시간, 초사자, 용지 수량, 장정 기술자, 초교, 재교, 삼교, 교열과 감독자의 이름을 쓴다. S.36『금강반야바라밀경金剛般若波羅蜜經』(그림 72)이 그 예이다.

咸亨三年五月十九日左春坊楷書吳元禮寫

用麻紙十二張

裝潢手解善集

初校書手蕭禕

再校書手蕭禕

三校書手蕭禕

詳閱太原寺大德神符

詳閱太原寺大德嘉尙

詳閱太原寺主慧立

詳閱太原寺大德上座道成

判官少府監掌冶署令向義感

使大中大夫守工部侍郎永興縣開國公虞昶監

이상의 제기는 당대 관부의 사경과 교경^{校經} 제도에 관한 이해에 도움을 준다. 일부 불경 제기는 당대 불경 번역기구(역장^{譯場})에 대한 정보도 들어 있다. 국가도서관 소장 BD03339 雨字39호 『금광명최승왕경^{金光明最勝王經}』의 제기가 그 예이다.

大周長安三年歲次癸卯十月己未朔四日壬戌三藏法師義淨奉制於長安西明寺新譯
幷綴文正字

翻經沙門婆羅門三藏寶思惟正梵義

翻經沙門婆羅門尸利未多讀梵文

翻經沙門七寶臺上座法寶證義

翻經沙門荊州玉泉寺弘景證義

翻經沙門大福先寺寺主法明證義

翻經沙門崇光寺神英證義

翻經沙門大興善寺復禮證義

翻經沙門大福先寺上座波侖筆受

翻經沙門清禪寺寺主德感證義

翻經沙門大周西寺仁亮證義

翻經沙門大總持主上座大儀證義

翻經沙門大周西寺寺主法藏證義

翻經沙門佛授記寺都維那惠表筆受

翻經沙門大福先寺都維那慈訓證義

請翻經沙門天宮寺明曉,

轉經沙門北庭龍興寺都維那法海,

弘建勘定.

　이상의 제기는 역경을 주재한 사람, 역경의 장소, 범문의 뜻을 증명하는 사람, 범문을 읽는 사람, 의미를 말해주는 사람, 그것을 받아서 필사하는 사람, 감정하는 사람의 신분과 성명을 기록하여 당대 역장의 순서와 분업 상황에 대해 구체적으로 밝히고 있다.

　개인 사경은 일반적으로 구체적인 목적이 있다. 평안을 기원하거나 병이 낫기를 바라거나 죽은 친지에게 명복을 비는 등의 갖가지 바람이 사경의 제기에

그림 73
S.1864
『유마힐소설경』 제기

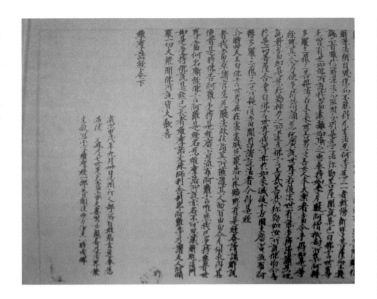

표현되었다. 이러한 제기는 일반적으로 사경의 시간, 장소, 공양인의 성명, 신분, 사경사의 이름, 연유, 바라는 공덕 등을 밝힌다. 예를 들어 S.1864『유마힐소설경維摩詰所說經』의 제기는 이렇다(그림 73).

갑술년 9월 30일 사주 행인부락 백성 현일이 돌아가신 부모님과 칠대의 조상님 부부, 아들딸, 친척 및 법계의 중생들을 위해 작은 글씨로 『유마경』한 부를 삼가 필사하니 서방정토로 왕생하여 즉시 성불하기를 바랍니다.

歲次甲戌年九月卅日沙州行人部落百姓玄逸奉爲過往父母及七世先亡當家夫妻男女親眷及法界衆生, 敬寫小字維摩經一部,

그림 74
P.2805『불설마리지
천경』

普愿往西方淨土, 一時成佛.

   돌아가신 부모님과 조상에게 명복을 빌고 온 집안과 친
척들에게 복을 기원하는 사경이다.
   또 P.2805『불설마리지천경^{佛說摩利支天經}』의 제기는 다음
과 같다(그림 74).

   천복 6년(941) 신축년 11월 13일 청신의 여제자인 조 씨 낭자
가『반야심경』1권,『속명경』1권,『연수명경』1권,『마리지천경』

을 필사하여 이내 몸의 병이 낫길 바랐으나 지금 며칠이 지나도록 자주 약을 써도 병세가 나아지지 않습니다. 이제 병 때문에 몸져누워 이전의 잘못을 비로소 깨닫고 대성께 이 고난에서 구제해 주시길 바라옵니다. 사경의 공덕을 감안하시어 이 액난을 깨끗이 없애주시고 사가의 주인께서는 복을 받으시어 서방으로 왕생하길 비나이다. 간절한 마음 가득 담아 길이 공양을 바치옵니다.

天福六年辛丑歲十月十三日淸信女弟子小娘子曹氏敬寫般若心經一卷, 續命經一卷, 延壽命經一卷, 摩利支天經一卷, 奉爲己躬患難, 今經數晨, 藥餌頻施, 不蒙推減. 今遭臥疾, 始悟前非, 伏乞大聖濟難拔危, 鑑照寫經功德, 望仗厄難消除, 死家債主, 領資福分, 往生西方, 滿其心愿, 永充供養.

병이 낫기를 바라는 사경이다.

P.2143『대지제이십육품석론大智第廿六品釋論』의 제기는 다음과 같다(그림 75).

대대보태 2년 임자년 3월 을축 초하루 25일 기축, 제자 사지절 산기상시 도독영제군사 거기대장군 개부의 동삼사과주자사 동양왕 원영. 천지는 황폐해지고 왕로는 가로막히고 군신은 예를 잃은 지 여러 해입니다. 천자께서 중흥하시니 이에 숙화를 궁궐로 보내 관계를 회복코자 합니다. 저는 늙은 나이에 병까지 들어 숙화가 조속히 돌아오기를 바랍니다. 삼가『무량수경』1백 부를 제작하니, 40권은 비사문천왕을 위함이고, 30부는 제석천왕을 위함이고, 30부는 범석천왕을 위함입니다.『마가연』1백 권을 제작하니, 30권은 비사문천왕을 위함이고, 30권은 제석천왕을 위함이고, 30권은 범석천왕을 위함입니다.『내율』한 부 50권은 하나는 비사문천왕을 위함이고, 하나는 제석천왕을 위함이고, 하나는 범석천왕을 위함입니다.『현우』한 부는 비사문천왕을 위함이고, 『관불삼매』 한 부는 제석천왕을 위함이고, 『대운』 한 부는 범석천왕을 위함입니다. 천왕께서는 어서 불도를 이루시고 무궁한 복이 함께 하시길 기원합니다. 황제의 후사가 끊이지 않아 사방이 찾아와 교화되고, 나쁜 도적들이 물러나 나라가 태평하고 백성이 편안하기를 바랍니다. 마음을 따르고 유식을 품으시어 모두 이 바람을 함께 하기를 기원합니다.

大代普泰二年歲次壬子三月乙丑朔廿五日己丑, 弟子使將(持)節散騎常侍都督領諸軍事車騎大將軍開府儀同三司瓜州刺史東陽王元榮: 惟天地妖荒, 王路否塞, 君臣失禮, 於玆多載. 天子中興, 是以遣息叔和詣闕修復. 弟子年老疹患, 冀望叔和早得還回, 敬造無量壽經一百部, 四十卷爲毗沙門天王, 卅部爲帝釋天王, 卅部爲

그림 75
P.2143
『대지제이십육품석론』

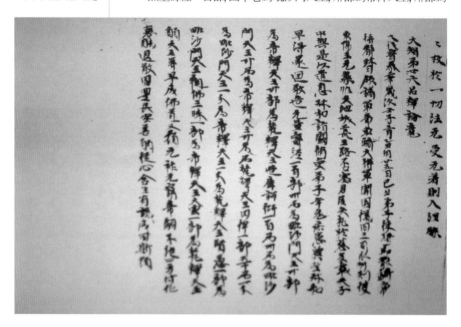

梵釋天王. 造摩訶衍一百卷, 卅卷爲毗沙門天王, 卅卷爲帝釋天王, 卅卷爲梵釋天王. 內律一部五十卷, 一分爲毗沙門天王, 一分爲帝釋天王, 一分爲梵釋天王. 賢愚一部爲毗沙門天王. 觀佛三昧一部爲帝釋天王. 大雲一部爲梵釋天王. 願天王等早成佛道. 又願元祚無窮, 帝嗣不節, 四方付化, 惡賊退散, 國豊民安, 善願從心, 含生有識, 咸同斯願.

당시 과주자사의 소재지는 돈황이었다. 지방장관 동양왕東陽王 원영元榮의 사경 제기는 당시 돈황과 중원과의 관계가 이미 끊겨 관계 회복을 위해 숙화叔和를 중원으로 보냈다고 말한다. 이상의 제기는 당시 돈황의 정치적 상황을 반영하고 있는 것이다.

요컨대 돈황유서에 보존된 풍부한 내용의 사경 제기는 사경의 이유, 경본의 번역과 전파, 각 시기 경전의 유행 상황, 민중들의 불교 신앙 그리고 당시 사회 배경을 이해하는 데 중요한 가치를 지닌다. 일찍이 위진 시대에 돈황은 이미 도교가 유행하고 있었다. 북위가 하서河西를 통일한 후 돈황의 도교는 더욱 발전하게 된다. 당 왕조의 이 씨 통치자들은 노자를 시조로 도교를 존숭하여 당 전기에 이르면 돈황에서 도교의 유행이 극에 달한다. 당시 돈황에는 개원관開元觀, 신천관神泉觀, 영도관靈圖觀, 충허관冲虛觀, 용흥관龍興觀 등의 도관이 있어 대량의 도교 경전을 초사했다.

북주 이후에는 거의 모든 왕조가 도교 경전을 수집하고 정리했다. 당대에도 도교 경전을 대규모로 모으고 편찬했다. 그러나 여러 이유로 인해 당, 송, 금, 원대에 편찬된 도장은 모두 산실되었다. 현재 전하는 도장은 명대의 『정통도장正統道藏』과 『만력속도장萬曆續道藏』이며 초기의 많은 도교 전적은 지금의 도장 안에 남지 못했다.

돈황유서에는 800여 건의 도경과 관련 문서 초사본이 보존되어 있는데 그 중 이미 고증되거나 잠정한 경명은 대략 170종 230여 권이다. 내용은 다음과 같다. ①동진상청부洞眞上淸部에 수록된『상청경上淸經』, ②동현영보부洞玄靈寶部 상에 수록된『고영보경古靈寶經』, ③동현영보부洞玄靈寶部 하에 수록된『승현경升玄經』과 기타『영보경』, ④동신부洞神部와 동연부洞淵部의 합본에 수록된『삼황경三皇經』과『동연경洞淵經』, 주문 도법서, ⑤태현부太玄部 상에 수록된『도덕경주道德經注』와 도가 제자의 경론, ⑥태현부 하에 수록된『본제경本際經』,『해공경海空經』 등의 수당 시대 도가서, ⑦태평부太平部에 수록된『태평경太平經』과『제중경濟衆經』, ⑧태청부太淸部에 수록된 복식服食, 섭생류 경서, ⑨정일부正一部에 수록된 초기 천사도경녹의법天師道經錄儀法, ⑩도교 경전 목록과 유서類書, ⑪관방 문서, 사법 문서, 시문집 등을 포함한 도교 관련 문서, ⑫제목이 없는 도경, 불도佛道 관련 경전 등. 그중『정통도장』에 수록되지 않은 것이 80여 종,『도장』본에 일부만 남아 있어 돈황본으로 보충할 수 있는 것이 18종 30여 권이다. 반 이상의 돈황 도교 문헌이 지금의『도장』에는 보이지 않는다. 그중 20종은『도장궐경목道藏闕經目』에 보이는 것들로 원대에 소실된 당대의『도장』경서이다. 이 돈황유서는 남북조와 수당 도교사의 연구에 매우 중요한 가치를 지닌다.

『노자도덕경』은 도교의 기본 경전 중 하나로 돈황유서에는 이 경전의 초사본이 있어 전세본의 빠진 부분을 교감할 수 있다. 돈황유서에는 또 최소 11종의 도덕경 주소注疏가 있으며 그중 8종은 지금의 도장에 없는 것이다. 사람들의 관심을 가장 많이 끈 자료는 S.6825『노자상이주老子想爾注』이다(그림 76). 이는 한말漢末 오두미도의 시조 장도릉張道陵 혹은 그 손자 장로張魯가 지은 것으로 신도 교화용으로 쓰였으며 남북조 때 도교의 밀전 경서로 포함되었다가 원대에 실전되었다. 남북조 말에 초사된 돈황본『노자상이주』는 원서 상권의 일부 내용이 남아 있어 초기 천사도^{天師道} 연구를 위한 기본 문헌이 되고 있다. 이 문헌의 제작 연대에 대해서는 논란이 있다. 혹자는 한말의 것이라 하고 혹자는 남북조 때 지어졌다고 말한다.

『태평경』은 도교 최초의 대형 도서^{道書}이자 한대 원시 도교의 연구를 위한 중요 자료이다. 이 경은 원래 170권 10부로 나뉘어 있었다. 그러나 전해지는 도장에는 잔본만 있고 대부분 유실되었다. 또 온전한 목록도 없어서 전모를 알 수가 없다. 돈황 도경 S.4226『태평부권제이^{太平部卷第二}』(그림 77)는 남북조 때 필사된 문헌으로『태평경』10부, 170권, 366편의 온전한 목록이 편명 대부분을 열거하고 있어『태평경』의 원래 모습을 보여 준다. 초사본 수미에는 서문과 발문까지 있어서『태평경』이 세상에 전해진 경위, 경문의 요지, 수행과 전수의 방식 등을 소개하고 있다.

『무상비요^{無上秘要}』는 북주 무제의 주도로 편찬된 최초의

그림 77
S.4226
『태평부권제이』

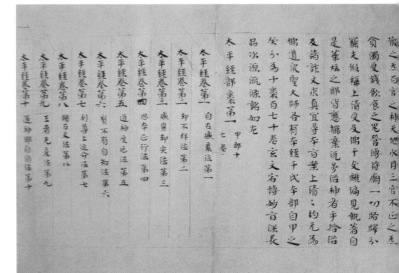

그림 78
P.2861
『무상비요목록』

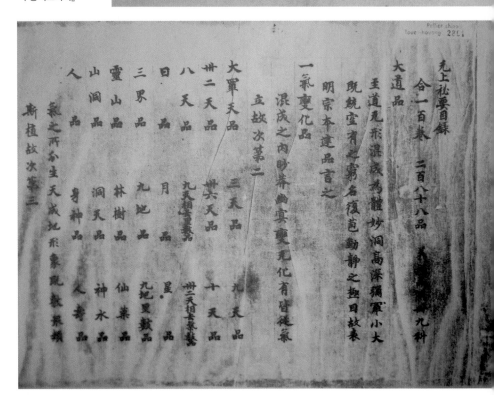

대형 도교 유서로서 한위육조 시대 도교 경전과 교의의 연구를 위한 중요 자료이다. 이 문헌은 원래 1백 권이었으나 당대 말에 이미 결손이 생겼다. 전해지는 도장에는 그중 68권만 남아 있으며 온전한 목록도 없다. 돈황유서에는 총 13건의 『무상비요』가 있어서 현재 전해지는 도장본의 결락과 오류를 보완할 수 있다. 특히 P.2861 『무상비요목록』(그림 78)에는 100권, 288품의 목록이 남아 있어 이 경전의 전모 뿐 아니라 현재 도장의 결락 부분까지 알 수 있다.

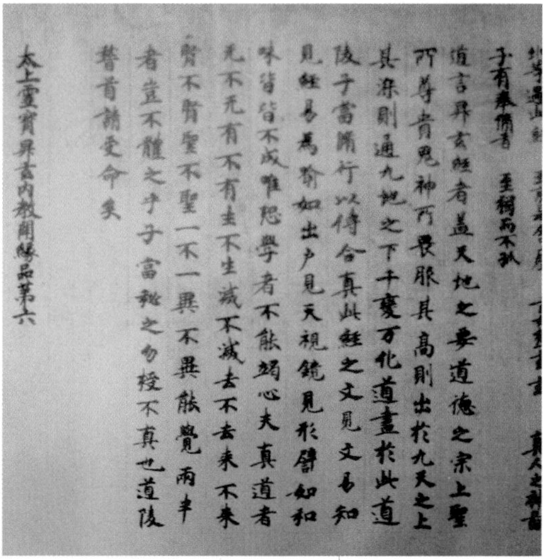
子有奉備者　至稱而不孤
道言昇玄經者蓋天地之要道德之宗上聖
所尊貴鬼神所畏服其高則出於九天之上
其深則通九地之下千變万化道盡於此道
後子當隨行以傳合真此經之文見文易知
見經易為論如出戶見天視鏡見形譬如和
味皆皆不成唯思學者不能竭心夫真道者
无不无有不有生不生滅不滅去不去來不來
實不實聖不聖一不一異不異能覺兩半
者豈不體之子子當祕之勿授不真世道陵
替普韻受命矣
太上靈寶昇玄內教開緣品第六

그림 79
P.2560 『태상동현영보승현내교경』

남북조 말에 완성된 P.2560 등의 『태상동현영보승현내교경太上洞玄靈寶升玄內教經』(그림 79)은 도교도가 위진 현학과 불교 대승반야 사상의 격동 속에서 도교의 교의를 힘써 수립한 결과이다. 이 경전의 내용은 불교의 자극하에서 도교 스스로 사변 수준을 높이려 했음을 보여 준다. 동시에 이는 남북조 말기 북방 도교에 대한 남방 현학 사조와 남방 도교 사상의 영향이 구체적으로 체현된 것이자 전국 통일의 추세에 따라 각 도교 종파의 교의를 정합한 결과이다. 이 경전은 북주 통치자의 요구에 부응하여 북주 말부터 수당 대까지 크

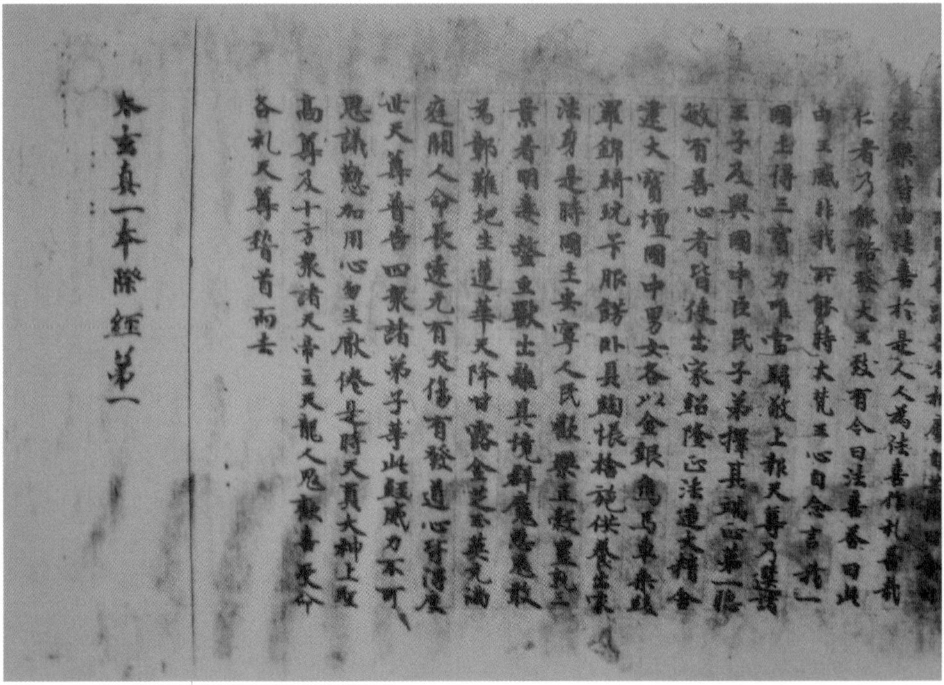

仁者乃能諮發大玄啟問令日法喜答曰此
由王感非我所能持大梵王心自念言我一
國主得三寶力唯當歸啟上報天尊乃還講
王子及與國中臣民子弟擇其端正第一聰
敏有善心者皆使出家紹隆正法造大精舍
建大寶壇國中男女各以金銀象馬車乘錢
帛錦綺珠子服飾卧具氍帳幡花供養出家
法身是時國主安寧人民歡樂五穀豐熟五
景者明奏發五獸出離其境群魔惡鬼救
為鄣難地生蓮華天降甘露金芝玉英充滿
庭閣人命長遠无有夭傷有發道心皆得度
世天尊普告四眾諸弟子等此經威力不可
思議總加用心勿生厭倦是時天真大神上啟
高尊及十方眾諸天帝主天龍人鬼歡喜受命
各禮天尊稽首而去

太玄真一本際經第一

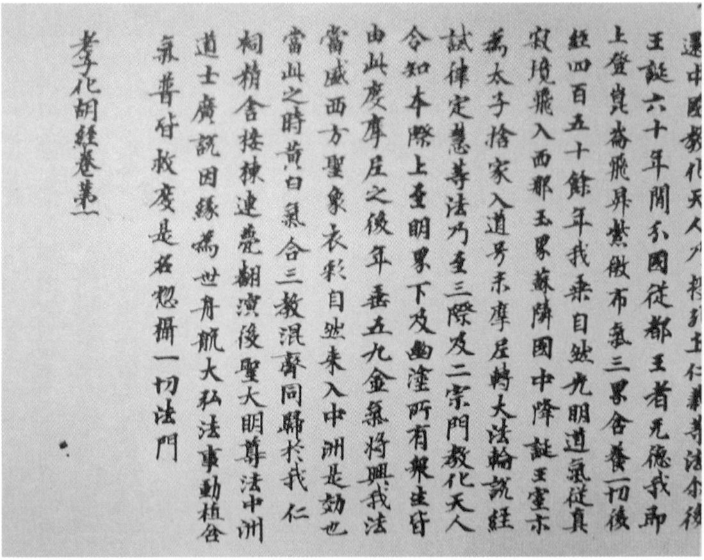

王誕六十年開示國從都王者光德我即
上登崑崙飛昇紫微布氣三界含養一切後
經四百五十餘年我乘自然光明道氣從真
寂境飛入西那玉界蘇鄰國中降誕王室示
為太子捨家入道号末摩尼轉大法輪說經
誡律定慧等法乃至三際及二宗門教化天人
令知本際上至明界下及幽塗所有眾生皆
由此度摩尼之後年垂五九金氣將興我法
當盛西方聖象衣彩自然來入中洲是效也
當此之時黃白氣合三教混齊同歸於我仁
祠精舍接棟連甍翻演後聖大明尊法中洲
道士廣說因緣為世舟航大弘法事動植含
氣普皆救度是名總攝一切法門

老子化胡經卷第一

그림 80
P.3790『태현진일본제경』 권일

그림 81
P.2007
『노자화호경』 권일

게 유행했다. 그러나 후대에 이 경전은 점차 산실되어 지금의 도장에 남아 있는 수정본 몇 가지는 모두 온전하지 못하다. 돈황유서 중에는 이 경전의 사본 20여 건이 남아 있어 중요한 연구 자료가 된다.

수대의 도사 유진희劉進喜가 짓고 나중에 당대 초 도사 이중경李仲卿이 완성한 『태현진일본제경太玄眞一本際經』(P.3790 등. 그림 80)은 『승현경升玄經』의 사상을 계승하고 도교의 교의학 이론을 더욱 심화한 것이다. 그중에서 '호국', '정토' 사상은 당대 통치자의 요구에 맞아 황실로부터 높은 평가를 받았다. 당 현종은 두 차례 명을 내려 천하의 도사들로 하여금 이 경전을 전사토록 하였고, 이로 인해 해당 경전은 당대에 널리 유행하게 되었다. 이 경전은 대략 원대에 사라져 지금의 도장에는 잔권 몇 종만 남아 있다. 돈황유서 중에 남아 있는 140여 건의 『본제경本際經』 사본은 이 경전의 대부분을 복원하여 경전의 전파와 영향에 대한 연구에 중요한 자료를 제공해 준다.

노자화호老子化胡 설은 불교와 도교의 장기간에 걸친 논쟁의 산물이다. 동한 시대 불교가 처음 중국으로 전해질 때 이미 노자가 서역을 거쳐 천축으로 가서 불교도가 되었다는 설이 있었다. 서진 도사 왕부王浮는 승려 백원과 도교와 불교에 대해 논쟁을 벌이고 기존의 전설에 의거하여 처음으로 『노자화호경老子化胡經』을 지었다. 이 기록에 따르면 노자는 관문을 나가 서역으로 가서 오랑캐 땅에서 불교도가 되어 호인胡人을 교화시켰다. 이는 도교도가 불교를 공격하기 위해 날조한 경서임이 분명하다. 남북조와 수당 시대에 불도 양교는 화호化胡의 진위 문제를 두고 여러 차례 격렬한 논쟁을 벌이고 각자의 경서를 만들어 자신의 설을 주장했다. 이렇게 해서 일련의 『화호경』 저작들이 탄생한 것이다. 원대 초에는 도사가 불도의 논쟁에서 패배하여 『화호경』과 대량의 도가서들이 원 세조에

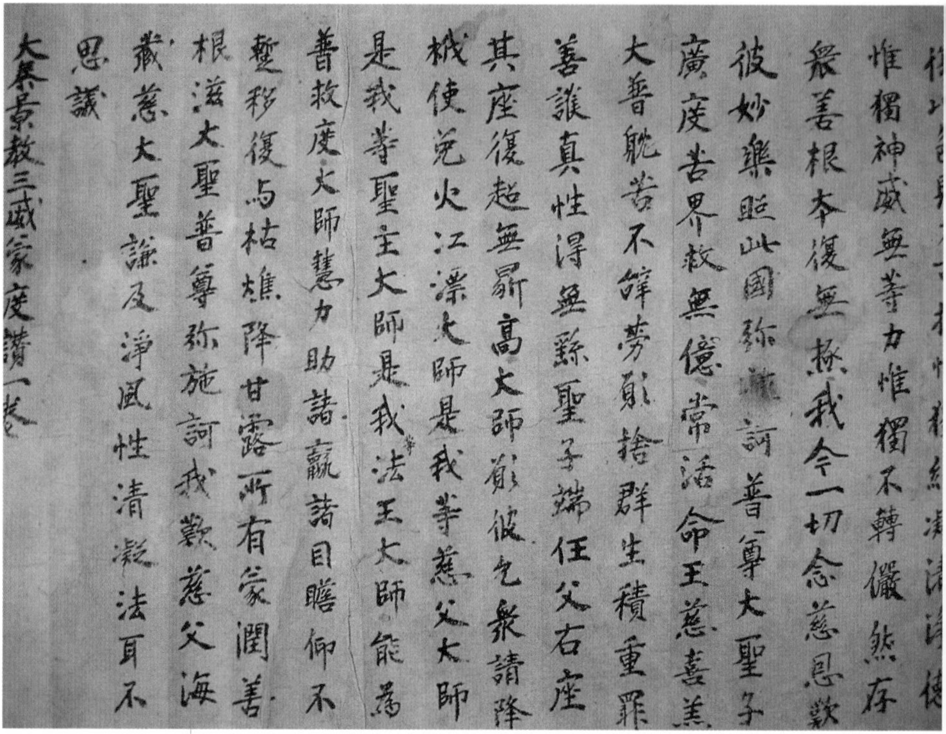

大秦景教三威蒙度讚一卷

思議
藏慈大聖諷及淨風性清激法耳不
根滋大聖尊彌施訶我戲慈父海
整移復与枯燋降甘露所有蒙潤善
善救度大師慧力　助諸嬴諸目瞻仰不
是我等聖主大師是我法王大師能為
械使兇火江漂大師是我等慈父大師
其座復起無疚高大師誰彼氣眾請降
善誰真性得無疑聖子端任父右座
大善䑲苦不餝蒙敕捨群生積重罪
廣度苦界救無億常活　命王慈喜美
彼妙樂匪山國弥謙訶　普尊大聖子
㝡善根本復無㺮我令一切念慈恩歡
惟楷神威無等力惟獨不轉儼然存

그림 82
P.3847
「대진경교삼위몽도찬」

의해 불태워졌다. 이후 『화호경』의 구체적 내용을 알 방도가 없게 된 것이다. 돈황유서 중에는 당대 『노자화호경』(P.2007 등. 그림 81)의 잔결본이 여러 건 남아 있어 불도 양교의 관계에 대한 연구에 귀중한 자료가 된다. 문헌의 상태로 보면 돈황 도교 경전은 대부분 당 전기에 초사되어 종이의 질이 뛰어나고 대체로 염황染黃 종이를 사용한다. 또 먹의 색과 서법도 훌륭하다.

기독교 네스토리우스파는 당대에 경교景敎로 불렸다. 당 태종太宗 정관貞觀 9년(635), 네스토리우스파의 선교사는 수도 장안으로 와서 사원을 짓고 선교 사업을 벌였다. 그러다 당 무종^{武宗} 회창^{會昌} 5년(845)에 활동이 금지되었다. 경교가 금지된 이후 관련 전적 역시 대부분 유실되었다. 돈황유서에는 『존경^{尊經}』(P.3847), 『대진경교삼위몽도찬^{大秦景敎三威蒙度} ^贊』(P.3847. 그림 82), 『대진경교선원본경^{大秦景敎宣元本經}』(현재 일본 소장, 『돈황비적^{敦煌} ^{秘籍}』431호) 등의 한역 경교 경전이 남아 있어 당대 경교의 연구에 중요한 자료가 되고 있다. 『대진경교삼위몽도찬』은 교회 종교의식 때 불리던 44구 7언의 찬송 시로서 라틴어 찬송인 「하느님께 영광을」에 상당한다. 제목에서 '삼위'는 '성부, 성자, 성령'의 삼위일체를 가리키고, '몽도'는 속죄를 갈망한다는 의미이다. 연구자들은 이 경문이 시리아어의 중국어 번역본이고 8세기에 중국으로 온 경교 선교사 경정^{景淨}을 역자로 보고 있다.

마니교는 3세기 중엽에 페르시아인 마니가 창시한 종교이다. 기독교를 비롯해 여러 종교의 요소들을 흡수한 마니교의 교리는 '이종삼제론^{二宗三際論}'을 핵심으로 하여 선악 이원론을 주장한다. 이 종교는 창시된 후 북아프리카, 유럽, 서아시아, 중앙아시아 등지에서 광범위하게 퍼졌으며 중앙아시아를 거쳐 중국에까지 전해졌다. 당대에는 일정 기간 합법적으로 유행했다가 당 무종 회창 5년(845)에 금지되었다. 마니교도는 경전의 편찬과 번역을 매우 중시하였으나 당 통치자의 탄압 이후 한문 경전까지 모두 사라지고 말았다. 돈황유서 중에는 『마니광불교법의략^{摩尼光佛敎法儀略}』(P.3884, S.3969. 그림 83), 『하부찬^{下部讚}』(S.2659), 『증명과거인과경^{證明過去因果經}』(BD00256, 宇字56호)의 마니교 문헌 3건이 남아 있어 마니교의 중국 전파에 대한 연구에 중요한 자료가 되고 있다. 『마니광불교법의략』(S.3969. 그림83)은 당 현종 때 중국에 머물던 마니교 사제가 명을 받고 작성한 해석서 성격의 문건으로서 마니교의 기원, 교주 마니의 주요 저작, 교단의

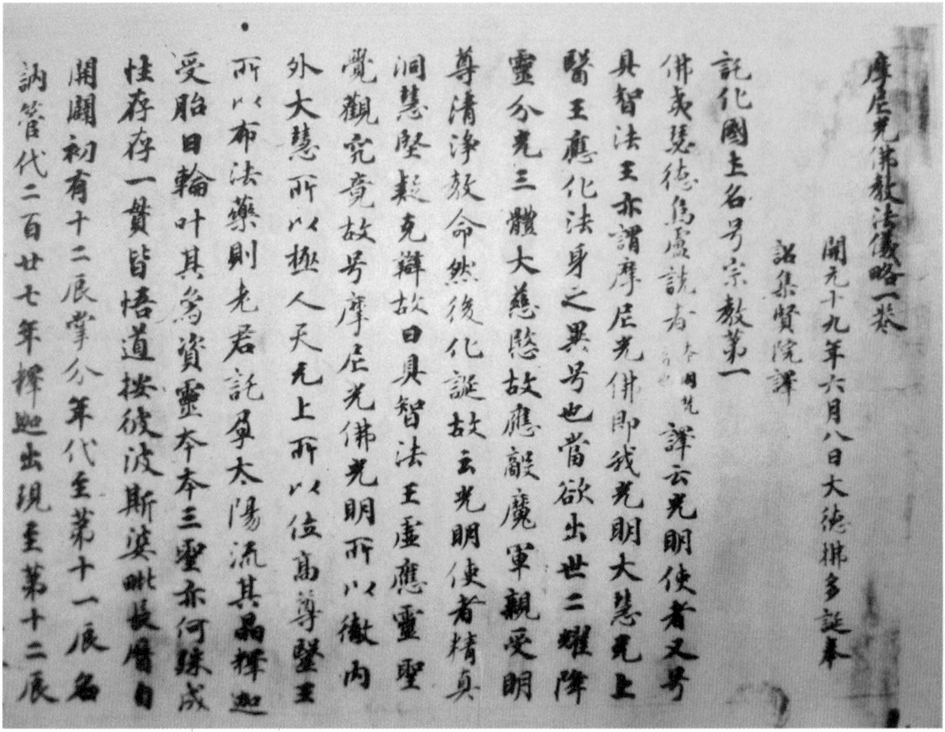
摩尼光佛教法儀略一卷
開元十九年六月八日大德拂多誕奉
詔集賢院譯
託化國主名號宗教第一
佛夷瑟德烏盧詵者本國梵音也譯云光明使者又號
具智法王亦謂摩尼光佛即我光明大慧無上
醫王應化法身之異號也當欲出世二耀降
靈分光三體大慈愍故應敵魔軍親受明
尊清淨教命然後化誕故云光明使者精真
洞慧堅疑克辯故曰具智法王虛應靈聖
覺觀究竟故號摩尼光佛光明所以徹內
外大慧所以極人天無上所以位高尊醫王
所以布法藥則老君託孕太陽流其晶輝
受胎日輪叶其為資靈本本三聖亦何殊成
性存存一貫皆悟道按彼波斯婆毗長曆自
開闢初有十二辰掌分年代至第十一辰名
訥管代二百廿七年釋迦出現至第十二辰

그림 83
S.3969
「마니광불교법의략」

조직, 사원 제도, 핵심 교의 등이 주된 내용이다. 이 사본은 당시 중앙아시아 지역과 중국 내륙의 마니교 연구에 중요한 참고 자료이면서 좀처럼 구하기 힘든 마니교 문헌이기 때문에 프랑스어, 영어, 독일어 등 여러 언어로 이미 번역되었다.

고대 중국인들은 중국에 전해진 조로아스토교를 현교祆教라 불렀다. 이는 조로아스터교가 불과 하늘을 숭배하고 성스러운 불을 최고신의 화신으로 간주하기 때문이다. 연구에 따르면 현교는 4세기 소그드인이 중국으로 들여왔다. 당송 때는 돈황과 중국 내지의 일부 지방에도 현교도들이 활동하고 있었다. 돈황유서 중에는 현교 경전이 남아 있지 않지만 현교와 관련된 일부 기록은 있다. P.2005『사주도독부도경』제3권에 기록된 '사소잡신四所雜神'에는 '현신祆神'이 포함되어 있다. 여기에는 "사주 동쪽 1리 지점에 집을 세우고 신주를 그렸는데 총 20개의 감실이 있다. 뜰의 둘레는 1백 보이다(在州東一里, 立舍, 畵神主, 總有廿龕. 其院周回一百步)"라는 기록이 있다. 학자들은 둘레 1백 보의 뜰이 바로 돈황의 현교 사당이었을 것이라고 본다. 돈황의 명승고적을 읊은『돈황이십영敦煌廿咏』중에「안성현영安城祆咏」이 있다. P.4640『귀의군파력歸義軍破曆』등의 관부 지출장부 중에 '새현賽祆'과 관련된 지출 기록이 있다. 이는 귀의군 시기에도 현교가 여전히 돈황 지역에 유행했을 뿐 아니라 관부의 지원까지 받았음을 말해 준다. 이상의 기록은 현교의 전파와 유행을 이해하는 데 있어 중요한 연구 자료가 된다.

돈황 역사지리 문서의 내용과 가치

돈황유서는 불교 전적이 대부분을 차지하지만 대략 10% 정도의 불교 이외 문헌도 있다. 여기에는 역사지리 문헌도 포함된다. 돈황 역사지리 문헌은 크게 역사 전적과 문서 두 가지로 나눌 수 있다. 여기서는 역사지리 문서를 주로 소개하고, 주요 역사 전적에 대해서는 사부서(고적) 부분에서 소개할 것이다.

돈황의 역사 문서는 정치, 경제, 민족, 지방사 등 여러 방면에 걸쳐 매우 광범위하게 보인다.

당대 제도에 따르면 관부에서 하달하거나 하급 단위에서 상부로 보고하는 공문은 모두 고정된 명칭과 격식이 있었다. 예를 들어 하달하는 공문에는 제制

⌜詔⌟, 칙勅, 책冊, 영令, 교敎, 부符 등의 이름이 있었고, 상부에 보고하는 공문은 주초奏抄, 주탄奏彈, 노포露布, 의議, 표表, 장狀 등의 이름이 붙었다. 이처럼 서로 다른 이름의 공문은 내용, 형식, 격식, 용지(어떤 경우에는 비단을 사용) 등에서 모두 차이가 있었다. 오랜 세월이 지나면서 당대 공문서의 내용은 사적 안에 남더라도 공문서의 원본은 보존되기 힘들었다. 이 점은 당대 공문서의 운용과 그것의 구체적인 모습을 이해하는 데 있어 난관이 될 수밖에 없었다. 그러나 다행히도 돈황유서에는 제서制書, 칙서勅書, 고신告身(임명장) 등의 문서가 남아 있어 당대 공문서 연구에 귀중한 자료가 되고 있다. 제서에는 「천보칠재(748)존호대사문天寶七載冊尊號大赦文」(S.446. 사문은 제서의 일종), 「중화오년(885)거가환경대사문中和五年車駕還京大赦文」(p.2054)이 있고, 칙서에는 「선천원년(712)칙지先天元年勅旨」(S.5257), 「경운이년(711)사주자사능창인칙景雲二年賜沙州刺史能昌仁勅」(S.11287C. 그림 84), 「천보원년(742)칙첩天寶元年勅牒」(P.2504), 「함통십년(869)칙사주자사장회심첩초咸通十年勅沙州刺史張淮深牒抄」(P.4632), 「사장회심수과주칙賜張淮深收瓜州勅」(P.2709)이 있으며, 고신에는 「건봉이년(667)범문개조수고신乾封二年氾文開詔授告身」(P.3714 뒷면), 「성력이년(699)범승엄제수고신聖曆二年氾承儼制授告身」(P.3749 뒷면), 「천보십사재(755)진원□제수고신天寶十四載秦元□制授告身」(S.3392), 「경운이년(711)장군의고신景雲二年張君義告身」(돈황연구원 소장) 등이 있다. 이 중에서 꼭 언급해야 할 자료는 바로 「경운이년사주자사능창인칙」이다. 이 사본은 당대 '논사칙서論事勅書'의 원본으로서 8행의 문자만 남아 있다. 문서 위에는 '중서성지인中書省之印'이 찍혀 있고 중간에는 '칙勅' 자가 크게 쓰여 있어 주목을 끈다. 이로써 이 문서는 돈황문서의 상징적인 부호가 되었다. 이 문건에 근거하여 다른 문헌을 참고하면 '논사칙서'의 초안 작성부터 하달까지의 복잡한 과정을 대체적으로 이해할

수 있다.

　그밖에 돈황유서에는 하
급 단위에서 상부로 보고하
는 공문도 있다. 예컨대 「귀
의군절도사조연록상표歸義軍
節度使曹延祿上表」(P.3827), 「관내
삼군백성주청표管內三軍百姓奏請
表」(S.4276), 「천복십사년(949)

그림 84
S.11287C 「경운이년사
주자사능창인칙」

귀의군절도사조원충진공장天福十四年歸義軍節度使曹元忠進貢狀」
(S.4398), 「건원원년(759)나법광사부고첩乾元元年羅法光祠部告牒」
(P.3952) 등이 이에 해당한다.

　당대의 법률 문서는 율律, 령令, 격格, 식式의 네 부분으로 구
성되었다. 율은 죄명과 형벌을 규정한 것으로 형량을 판결
하는 근거가 된다. 령은 관제官制, 예제禮制, 전제田制, 병제兵制,
부역賦役 등의 제도 및 법규와 관련된 조문으로서 령을 어기
게 되면 '율'의 제재를 받는다. 격은 황제가 반포한 제制와 칙
勅의 모음으로 구체적 내용은 상서성 각 부문에서 관장하는
규정과 관련된다. 식은 각급 관청에서 시행하는 각종 장정
의 세칙이다. 이밖에 율에 대한 해석인 율소律疏가 있는데 그
것의 법률적 효력은 율과 같다. 이상의 법률 문서들은 당률
唐律과 율소만 온전하게 보존되어 있고 령, 격, 식은 송대 이
후에 모두 흩어져 없어졌다. 따라서 돈황유서에 보존된 율,

령, 격, 식의 잔권 사본은 당대 법률 문서의 진면목을 이해하기 위한 중요 자료가 된다. 돈황유서 중에 남아 있는『당률』에는 영휘永徽『명례율名例律』(Дx.1916 등), 영휘『직제율職制律』(국가도서관 麗85호), (구자龜兹에서 출토된) 수공垂拱『직제職制』「호혼戶婚」「구고율廐庫律」(P.3608, P.3252), 정관貞觀『포망률捕亡律』(Ch.0045) 등이 있다. 율소에는 개원開元『명례율소名例律疏』(P.3593 등), 개원『도적율소盜賊律疏』(S.6138), 개원『잡율소雜律疏』(이성탁 소장본), 영휘『직제율소職制律疏』(P.3690) 등이 있다. 위에 열거한 돈황사본 율과 율소는 비록 잔권이긴 하지만 중요한 가치를 지닌다. 보통 현재 전해지는『당률소의唐律疏議』는 영휘율과 영휘율소로 간주된다. 당률과 율소는 여러 차례 수정을 거쳤고 기타 판본의 당률과 율소는 이후에 계속 사라진 것으로 알려져 있다. 그러나 위에 열거한 돈황유서의 당률과 율소 중 많은 자료가 다른 판본에 속한다. 따라서 이 자료는 당률의 발전에 대한 연구에 있어 중요한 자료가 된다.

돈황사본 중 당령唐令 잔권으로는『영휘동궁제부직원령永徽東宮諸府職員令』(P.4634 등),『개원공식령開元公式令』(P.2819 뒷면),『사령祠令』(Дx.3558)이 있고, 당격唐格 잔권으로는『신룡산반형부격神龍散頒刑部格』(P.3078, S.4673),『호부격戶部格』(S.1344. 국가도서관 BD9348, 周字69호),『개원병부선격開元兵部選格』(P.4978),『정관이부격貞觀吏部格』(P.4745) 등이 있으며, 당식唐式으로는『개원수부식開元水部式』(P.2507. 그림 85)이 있다.

위에서 말했듯이 당대의 령, 격, 식은 송대 이후에 모두 사라진다. 따라서 돈황유서에 남아 있는 령, 격, 식 사본은 문서의 원래 모습에 대한 연구에 귀중한 자료를 제공해 줄 뿐만 아니라 당령, 당격, 당식을 모으는 작업에도 중요한 자료를 제공해 준다. 예컨대『개원수부식』은 당대의 수도, 교량의 관리제도와 각

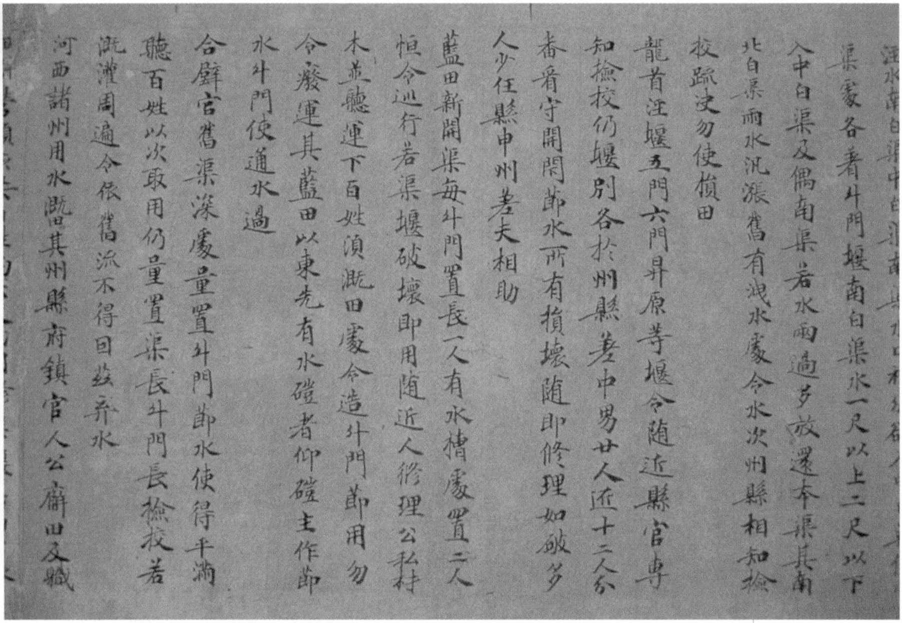
渠處各著斗門堰南白渠水一尺以上二尺以下
入中白渠及偶南渠若水雨過多放還本渠其南
北白渠雨水汎漲舊有洩水處令水次州縣相知檢
校疏決勿使損田
龍首涇堰五門六門昇原等堰令隨近縣官專
知檢校仍堰別各於州縣差中男廿人匠十二人分
番看守開閉節水所有損壞隨即修理如破多
人少任縣申州差夫相助
藍田新開渠每斗門置長一人有水槽處置二人
恒令巡行若渠堰破壞即用隨近人修理公私材
木並聽運下百姓須溉田處令造斗門節用勿
令廢運其藍田以東先有水碾者仰碾主作節
水斗門使通水過
合璧宮舊渠深處量置斗門節水使得平滿
聽百姓以次取用仍量置渠長斗門長檢校若
溉灌周遍令依舊流不得回茲弃水
河西諸州用水溉田其州縣府鎮官人公廨田及職

그림 85
P.2507
『개원수부식』

급 관청의 관련 직책에 대해 상세하게 설명하고 있어서 당대 수리 관리제도 연구에 귀중한 자료가 될 뿐 아니라 『당육전唐六典』, 『신당서新唐書』, 『구당서舊唐書』 기록의 오류를 바로 잡을 자료로도 사용할 수 있다. 아울러 이를 통해 당대 '식'의 내용과 형식에 대해 구체적으로 이해할 수 있다. 이 자료들은 당대 문헌에서 여타의 당식 조문을 수집할 때 본보기가 될 수 있다.

기록에 따르면 당대에는 율, 령, 격, 식을 편찬함과 동시에 『격식율령사류格式律令事類』 40권도 편찬하였다. 이 자료는 송대 이후 사려져 후대 사람들은 그 내용을 알 수 없었

그림 86
「당대력사년사주돈황
현현천항의화리수실」

다. 그래서 고대 법전 편찬사에서 이 자료의 중요성을 등한시하게 되었다. 사실 이는 당대 율령격식의 체계가 송대 칙령격식의 체계로 전환되는 과도기의 자료로서 송대 법전의 편찬 형식에 큰 영향을 미쳤다. 다행히 러시아 소장 돈황문헌 Д x.6521에 『율령격식사류』의 잔권이 남아 있어 형식과 내용 모두에서 귀중한 연구 자료가 되고 있다.

돈황문헌 중에 보존된 경제 문서는 주로 호적, 차과부差科 簿, 계약서 등이 있다.

돈황유서에 남아 있는 호적류 문서는 「서량건초십이년 (416)돈황군돈황현서암향고창리적西涼建初十二年敦煌郡敦煌縣西 宕鄉高昌里籍」(S.113), 「서위대통십삼년(547)과주효곡군계장양 문서西魏大統十三年瓜州效谷郡計帳樣文書」(S.613 뒷면), 「당사주돈황 현용륵향적唐沙州敦煌縣龍勒鄉籍」(S.6343), 「무주대족원년(701)사 주돈황현효곡향적武周大足元年沙州敦煌縣效谷鄉籍」(P.3557, P.3669), 「당선천이년(즉, 개원 원년713)돈황현평강향적唐先天二年敦煌縣平 康鄉籍」(P.2822 등), 「당개원사년(716)사주돈황현자혜향적唐開元 四年沙州敦煌縣慈惠鄉籍」(P.3877), 「당천보육재(747)돈황군돈황현

용륵향도향리적唐天寶六載敦煌郡敦煌縣龍勒鄕都鄕里籍」(P.2592 등), 「당대력사년(769)사
주돈황현현천향의화리수실唐大曆四年沙州敦煌縣懸泉鄕宜禾里手實」(S.514. 그림 86) 등 20
여 건이다. 당대 백성들은 매년 호戶를 단위로 하여 집안의 가족, 토지 면적, 소
재지 등을 사실대로 보고해야 했다. 주현州縣의 관청에서는 '수실手實'에 근거하
여 3년마다 '호적'을 만든다. 당시 '수실'과 '호적'에 기록된 각 호의 정보는 지금
의 호적보다도 훨씬 복잡했다. 아래는 「당대력사년사주돈황현현천향의화리수
실」에 기록된 조대본趙大本 호에 대한 정보이다.

戶主趙大本年柒拾壹歲　老男　下下戶, 課戶見輸.

妻　孟　年陸拾玖歲　老男妻

女光明　年　貳拾歲　中女

男明鶴年三拾陸歲　會州黃石府別將乾元二年十月　日授甲頭張爲言. 曾德, 祖多, 父本.

男思祚年貳拾柒歲　白丁

男明奉年貳拾陸歲　白丁　轉前籍, 年廿. 大曆貳年帳後貌加就實.

男如玉年貳拾肆歲　中男　寶應元年帳後漏附.

合應受田肆頃伍拾參畝　玖拾畝已受　八十九畝永業一畝居住園宅

三頃六十三畝未受.

一段拾畝永業　城東十五里八尺渠　東自田　西翟守　南翟　北自田

一段拾畝永業　城東十五里八尺渠　東索暉　西路　南路　北自田

一段伍畝永業　城東十五里八尺渠　東索暉　西渠　南渠　北索謙

沙州　敦煌縣　懸泉鄕　宜禾里

一段肆畝永業　城東十五里八尺渠　東智寶　西渠　南渠　北荒

一段陸畝永業 城東廿里沙渠 東趙義 西路 南渠 北玄識

一段貳拾畝永業 城東十五里八尺渠 東路 西路 南懷慶 北路

一段貳伍畝永業 城東十五里八尺渠 東路 西路 南孟慶 北路

一段一畝住園宅

이는 하나의 호戶에 대한 완전한 자료이다. 우선은 호주와 가족 성원의 이름과 연령이, 그 다음은 호주와 가족 성원의 신분이 기록되어 있다. 각 연령 뒤쪽의 '老男', '老男妻', '中女', '白丁' 등이 바로 그 사람의 신분이다. 신분의 표기는 주로 당대 정중丁中 제도에 근거한 것이다. 당대에 '丁'은 관부에 노역해야 했지만 여타의 신분은 노역이 면제되었다. 이 호에 보이는 두 명의 '백정白丁'은 모두 부역의 대상이다. 세 번째는 이 호의 호등戶等이다. 인용 자료의 1행에 보이는 '하하호下下戶'가 바로 호의 호등이다. 당대 제도에 따르면 매 호는 재산의 다소에 따라 9등급으로 나뉘며 매 등급마다 다른 금액의 호세戶稅를 수취한다. 조대본 호는 가장 낮은 등급인 '하하호'에 속한다. 납부할 호세 역시 가장 적다. 네 번째 항목은 이 호가 '과호課戶'인지를 나타낸 것이다. 당대에는 잡세와 복역을 맡을 사람이 있는 민호를 '과호'라 했으며 그렇지 않은 경우는 '불과호不課戶'라 했다. 조대본 호에는 납세와 복역의 의무가 있는 두 명의 '백정'이 있으므로 '과호'에 해당한다. 다섯 번째 항목은 호의 토지 상황을 기록한 것이다. 여기에는 소유 토지의 총수, 몇 '단段'으로 토지가 나뉘어졌는지, 그리고 각 단의 토지 위치와 이 토지가 동서남북 사방으로 미치는 구체적 위치까지 기록된다. 고대 호적에 기재된 정보는 고대 인구, 토지, 부역 제도 등의 연구에 중요한 가치를 지닌다. 돈황유서 중에는 호적 이외에 호구 전답 신고서와 호구 전답 장부도 있어 당오대 인구와 토지 점유 상황에 대한 연구에 중요한 의의를 갖는다.

차과부差科簿는 당대 각 현에서 작성한 요역 징발 장부이다. 각 현의 현령이 직접 심사하여 백성들에게 요역을 명하는 근거가 된다. 돈황유서가 발견되기 전까지 학계에서는 '차과'라는 요역과 '차과부'의 상황에 대해 거의 알지 못했다. 돈황유서 중에 남아 있는 차과부로는 「당천보연간돈황군돈황현차과부唐天寶年間敦煌郡敦煌縣差科簿」(P.3559 등), 「당천보연간돈황군돈황현차과부唐天寶年間敦煌郡敦煌縣差科簿」(P.2803), 「당대력연간사주돈황현차과부唐大曆年間沙州敦煌縣差科簿」(S.543) 등이 있다. 이들 차과부는 모두 향鄕에 따라 작성되었다. 첫 번째 부분에서는 사망, 도주 등으로 이 향에 이미 존재하지 않는 인명을 분류해서 등록한다. 두 번째 부분에서는 호등에 따라 아직 남아 있는 사람의 성명, 연령, 신분 및 이미 맡은 '차과'가 호등에 따라 기록된다. 이들 문서의 발견은 당대 요역에 대한 연구에 매우 중요한 자료가 된다.

돈황유서 중에 남아 있는 계약 문서는 300여 건이다. 시대적으로는 당 천보 때부터 북송 때까지 분포되어 있으며 주로는 당 말기부터 오대, 송초까지이다. 이들 계약 문서는 6가지로 나눌 수 있다. 첫 번째는 매매 계약서로서 총 40건이다. 토지 매매, 주택 매매, 토지 변경, 택지 변경, 주택 교환, 주택 구입, 택지 구입, 소 판매, 나귀와 소의 교환, 팔찌 구입, 수레 용구 구입, 솥 판매, 소 구입, 서역 노비 판매, 아동 판매, 노비 판매, 여아 판매 등이다. 두 번째는 대부(편대便貸) 계약으로 89건이 있다. 여기서 '편便'은 '빌리다(借)'의 의미이다. 이러한 계약은 대부분 종자와 식량으로 나뉘는데(편맥便麥, 편속便粟, 편곡便穀, 편두便豆 등) 견絹의 대부 계약과 포布의 대부 계약도 일부 있다. 세 번째는 고용 계약으로 45건이 있다. 주로는 전답을 경작할 인부지만 그밖에 불당 짓는 인부, 양치기도 있으며 당나귀, 낙타를 빌리는 경우도 있다. 네 번째는 소작 전당 계약으로 27건이다. 여기에는 조지계租地契, 출조지계出租地契, 전지계佃地契, 차지빙借地憑, 전지빙佃地憑, 합종지계合種地契, 합종람계合種藍契, 착량계捉梁契, 전남계典男契, 전신계典身契, 출도계出度契, 양남계養男契, 양녀계養女契 등이 있다. 다섯 번째는 빙약憑約으로 38건이 있다. 여기에는 목양인산회빙牧羊人散會憑, 목양인영양빙牧羊人領羊憑, 흠양빙欠羊憑, 취물색빙取物色憑, 영물빙領物憑, 영맥속빙領麥粟憑, 영지가물초領地價物抄, 영마빙領麻憑, 흠맥속빙欠麥粟憑, 흠타가견빙欠駝價絹憑, 흠맥빙欠麥憑, 대맥속빙貸麥粟憑, 매갈빙賣褐憑, 흠유빙欠油憑, 환곡속사초還穀贖舍抄, 지가사맥속갈빙地價舍麥粟褐憑, 환사지가빙還舍地價憑, 부신가맥속빙付身價麥粟憑, 파창빙把倉憑, 집창빙執倉憑 등이 있다. 여섯 번째는 분가서分家書, 방처서放妻書로 총 39건이다. 여기에는 형제 분가서, 방처서, 방량서放良書, 유서 등이 포함된다. 이들 계약서는 대부분 당시 사람들이 사용했던 실용 문서로서 성과 이름이 모두 남아 있으며 기록이 사실적이고 구체적이다. 예컨대 S.466 「광순삼년(953)시월이십일일막고향백성용우정형제출전지계廣順三年十月廿二日莫高鄉百姓龍祐定兄弟出典地契」(그림 87)의 내용은 다음과 같다.

광순 3년 계축 10월 22일 계약. 막고향 백성 용장과 동생 용우가 결정한다. 집안이 궁핍하여 쓸 만한 물건이 없으므로 지금 조상의 구분전 2무 반을 땅이 인접한 압아 나사조에게 저당으로 잡힌다. 지가는 해당 일의 보리 15석으로 정한다. 오늘 이후에는 물건에 별도의 이자가 없고 토지는 고용 대가가 없으며, 그 땅은 소작인이 농사를 짓되 4년 내에 지주는 땅을 다시 사갈 수 없다. 기한이 다 차면 지주에게 본래의 보리를 반환해 주도록 하고 지주는 토지를 되찾는다. 둘이 대면해서 상의하여

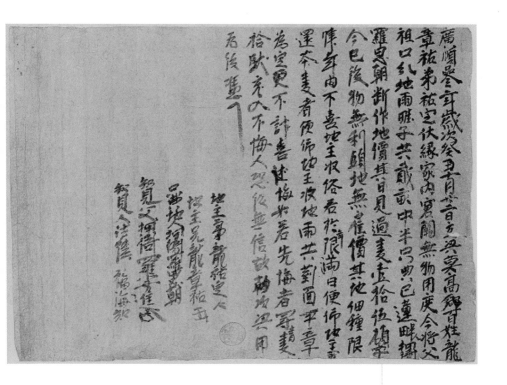

그림 87
S.466「광순삼년시월
이십일일막고향백성
용우정형제출전지계」

결정하였으니 계약을 어겨서는 안 된다. 만약 먼저 어긴 자가 있으면 보리 10타를 계약을 어기지 않은 자에게 벌금으로 지불한다. 이후 신용을 어길 수 있어 이 계약을 맺어 증빙으로 삼는다(廣順三年歲次癸丑十月廿二日立契, 莫高鄕百姓龍章祐弟祐定, 伏緣家內窘闕, 無物用度, 今將父祖口分地兩畦子, 共貳畝中半, 質典與連畔人押衙羅思朝. 斷作地價, 其日見過麥壹拾伍碩. 自今已後, 物無利頭, 地無雇價, 其地佃種, 限肆年內不許地主收贖. 若於年限滿日, 便仰地主辦還本麥者, 便仰地主收地. 兩共對面平章爲定, 更不許休悔. 如若先悔者, 罰責麥拾馱, 充入不悔人. 恐後無信, 故勒此契, 用爲後憑).

地主弟龍祐定(押)

地主兄龍章祐(押)

質典地人押衙羅思朝

知見父押衙羅安進(押)

知見人法律福海知.

이 문건의 당사자인 용장, 용우 형제는 집안이 어려워져 자신의 토지를 타인에게 전당 잡혔다. 그들은 비록 '지주'라 칭해지고 있지만 이 계약에서는 오히려 약자 쪽이다. 계약서 마지막의 '지견인知見人'은 증인을 뜻한다. 계약이 법적 효력을 갖는다는 증거이다.

중국 고대의 역사 전적은 매우 풍부하다. 그러나 이런 사적들은 대부분 고대 사관과 문인들의 손을 거쳐 선택된 것들이다. 그러나 돈황의 계약서는 당시 민중들이 직접 사용한 문서로서 당시 사회와 경제 상황을 반영하는 1차 자료이다. 따라서 중국 고대 경제 상황의 이해를 위한 대체 불가능한 가치를 지닌다.

돈황유서에 보존된 돈황과 주변 지역의 역사 그리고 서북 민족사 관련 문서들은 독특한 가치가 있다. 이는 당 후기, 오대, 송대 초 해당 지역의 역사 배경과 관련이 있다. 서기 755년, '안사의 난'이 폭발한다. 당 왕조는 서북 각지 정예부대의 지원을 받아들일 수밖에 없었고, 청장靑藏 고원에 위치해 있던 토번왕吐蕃王은 이 기회를 틈타 당의 주현을 공격하여 756년부터 763년까지 농우隴右 지역을 신속히 점령한다. 이후에는 다시 서쪽으로 향하여 786년까지 하서 지역 전체를 점령한다. 840년, 몽골 고원에 위치한 막북의 회골回鶻 칸국은 내란으로 키르키즈에게 격퇴당한 후 대규모 군대를 서쪽으로 이동시켜 하서와 천산天山 동부 지역까지 진출한다. 842년, 토번왕국은 내부의 권력 투쟁으로 인해 세력이 크게 약화된다. 이로 인해 농우, 하서, 타림분지 남쪽의 통치에 동요가 일기 시작한다. 대중^{大中} 2년(848), 사주^{沙州} 대족 장의조^{張議潮}가 봉기하여 과주와 사주 두 지역을 제압한 후 표를 올려 당에 귀의한다. 당 조정은 사주에 귀의군절도^{歸義軍節度}를 설치하고 장의조를 귀의군절도사에 임명한다. 이때부터 11세기 전반까지 장의조와 조의금^{曹議金} 집안이 100여 년 동안 귀의군 정권을 차례로 통치한다. 귀의군 정권이 강할 때는 하서 전체와 사주 서쪽의 일부 지방까지 통치했다. 9세기 말 이후에는 과주와 사주 두 주만 남고 동쪽의 주천^{酒泉}, 장액^{張掖} 지역은 서쪽에서 온 감주회골이 점령하며, 양주^{涼州} 일대는 토번 계인 창말부^{唱末部}의 활동무대가 된다. 그리고 서쪽은 투르판 분지를 중심으로 서쪽에서 이동한 서주^{西州} 회골왕국 그리고 우전^{于闐}을 중심으로 하는 우전왕국 등의 소수민족 정권이 차지한다. 이 시기의 역대 중원 왕조는 위에서 언급한 지역을 통제할 능력이 없었다. 그래서 당시 관에서 편찬한 사적에서는 토번 관할 시기 서북 지역의 상황과 귀의군 정권 그리고 주변 소수민족 정권에 대한 기록이 매우 간략하며 잘못된 부분도 많다. 다행히 돈황문헌에는 이 시기의 공문서와 사문서, 사적들이 풍부하게 남아 있다. 예컨대 「장의조진표^{張議潮進表}」(S.6342), 「사주진주원상본사장^{沙州進奏院上本使狀}」(S.1156), 「귀의군상도진주원하정사압아음신균장^{歸義軍上都進奏院賀正使押衙陰信均狀}」(P.3547), 「양주절원사압아유소안장^{涼州節院使押衙劉少晏狀}」(S.5139 뒷면), 「서한금산국성문신무백제칙^{西漢金山國聖文神武白帝勅}」(P.4632+P.4631, 그림 88), 「조인귀장^{曹仁貴狀}」(P.4638 뒷면) 등은 토번과 귀의군의 역사 그리고 같은 시기 서북 민족의 변동에 대한 연구에 많은 원시 자료를 제공해 준다.

돈황유서 중 역사지리 문서는 전국적 성격의 지지^{地志} 문서, 지방 단위의 지

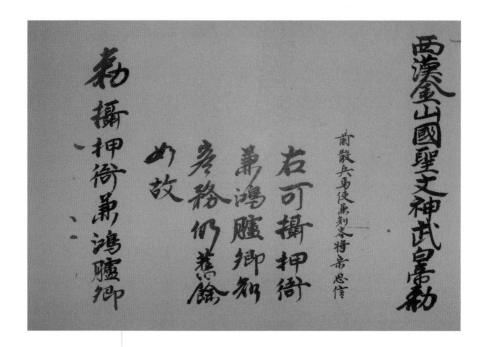

그림 88
P.4632+P.4631 「서한
금산국성문신무백제칙」

지 문서와 여행기를 포함한다. 전국적 지지 문서로는 「정원
십도록貞元十道錄」(P.2522, 그림 89), 「제도산하지명요략諸道山河地
名要略」(P.2511), 「실명지지失名地志」(敦博58호) 등이 있다. 「정원
십도록」은 16행만 남아 있는데 당 검남도劍南道 아래 12개 주
의 상황이 그 내용이다. 각 주마다 주의 등급, 주의 소재지
에서 수도까지의 거리, 관할 현명과 현의 등급, 현 관할 향의
수, 특산품 등이 기록되어 있다. 예를 들어 '공주恭州'에 대한
기록은 이렇다.

下恭州 恭化郡(上三千一百二十 和集(下) 博恭(下) 烈山(三下, 麝香
東三千九百) 光活 當歸)

여기서 첫 번째 글자는 주부州府의 등급이다. 당대는 주를

3등급으로 나눴는데, 공주는 하주로 제3등급이다. 주명과 군명 다음의 작은 글자 두 줄은 수도로부터의 거리이다. 그중에 '上'은 상도上都 경조부를, '東'은 동도東都 낙양을 가리킨다. 다음은 관할 현의 이름이다. 현 이름 다음의 숫자는 현에서 관할하는 향의 수이며, '下'는 현의 등급을 가리킨다. 공주 관할 3개 현은 모두 하현이다. 마지막 '사향麝香, 강활羌活, 당귀當歸'는 이 주에서 황제에게 진상하는 특산품이

그림 89
P.2522 「정원십도록」

다. 「정원십도록」의 각 주 아래 기록된 자료는 현재 전해지는 다른 문헌의 기록과 상당 부분 차이를 보여 당대 지리 연구에 중요한 가치를 지닌다. 당 위오韋澳가 지은 「제도산하지명요략」은 먼저 각 주의 연혁과 출신 유명인사의 사적을 기술한 다음 지명, 강 이름, 산 이름을 기재하고 마지막으로 민속과 물산을 소개한다. 이 문서는 체제가 엄격하고 분명하며 언어가 간명하다. 연혁, 사적, 산수, 민속, 물산의 각 조례를 사실에 근거해 두 줄의 작은 글자로 주注 형식으로 서술하여 일목요연하다. 지리 총지叢志류 사서의 역작으로서 후대 지지 체례의 선구가 되었다. 「실명지지」는 수미가 잔결되어 있으며 기록된 내용은 「정원십도록」과 유사하

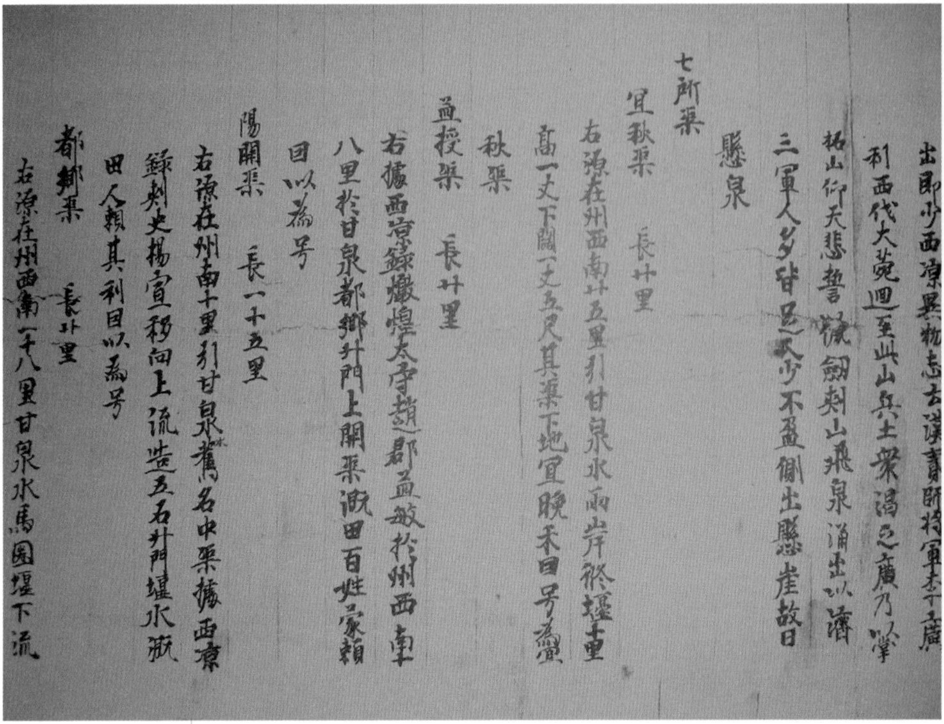

出卽少西渠異物志去漢書所將軍本一處
利西代大莧迥至此山兵土衆渴之廣乃勞
柘山仰天悲哲鐵劔刺山飛泉涌出以灒
三軍人少甘泉武少不盈個出懸崖故曰
懸泉
宜秋渠　　長卅里
右源在州西南卅五里引甘泉水兩岸終堰重
高一丈下闊一丈五尺其築下地宜晩禾曰號爲
秋渠
七所渠
孟授渠　　長卅里
右攄西管錄燉煌太守趙郡孟敬於州西東
八里於甘泉都鄉升門上開渠漑田百姓家賴
曰以爲号
陽開渠　　長一十五里
右源在州南十里引甘泉舊名中渠擄西源
錄刺史楊宣移向上流造五石斗門堰水溉
田人頼其利曰以爲号
都鄉渠　　長卅里
右源在州西南一千八里甘泉水馬圈堰下流

그림 90
P.2005
「사주도독부도경」

다. 특징은 각 주현의 공해본전公廨本錢 수를 기록했다는 것
이다. 공해본전은 당대 각급 정부에서 고리대로 운영한 자
본을 말한다. 「실명지지」에 기록된 각 주현의 공해본전은
중요한 연구 가치가 있다.

지방 단위의 지지 문서로는 「사주도경沙州圖經」(S.2593 뒷
면), 「사주도독부도경沙州都督府圖經」(P.2005, 그림 90), 「사주도
독부도경」(P.2695), 「사주도경」(S.788 뒷면), 「사주지지沙州地志」
(P.5034), 「사주성토경沙州城土境」(P.2691 뒷면), 「돈황록敦煌錄」
(S.5448), 「수창현지경壽昌縣地境」, 「서주도경西州圖經」(P.2009),

「옹주도경雍州圖經」(S.6014), 「농우도경隴右圖經」(S.367)이 있다. 이 지방 단위 지지 문서는 도경이 가장 많다. 소위 '도경'이란 그림 위주 혹은 도문圖文을 함께 써서 지방의 상황을 기록한 지리지를 말한다. '도지圖志' 혹은 '도기圖記'라고도 하는 이 도경은 중국 지방지의 발전 과정에서 보이는 편찬 형식 중 하나이다. 지지 중의 '도'는 행정구획의 강역도, 연혁도, 산천도, 명승도, 사관도寺觀圖, 궁아도宮衙圖, 관애도關隘圖 등을 말한다. '경'은 '도'에 대한 문자 설명으로 경계, 도리道里, 호구, 물산, 풍속, 직관職官 등의 정보를 담고 있다. 당오대 시기 지방 각 주는 정기적으로 '도경'을 편찬해야 했다. 돈황사본 도경에는 '도'가 모두 유실되고 '경' 부분만 남아 있다.

　돈황유서에 보존된 지방 단위 지지 문서의 대부분은 공사公私 목록에 의해 기록된 것이지만 기재된 내용은 매우 풍부하다. 특히 '도경'에 기록된 내용들은 40여 항목에 이를 정도로 다양하다. 여기에는 주군의 자연 풍광, 인문 경관, 풍토와 인정 등이 포함되며 많은 내용들이 기존 사적에는 없는 것들이다. 예를 들어 「사주도독부도경」에 기록된 강, 수로, 연못, 방죽 중에서 고수苦水, 독리하獨利河, 홍호박興胡泊, 동천택東泉澤, 사십리택四十里澤, 대정거大井渠, 장성거長城壩, 마권구언馬圈口壩, 의추거宜秋渠, 맹수거孟授渠, 양개거陽開渠, 북부거北府渠, 삼장거三丈渠, 음안거陰安渠, 서염지西鹽池, 북염지北鹽池 등은 모두 다른 사적에는 보이지 않는다. 역참에 관한 기존 사적의 기록은 매우 간략하다. 그러나 「사주도독부도경」은 사주 경내 각 역참에 대한 지리적 위치, 주현과 부근 역참과의 거리, 해당 역참의 설치 연혁에 대해 상세히 기록하였다. 예컨대 '현천역懸泉驛' 항목의 기록은 이렇다. "현천역은 주 동쪽 140리에 있으며 옛날 산 남쪽 공곡역이다. 당 영순 2년에 칙명으로 산 북쪽 현천곡으로 옮겼다. 서쪽으로는 기두역에서 80리, 동쪽으로는 어천역에서 40리 떨어져 있다(懸泉驛, 在州東一百四十里, 舊是山南空谷驛, 唐永淳 二年奉勅移就山北懸泉谷置. 西去其頭驛八十里, 東去魚泉驛四十里)." 이들 자료는 돈황과 그 주변의 자연, 인문, 풍토와 인정, 방어 시설, 역참 노선에 대한 연구에 대단히 중요한 의미를 갖는다.

돈황유서에 보존된 여행기로는 『혜초왕오천축국전慧超往五天竺國傳』(P.3532), 『서천노경西天路竟』(S.383), 『대당서역기大唐西域記』(P.2700, S.2695, P.3814, S.958), 『오대 산지五臺山志』(P.2977), 『왕오대산행기往五臺山行記』(P.3973, P.4648, S.397), 『실명행기 失名行記』(S.529) 등이 있다. 이상의 여행기는 『대당서역기』만 따로 전해지는 판 본이 있을 뿐 다른 사본들은 모두 유일본이다. 이들 여행기는 방문 지역과 도 시의 강역, 도로, 거리, 사관寺觀, 민속, 물산, 복식 등을 기록하고 있어 고대 역사 지리와 사회 풍속에 대한 연구에 매우 중요한 가치를 지닌다.

돈황 사회사 문서의 내용과 가치

사회사의 범위는 매우 넓다. 일부 관련 문서는 다른 부분에서 다루기로 하고 여기서는 '씨족보氏族譜', '서의書儀', '사읍社邑 문서'와 '사원寺院 문서'를 집중 소개 하겠다.

당오대는 귀족 정치에서 관료 정치로 전환되는 시기이자 사족 사회에서 서 민 사회로 전환되는 시기이기도 하다. 세가 대성大姓에 대해 기록한 '씨족보' 가 바로 이러한 전환을 반영한 중요 자료이다. 돈황유서에 보존된 씨족보에는 「천하씨족보天下氏族譜」(국가도서관 BD8679, 位字79호), 「천하성망씨족보天下姓望氏族 譜」(S.5861), 「신집천하성망씨족보新集天下姓望氏族譜」(S.2052, P.3191), 「성망보姓望譜」

(P.3421) 등이 있다. 씨족보는 주로 각 주군의 세가 대성에 대해 기록하고 있다. 예컨대 「천하씨족보」 제33행과 34행의 내용은 아래와 같다.

尋陽郡二姓(江州) 陶, 翟 豫章郡五姓(洪州) 熊, 羅, 章, 雷, 湛

武陵郡二姓(朗州) 供, 伍 長沙郡四姓(譚州) 劉, 如, 曾, 秦

　제1행 '尋陽郡二姓(江州) 陶, 翟'은 심양군에 도성과 적성의 두 대성이 있음을 의미한다. 다른 예도 이런 방식으로 유추할 수 있다. 이런 씨족보를 편찬·유포하는 목적은 세가 대족과 서족을 구분하기 위해서이다. 당시 씨족보에 들어가는 대성은 대로로 관료를 지내며 정치치 특권을 가진 귀족들이었다. 이들 대성은 사회적 지위도 상당했다. 대성이 아닌 서민들은 일반적으로 대성과 통혼할 수 없었다. 당대 중후반에는 사회의 발전으로 사서土庶 간의 구분이 점차 모호해졌다. 이로 인해 각 주군에서 대성들이 신속히 증가하고 대성이 아닌 여러 잡성雜姓이 대성의 반열에 들어왔다. 이러한 상황은 돈황사본 씨족보를 통해 충분히 증명될 수 있다. 앞서 인용한 「천하씨족보」는 일반적으로 당 전기 각 주군 대성의 사정을 반영한 것으로 알려져 있다. 「신집천하성망씨족보」(그림 91)는 당 후기 각 주군 대성의 상황을 소개한 것이다.

　이 두 가지 씨족보의 기본 형식은 동일하다. 그러나 내용에 있어서는 큰 차이를 보인다. 후자에는 원래 대성이 아니었던 성들이 대규모로 대성에 포함되어 있다. 「천하씨족보」에 기록된 "范陽郡三姓(幽州) 盧, 鄒, 祖"와 「신집천하성망씨족보」에 기록된 "幽州范陽郡出九姓, 盧, 湯, 祖, 郅, 范, 簡, 張, 勵, 童"이 그 예이다. 후자가 전자보다 6성姓이 늘어 세 배에 달한다. 기타 각 주군의 대성에

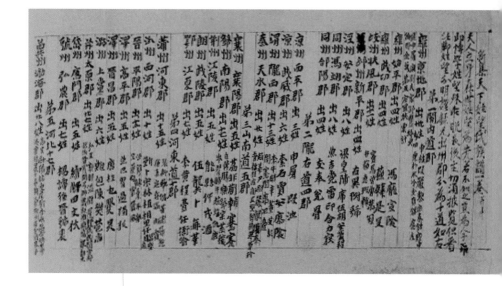

그림 91
S.2052
「신집천하성망씨족보」

서도 많은 성들이 늘어났다. 「신집천하성망씨족보」에 기록
된 대성은 791성에 달하여 당 전기 「천하씨족보」의 398성
보다 배 이상 늘었다. 당대 각 주군 대성의 증가는 한편으
로는 당대 일부 서족들이 급격히 성장하여 과거를 통해 신
흥 사족이 되었음을 보여주며, 다른 한편 수많은 서성이 대
성으로 바뀜으로써 사족과 서족 간의 경계가 갈수록 모호
해졌음을 의미한다. 만약 한 군 내의 성씨가 모두 대성에
포함된다면 대성의 의미도 사라지는 것이다. 그래서 오대
이후에는 사족과 서족 간 통혼 불가의 제한이 이미 존재하
지 않게 되었다.

전국의 대성을 기록한 씨족보 외에 돈황유서에는 「돈황
명족지敦煌名族志」(P.2625), 「돈황범씨가전敦煌氾氏家傳」(S.1889)

등 돈황 지역 대성의 상황을 소개한 문서도 있다. 이 문서들은 돈황 지역 세가 대족의 발전과 변화에 대한 연구에 중요한 가치를 지닌다.

서의書儀는 보통 고대인들의 편지 작성 형식과 모범 문장을 말한다. 내용으로 보면 예의와 풍습, 특히 혼례와 장례 풍습에 관한 규정도 상당 부분 포함되어 있다. 따라서 서의는 사실상 고대 지식인 계층의 행동 규범이자 준칙이었던 것이다. 물론 이러한 규범과 준칙은 교육을 받지 않은 일반 민중들에게도 큰 영향을 미쳤다. 서신의 왕래는 사람들의 중요한 교류 방식이었으며 최소한 춘추시대부터 서신을 통한 정보 전달 방식이 이미 유행하기 시작했다. 위진 이후에는 참고용으로 제공된 서의가 출현했다. 서의는 남북조와 수당 대에 신속한 발전을 이루었으나 송 이전의 서의는 거의 전하지 않는다. 그러나 돈황 유서에 남아 있는 당오대 사본 서의는 60여 종, 140여 건에 이른다. 이 자료들을 통해 우리는 당오대 시기 서의가 시대별로 어떤 원형을 보여주는지 확인할 수 있다.

돈황서의는 붕우朋友서의, 종합서의, 표장전계表狀箋啓서의 등의 세 가지로 나눌 수 있다. '붕우서의'는 말 그대로 친구 간에 왕래한 서신의 본보기를 말한다. 이러한 서의는 10여 건 정도 남아 있다(P.3375, P.2505, S.5660). '붕우서의'는 두 부분으로 나뉜다. 첫 번째 부분은 연, 월, 일을 어떻게 기술하는지와 계절에 따라 사용하는 서신 용어 등을 알려주며, 흔히 '십이월상변문十二月相辨文'이라 칭해진다. 두 번째 부분은 본문으로 매 달마다 서신과 회신의 예시가 한 통씩 기록되어 있다. 문장의 내용은 멀리 변방에 나간 이가 중원의 친구에게 보낸 편지로 가정하고, 회신은 곧 중원의 친구에게 보내는 '답서'이다. 회신은 사륙 변체문駢體文을 사용하여 글이 우아하고 감정이 진솔하며 사용한 전고도 적절하고 대구가 치밀하다. 그중 4월의 편지는 다음과 같다. "4월의 초여름, 날은 점점 더워지네. 천리 밖에서 그리움은 더하나 친구의 편지는 오지 않으니, 만 길이나 되는 산으로 가로막혀 벗의 편지가 오래도록 끊긴 것이겠지. 요도에 옥 같던 모습 생각하며 외지에서 마음만 상하고 있다네. 멀리 타향에서 떠돌고 변경에서 방황하느라 마음을 종잡을 수가 없다네. 매일 동쪽을 바라보나 풍진만 보일 뿐이고, 항상 그리워하나 근심만 더해가네(⋯후략⋯)(四月孟夏漸熱, 千里相思, 恨朋書之隔絶, 關山萬仞, 怨友信之長乖. 想玉貌於堯都, 悲傷心於外邑. 他鄉迢遞, 羈旅難申, 邊境彷徨, 將心無度. 朝朝東望, 唯見風塵, 日月相思, 愁心轉切(⋯後略⋯))" 대부분 상투적인 글이지만 수사가 화려하고 음절이 조화로우며 시의詩意가 풍부하다. 편지에 묘사된 이별과 그리움의 정이 매우 애절하여 산문보다 더 독자들을 감동시킨다. 이처럼 모범이 되는 글로 편지를 쓰면 현장에서 바로 지은 글보다 당연히 더 좋은 효과를 볼 것이다.

'종합서의'는 '길흉吉凶서의'라고도 한다. 이러한 서의로는 두우진杜友晉의 「길흉서의」(P.3442), 두우진의 「서의경書儀鏡」(S.329+S.361. 그림 92), 두우진의 「신정新定서의경」(P.3637 등), 정여경鄭餘慶의 「대당신정大唐新定길흉서의」(S.6537 뒷면), 장오張敖의 「신집新集길흉서의」(P.2622), 장오의 「신집제가구족존비서의新集諸家九族尊卑書儀」(P.3502) 등 10여 종이 있다. 이 서의들에는 혼인, 장례, 문안 등과 관련된 서신 외에 명절에 군주와 가장이 신첩臣妾과 손아랫사람들에게 주는 선물의 이름, 국기일國忌日과 활동, 휴가일의 근거와 휴가 일수, 혼례와 상례의 순서, 상복의 양식과 등급, 가문의 예절과 풍습 그리고 조문 때 하는 말 등이 포함되어 있다. 당대 사서士庶 사회의 각 측면을 거의 모두 언급하고 있어 매우 귀중한 사회사 자료가 된다.

당대의 제도에 따르면 하급에서 상급에 보고하는 공문에는 표表, 장狀, 전箋,

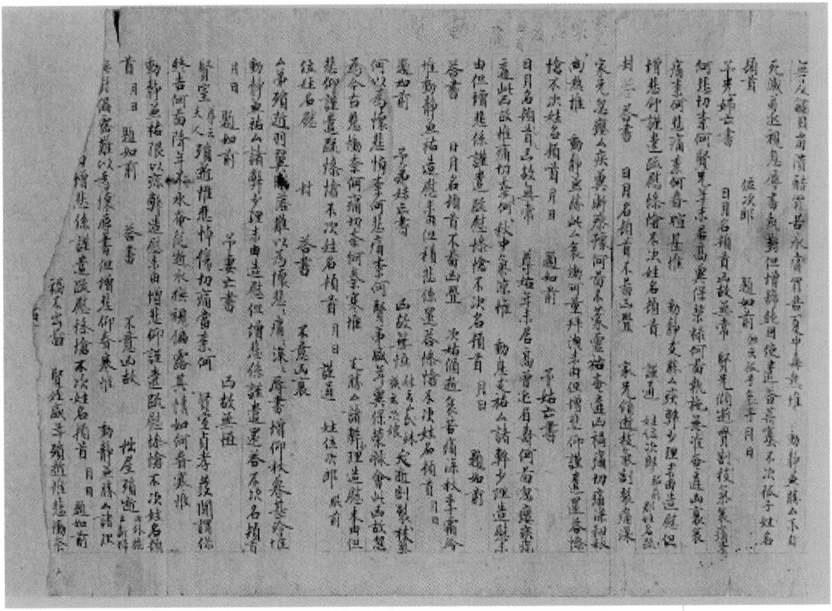

그림 92
S.329+S.361
두우진의 「서의경」

계啓, 첩牒, 사辭 등 여섯 종이 있다. 신하가 천자에게 보고하는 공문서를 '표', '장'(가까운 신하는 장전狀箋이라 칭할 수 있다)이라 하며, 신하가 황태자 혹은 상급에 보고하는 공문서를 '계'라 한다. 종합성 서의에서도 표장전계를 적은 문장이 있으나 이러한 문장은 종합성 서의의 구성 부분일 뿐이다. '표장전계'서의는 주로 공무로 왕래하는 표장전계 등의 공문에 참고할 수 있도록 문장의 예와 공무에서 오가는 구두 용어로 구성되어 있으며 친구 간에 오고 간 서와 계도 포함되어 있다. 이러한 서의는 욱지언郁知言의 「기실비요記室備要」(P.3723), 「신집잡별지新集雜別紙」(P.4092), 「자사서의刺史書儀」(P.3449+P.3864), 「현령서의縣令書儀」(S.78 뒷면), 「영무절도사표

장집靈武節度使表狀集」(P.3931, P.2539 뒷면), 「귀의군서장집歸義軍書狀集」(P.3101) 등 20종이 넘는다. 이 서의들은 만당, 오대 때 대량으로 출현하며 주로 지방관이 상하급 기관과 왕래한 내용이다. 비록 고리타분한 상투어가 많지만 번진과 중앙, 번진 막료와 절도사 등의 관계에 대한 중요 자료들도 적지 않다.

돈황유서 중에 보존된 사읍 문서는 480여 건에 이른다. 이들 문서는 '사조社條', '사사전첩社司轉貼', '사력社歷', '사문社文', '사장社狀', '계啓' 등 다섯 가지로 나뉠 수 있다.

사읍(사)은 중국 고대 기층 사회조직의 일종이다. 오랜 역사를 지닌 이 사읍은 선진부터 원대까지 사회생활에 있어 중요한 역할을 맡았다. 사의 특징과 유형, 활동에 반영된 계급 관계와 사회에서의 역할 또한 사회의 발전에 따라 부단히 변화해 왔다. 수당오대 시기에는 일부 민중들이 자원해서 만든 민간단체인 사사私社가 성행했다. 사사는 대체로 두 유형으로 나뉜다. 하나는 주로 불교활동에 종사하는 불사이다. 다른 하나는 경제와 생활에서 상부상조하는 활동인데, 그중에서 가장 중요한 건 장례를 돕는 것이며 혼례를 치르거나 집을 지을 때도 서로 도움을 주었다. 일부 사사는 위의 두 가지 활동을 병행하기도 했다. 사읍은 고대 중국에서 중요한 작용을 했던 사회조직으로서 고대 사회에 대한 전면적 인식에 중요한 연구 자료가 된다. 중고 시기에 중요한 역할을 했던 사사의 관련 사료가 매우 적다는 점에서 더욱 그렇다. 돈황의 사읍 문서가 바로 당오대 관련 연구에 풍부한 1차 자료를 제공해 주고 있다.

돈황유서에 현존하는 '사조社條'는 27건이다. 이들 사조를 통해 볼 때, 당 후기, 오대, 송초 돈황 지역의 사사는 사를 처음 만들 때 보통 사조의 견본 문장에 근거하여 해당 사의 사조를 제정했다. 사조는 각 사마다 자세한 내용은 달랐지만 일반적으로 첫머리 총칙에서 사의 목적, 사조를 만든 이유를 설명하고, 다음으로 조직, 활동 내용, 벌칙 등 구체적인 조항을 규정하였다. 예컨대 S.527 「현덕육년(959)정월삼일여인사사조顯德六年正月三日女人社社條」(그림 93)는 다음과 같다.

1. 顯德六年乙未歲正月三日女人社因玆新歲初來, 各發好意, 再

2. 立條件. 蓋聞至城誠立社, 有條有格. 夫邑義者, 父母生其身,

3. 朋友長其志, 遇危則相扶, 難則相救. 與朋友交, 言而信. 結交朋

4. 友, 世語相妨續. 大者若姊, 小者若妹, 讓義先登. 立條件已後, 山

5. 河爲誓, 終不相違. 一, 社內榮凶逐吉, 親痛之名, 便於社格. 人各

6. 油壹合, 白面壹斤, 粟壹斗. 便須驅驅, 濟造食飯及酒者. 若本身死

7. 亡者, 仰衆社蓋白趀拽, 便送贈例, 同前一般. 其主人看侍, 不諫厚

8. 薄輕重, 亦無罰則. 二, 社內正月建福一日, 人各稅粟壹斗, 燈油壹盞

9. 脫塔印砂. 一則報君王恩泰, 二乃與父母作福. 或有社內不揀大小,

10. 無格在席上喧拳, 不聽上人言敎者, 便仰衆社就門罰醴膩一筵,

11. 衆社破用. 若要出社之者, 各人決杖參棒, 後罰醴膩, 局席一筵, 的無

12. 免者. 社人名目詣實如後.　　社官尼功德進(押)

13.　　　　社長侯富子(押)

14.　　　　錄事印定磨柴家娘(押)

15.　　　　社老女子(押)

16.　　　　社人張家富子(押)

17.　　　　社人渦子(押)

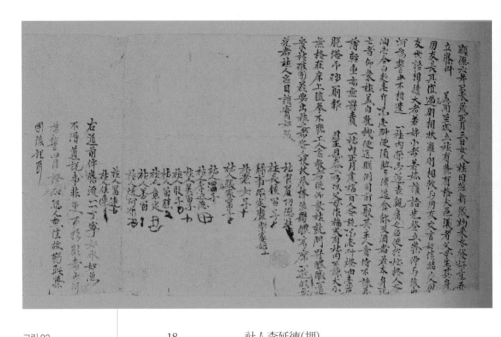

그림 93
S.527 「현덕육년정월삼
일여인사사조」

18.	社人李延德(押)
19.	社人吳富子(押)
20.	社人段子(押)
21.	社人富勝(押)
22.	社人意定(押)
23.	社人善富(押)
24.	社人燒阿朶(押)
25.	社人富連(押)
26.	社人住連(押)
27.	右通前件條流, 一一丁寧, 如水如魚,
28.	不得道說事(是)非, 更不於(如)願者, 山河
29.	爲誓, 日月證知. 恐人無信, 故勒此條. 用後記耳.

이 자료는 여성들이 자원하여 조직한 민간단체의 사조이다. 이 사조를 통해 당, 오대, 송초의 사사가 이미 사조(정관)의 형식으로 조직의 활동과 벌칙을 엄격하게 규정한 민간단체가 되었음을 알 수 있다. 사사 내부에서 각 성원의 권리와 의무는 평등하며 사조(위 인용문에서 '조건'이 곧 사조를 가리킴)는 민주적 방식으로 전체 사인이 공동 제정했다. 위의 사조 중 "각자 좋은 뜻을 내어 다시 사조를 마련한다(各發好意, 再立條件)"는 사조가 사인 전체의 뜻을 반영했음을 보여 준다. 이와 관련해서는 P.3489 「무진년(968)정월이십사일규방항녀인사 사조戊辰年正月廿四日裓坊巷女人社社條」의 설명이 더욱 명확하다. 이 사조에서는 단체에 참가하는 "여성들이 함께 상의하여 사조를 만들고 사사 전체가 상의하여 결정한다(女人團座商議立條, 合社商量爲定)"고 천명하였다. 사조 마지막에는 사인 전체가 수결을 한다. 이는 사조를 인정하는 동시에 사조의 규정을 반드시 지키겠다는 약속이다. 사조의 두 번째 부분은 사를 설립하는 원칙이다. 제2행의 '읍의邑義'는 사조의 자칭이다. 사 설립의 원칙은 "부모가 몸을 낳아주고 벗들이 그 뜻을 길러주므로(父母生身, 朋友長志)" 사내의 성원은 친구와 마찬가지로 "나이가 많은 이는 언니처럼, 적은 이는 여동생처럼(大者若姉, 小者若妹)" 대해야 한다는 것이다. 사조의 세 번째 부분은 사사의 활동에 대한 규정이다. 위 사조에서 밝힌 여성의 활동은 두 가지이다. 하나는 "영흉축길榮凶逐吉", 즉 집안에 상사喪事가 있을 때 전체 사인은 모두 기름, 면, 곡식 등의 물품으로 도와주고 장례식에도 참석해야 한다. 다른 하나는 "정월건복일일正月建福一日" 즉 매년 정월에 재회齋會를 치르는 것이다. 네 번째 부분은 처벌 규정이다. 돈황문헌에 보존된 기타 사사 문서에 따르면, 사조는 사사의 조직활동과 사인의 처벌을 위한 준칙으로서 사사의 활동 중에 이 규정은 확실히 집행되었다. 사사의 우

두머리는 '삼관三官', 즉 위 사조에 나오는 사장社長, 사관社官, 녹사錄事이다. '삼관'은 사조의 규정에 따른 활동을 책임지고 사인이 사조의 규정을 잘 이행하는지 감독하며 사인의 권리를 보장하고 규정을 위반한 사인을 처벌한다. 사인은 반드시 삼관(사관)의 관리에 따라야 한다. 다른 사사 문서를 보면 '삼관' 또한 전체 사인의 추천을 통해 선발되었음을 알 수 있다. P.3989 「경복삼년(894)오월십일돈황모사편안景福三年五月十日敦煌某社偏案」에는 사인의 수결 앞에 "여러 사람들이 사장 적문경, 사관 양해윤을 청하고, 녹사 범언종을 청한다(衆請社長翟文慶, 衆請社官梁海閏, 請錄事氾彦宗)"라는 기록이 있다. 여기서 '중청衆請'이 곧 추천해서 선발한다는 의미이다. 만약 삼관이 주관하는 사사社司가 사조를 준수하지 않고 사조에서 규정하지 않은 활동을 마음대로 하거나 직무에 맞지 않게 행동하면 사인 대회에서 사사(삼관)의 결정을 거부하거나 심지어 삼관을 파면하고 다시 선발할 권리를 갖는다. 예컨대 P.4940 「갑진년(944)오월이십일일굴두수불당사재청삼관빙약甲辰年五月廿一日窟頭修佛堂社再請三官憑約」에서는 "녹사가 사관의 말을 듣지 않고, 사사건건 사인들의 뜻에 부합하지 않아 공덕 있는 일을 처리하기 힘들다. 이제 경도를 사관으로, 법승을 사장으로, 경계를 녹사로 재청한다(伏緣錄事不聽社官, 件件衆社不合, 功德難辦. 今再請慶度爲社官, 法勝爲社長, 慶戒爲錄事)"라고 기록했다. 이 사의 녹사는 사관에 복종하지 않고 일처리가 중사衆社(전체 사인)의 뜻에 부합하지 않아 파면되고 새로운 삼관을 추천한다는 내용이다. 만당, 오대, 송초의 사사가 엄격한 기율이 있는 고도로 민주화된 민간단체였음을 알 수 있다.

'사사전첩社司轉帖'은 사읍이 사인에게 활동에 참가하도록 하는 통지문으로 265건이 있다. 사사전첩은 일반적으로 무슨 일로, 어떤 물건을 가지고, 언제,

어느 곳으로 가서 모이는지, 그리고 지각하거나 오지 않은 사람, 통지를 늦게 전한 사람의 처벌, 통지를 보낸 시간과 통지자의 직무, 성명 등을 밝혀야 한다. 다수의 실용 사사전 첩은 통지문 뒤쪽(일부 전첩은 앞쪽)에 통지 받는 사람의 성명을 열거하고 있다. 통지를 받은 사람은 자기 이름 우측 아래 '知' 자를 쓰거나(소수) 이름 우측에 점을 하나 찍는 방식(다수) 등으로 이미 인지했다는 기호를 표시하고 다음 사람에게 전달한다. 이런 식으로 다음 사람에게 차례로 전달되어 마지막 사람에게 도달한 후 다시 통지를 보낸 사람의 수중으로 들어간다. 예컨대 S.5632 「정묘년(967)이월팔일장감아모망전첩丁卯年二月八日張憨兒母亡轉帖」(그림 94)을 보면, '친정

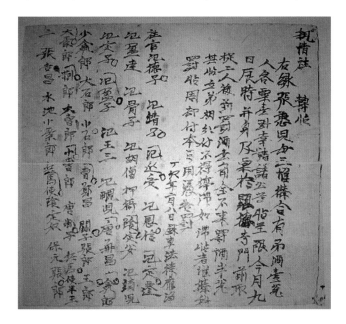

그림 94
S.5632 「정묘년이월팔일
장감아모망전첩」

사^{親情社}'는 성원 장감아의 모친이 사망하자 사사에서 사인들에게 통지하여 곡식 한 말을 준비해 장례를 돕도록 한다. 이 '전첩'은 사인의 성명 옆에 여러 개의 부호가 있다. 일부 사인들의 성명에는 오른쪽 위에 갈고리 기호가 있고, 오른쪽에는 동그라미가 있고 검은 점이 하나 찍혀 있다. 이 점은 사인 자신이 찍은 것으로 이미 인지했음을 표시하는 듯하다. 그리고 동그라미와 갈고리는 사사가 표시한 것으로 참석 여부와 물건을 납부했는지를 보여 준다. 당시에는 사인이 어떤 활동에 종사하든 이런 전첩으로 사인에게 통지를 해야 했다.

'사력^{社歷}'은 사읍의 장부로 당시에는 장부를 '력^歷'으로 불렀다. 이런 문서는 총 60건이 있다. 사력 중에 가장 중요한 것은 '신고납증력^{身故納贈歷}'이다. '신고납증력'은 사읍의 성원 혹은 그의 친족이 사망했을 때 사인이 사조의 규정 혹은 사사의 임시 결정에 근거하여 사사에 물품을 납부한 기록이다. 여기에는 사인이 납부한 물품의 이름과 수량이 적혀 있다(떡, 곡식, 기름, 땔감 등이 규정대로 납부되었다면 수량을 적지 않는다). 다수의 장부에 사인이 납부한 물품의 오른쪽 위에 사사가 작성한 검사 부호가 있으며, 어떤 장부에는 마지막에 사인이 납부한 물품을 상가에 보낸 기록도 있다. 신고납증력 외에 중요한 것으로 사사편물력^{社司便物歷}도 있다. 소위 '편물'은 빌린 물건이다. 많은 자료들을 통해 사인이 사사에게 면, 기름, 곡식, 보리, 황마 등의 물품을 빌렸음을 알 수 있어서 사사의 공공성에 대한 연구에 중요한 자료가 된다. 그밖에 사인이 빌린 물건, 납부한 물건, 사사의 벌물^{罰物}, 사사의 장부 파기 등에 대한 내용도 있다.

'사문^{社文}'은 총 107건이다. 이러한 문서로는 '사일상영서^{社日相迎書}', '청빈두로파라타상좌소^{請賓頭盧波羅墮上座疏}', '사재문^{社齋文}', '사읍인사불문^{社邑印沙佛文}', '사읍연등문^{社邑燃燈文}', '사사공덕기^{社司功德記}', '사제문^{社祭文}', '제사문^{祭社文}' 등 8종이 있

다. '사일상영서'는 춘추春秋 2사가 사일社日 때 사인으로 하여금 모임에 참석토록 하는 통지서이다. 현존 두 종의 사일상영서(두 종 모두 복본이 있음)는 모두 「서의書儀」에 보존되어 있다. '청빈두로파라타상좌소'는 사읍에서 제사를 올리기 전에 쓴 소문疏文으로 나한이 왕림하길 기원하는 내용이다. '사재문', '사읍 인사불문', '사읍연등문'은 각각 사읍에서 재회, 인사불, 연등 등의 불교 행사를 치를 때 낭독한 문서이다. '사사공덕기'는 사읍에서 불화를 그리고, 탑을 세우고, 동굴을 조성하고, 사원을 짓고, 불상을 짓는 등의 공덕을 기술한 것이다. 이러한 공덕기는 모두 원고나 초사본이다. 실제 상황에서 동굴 조성 공덕기는 굴의 벽에 쓰고, 사원과 탑 건축 공덕기는 사원과 탑의 비석에 새기기 때문이다. '사제문'은 사읍에서 사망한 사인 혹은 친척을 전통 방식으로 제사지낼 때 낭독한 글이다. '제사문'은 춘추 2사의 제사 의식 때 낭독한 글이다. 이러한 사문은 돈황 사읍의 활동과 사상, 관념 등의 연구에 중요한 의미를 가진다.

사장社狀과 첩牒은 총 24건이 있다. 사장은 사읍에서 투사投社, 퇴사退社와 기타 사무를 관리할 때 사용한 문서이다. '투사장'은 사읍 성립 후에 가입하려고 하는 사람이 사사社司에게 제출하는 입사 신청서이다. '퇴사장'은 사읍의 성원이 사사에게 제출하는 퇴사 신청서이다.

돈황 사읍 문서의 시대는 대부분 당, 오대, 송초이다. 풍부한 내용의 이 1차 자료들은 중국 고대 사읍의 연구에 생생하면서도 구체적인 자료를 대량으로 제공해 주고 있다. 이를 통해 연구자들은 당, 오대, 송초 사읍(주로 사사私社)의 구체적 상황을 심도 깊게 탐색할 수 있을 뿐 아니라 이 문서들로부터 얻은 인식들을 통해 한, 당, 그리고 당 이후 사읍 발전의 맥락에 대해 좀 더 깊이 고찰할 수 있다. 동시에 사읍 문서의 내용은 중고 시기 정치, 군사, 경제, 문화 등의 제반 영역에까지 미치고 있어 당대 후반, 오대, 송초 돈황 지역의 정치, 경제 그리고 사회 전체의 면모를 연구하는 데 중요한 참고 가치를 지닌다.

돈황사본 사원 문서에는 '집물력什物歷', '시사소施舍疏', '입파력入破歷', '재문齋文' 등이 있다. 이들 문서는 당, 오대, 송초 돈황의 승단 생활 및 그것과 사회와의 관계 등 여러 측면들을 반영한다.

'집물력'은 사원에 항상 있는 집기의 목록이다. 여기에는 번상幡像, 번산幡傘, 경안經案, 경건經巾 등의 공양 용구, 동확銅鑊, 동관銅罐, 당鐺, 오오鏊 등의 동철기銅鐵器, 반盤, 완碗, 접碟, 상床 등의 가구, 옹瓮, 항缸, 와성瓦盛 등의 와기瓦器와 함궤函櫃, 거승車乘, 전욕毡褥, 금은기金銀器 등이 포함된다. 당시 사원 제도에 따르면 이들 물품은 모두 전문인에 의해 보관되며, 보관하는 사람은 정기적으로 이를 교체한다. 돈황유서에 남아 있는 '집물력'은 전임 보관자와 후임 보관자가 교체될 때 물품을 정리한 기록이다. 이러한 '집물목'으로는 「자년영득상주집물력子年領得常住什物歷」(S.5978 등), 「용흥사경조석노각하의번적소부불상공양구병경목등수점검력龍興寺卿趙石老脚下依蕃籍所附佛像供養具并經目等數點檢歷」(P.3432), 「토번시기모사상주집물교할점검력吐蕃時期某寺常住什物交割點檢歷」(P.2706), 「토번시기모사교할상주집물점검력吐蕃時期某寺交割常住什物點檢歷」(S.7939뒷면+S.7940뒷면), 「토번시기모사교할상주집물점검력吐蕃時期某寺交割常住什物點檢歷」(S.7941), 「당함통십사년(873) 정월사일사주용흥사상주집물등점검력唐咸通十四年正月四日沙州龍興寺常住什物等點檢歷」(P.2613), 「장흥원년(930)정월법서교할상주집물점검력장長興元年正月法瑞交割常住什物點檢歷狀」(P.3495), 「을미년(935)후보은사교할상주집물점검력乙未年後報恩寺交割常住什物點檢歷」(P.2917), 「십세기전반엽영안사교할상주집물점검력十世紀前半葉永安寺交割常住什物點檢歷」(P.3161), 「경자년(940)전후보은사교할상주집물점검력庚子年前後報恩寺交

割常住什物點檢歷」(국가도서관 BD11988, L.2117), 「경자년(940)후보은사교할상주집물점검력庚子年後報恩寺交割常住什物點檢歷」(P.4004+S.4706+P.3067+P.4908), 「경자년(940)후보은사교할상주집물점검력庚子年後報恩寺交割常住什物點檢歷」(S.4215), 「후진천복칠년(942)대승사법률지정등교할상주집물점검력後晉天福七年大乘寺法律智定交割常住什物點檢歷」(S.1774) 등 20여 건이 있다. 이들 문서는 다수가 잔결되어 있기는 하지만 문서의 정리를 통해 돈황 정토사, 대승사, 보은사, 영안사가 소유했던 생활용품의 종류와 수량, 보존 상태를 거의 완벽하게 알 수 있다.

'시사소施舍疏'는 당 후반, 오대, 송초 돈황의 관사官私 승속들이 사원에 물품을 시주할 때 사용한 문서로서 그 내용에는 일정한 규범이 있다. 예컨대 북경대학도서관 소장 제162호 사본 뒷면의 「진년정월십오일여제자색씨시사소辰年正月十五日女弟子索氏施舍疏」의 내용은 아래와 같다.

1. 草綠衣襴一, 施入修造.

2. 右弟子所施意者, 爲男東行, 願

3. 無灾障, 早得歸還. 今投道場, 請

4. 爲念誦.

5.   辰年正月十五日女弟子索氏疏

멀리 떠나는 아들을 위해 옷을 시주하고 사원에 경문의 염송을 부탁하여 아들의 평안을 바라는 내용이다. 돈황유서에는 100여 건의 '시사소'가 있다. 이 '시사소'는 글자 수가 어떤 것은 많고 어떤 것은 적지만 모두 시주한 물건의 이름, 수량, 행방, 시주의 이유, 목적, 날짜, 장소, 시주인의 성명 등을 분명히 기록하고 있다. 이러한 정보는 돈황 관사 시사施舍의 상황을 이해하는 데 중요한 참고자료가 된다. 예를 들어 시주 물품에는 다음과 같은 것들이 포함된다.

집안의 노비

부동산 : 토지, 집, 물레방아 등

방직품 : 견絹, 포布, 면綿, 능綾, 라羅, 금錦, 주紬, 설絏, 전氈 등

의복 : 가사袈裟, 치마 적삼, 편삼偏衫, 홑 윗옷, 상복, 저고리, 긴 소매, 난자暖子, 반비半臂, 개당襠襠, 바지, 피자披子, 피자帔子, 수건, 모자, 박두縛頭, 요대, 양말, 두렁이, 신발, 가죽신, 밑창, 신발 끈, 이불 등

음식 : 보리, 조, 쌀, 황마, 기름, 면, 사당沙糖, 포도 등

용품 : 식탁, 끈으로 엮은 의자, 좌구坐具, 완碗, 반盤, 접碟, 발鉢, 병, 향로, 분盆, 관罐, 상箱, 거울, 빗, 호분胡粉, 종이, 경상經床, 경안經案, 경질經袟, 경건經巾, 경포經布 등

공양물 : 번幡, 불경 등

건축 재료 : 목재, 수목, 백자白子, 홍화紅花, 황단黃丹, 홍람紅藍, 피리篦籬, 철, 구리, 은, 석회 등

약품 : 해독약, 가리륵訶梨勒, 용골, 파두杷豆, 빈랑檳榔, 근자芹子, 유마油麻, 수酥, 홰나무 꽃, 홰나무열매, 작약, 초시草豉, 흘림자紇林子, 구기자, 필발畢拔 등

희귀품 : 진주, 마노, 호박, 유리병, 은기銀器 등.

있을 건 다 있다고 할 만큼 다양한 물목이다.

'입파력入破歷'은 사원 상주곡두常住斛斗의 수입과 지출을 기록한 장부로서 100여 건이 있다. '입'은 수입을, '파'는 지출을 가리킨다. '상주곡두'는 보리, 조, 기

름, 수酥, 면, 황마, 밀기울, 찌끼, 콩, 포, 설緤 등을 포함한다. 상주집물과 마찬가지로 돈황 사원의 상주곡두 역시 전문인이 보관을 했고 보관인은 정기적으로 교체되었다. 돈황유서에서 '입파력'은 이러한 보관인의 수입, 지출 혹은 인수인계 때 기록한 장부이다. 이 장부는 사원의 전반적인 경제와 재무 상황뿐 아니라 당시 사원과 사회 여러 측면과의 관계까지 반영하고 있다. 특히 P.2049 뒷면에는 돈황 정토사의 1년 상주곡두 수입과 지출 장부 두 건이 온전하게

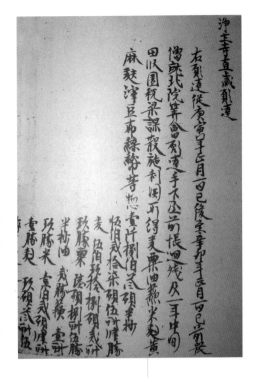

남아 있다(그림 95). 「후당동광삼년(925)정월사주정토사직세보호수하제색입파력산회첩後唐同光三年正月沙州淨土寺直歲保護手下諸色入破歷算會牒」과 「후당장흥이년(931)정월사주정토사직세원달수하제색입파력산회첩後唐長興二年(925)正月沙州淨土寺直歲願達手下諸色入破歷算會牒」이 그것이다. '직세'는 당시 사원 상주곡두의 보관인이다. 이 두 건의 목록은 현임 보관인이 전년도 정월 1일에 '직세'를 인계받을 때 전임 직세가 받은 상주곡두의 명목과 수량, 그해 정월 1일부터 연말까지의 수입과 지출, 그리고 당시 창고에 보관 중이던 상주곡두의 명목과 수

량이며, 마지막에는 사원 전체 승려들의 서명과 수결이 있다. 각 수입마다 구체적인 근거가 있고 각 지출 역시 구체적인 용처가 있으므로 이에 근거해 정토사의 수입과 지출 상황을 전면적으로 파악할 수 있다. 그만큼 중요한 연구 가치가 있는 것이다. 이 두 건의 '입파력산회첩'은 사원의 장부가 온전하게 갖춰진 최초의 자료이므로 회계사會計史에 있어서 대단히 중요하다. 이 두 가지 '입파력산회첩'은 모두 '사주식四柱式 계산법'을 사용하고 있다. 제1주는 '전장구前帳舊'(이전 장부의 잔여 부분), 제2주는 '신부입新附入'(당해 연도의 수입), 제3주는 '파제용破除用'(당해 연도의 지출), 제4주는 '응급현재應及見在'(지금 보관 중인 것)이다. 장부를 기록할 때 '전장구', '신부입', '파제용', '응급현재' 글자를 모두 마치 기둥이 하늘을 받치듯 맨 위쪽에 쓰기 때문에 '사주식 계산법'이라고 한다. 돈황유서에서 발견되기 전까지 회계사 연구자들은 일반적으로 '사주식 계산법'이 송대에 만들어졌다고 보았다. 돈황유서에서는 관부의 것이든 사원의 것이든 회계문서가 모두 '사주식 계산법'으로 작성되어 있다. 이러한 계산법이 당대에 이미 유행했음을 보여 준다.

'재문'은 승려가 불교 재회에서 낭독하는 문자이다. 당시에 유행한 재회의 종류가 매우 많았기 때문에 돈황유서에도 거의 천 개에 달하는 재문이 남아 있다. 주로 다음과 같은 것들이다.

경굴문慶窟文, 경사문慶寺文, 불당문佛堂文, 삼월팔일문三月八日文, 행성문行城文, 경불문慶佛文, 탄상문嘆像文 (조상문造像文), 사천왕문四天王文, 천왕문天王文, 경경문慶經文, 개경문開經文, 전경문轉經文, 사문전경문四門轉經文, 행군전경문行軍轉經文, 산경문散經文, 회단청문繪丹青文, 시사문施舍文, 견당산문堅幢傘文, 안산문安傘文 (치산문置傘文), 경번문慶幡文, 계청문啟請

文, 결단문結壇文; 양재문禳災文, 국위재려문國爲災癘文, 수한문水旱文, 병적침요문兵賊侵擾文; 환문患文, 법사환문法師患文, 승환문僧患文, 니환문尼患文, 속환문俗患文, 속장부환문俗丈夫患文(장부환문丈夫患文), 부환문婦患文, 난월문難月文, 중병문重病文; 망재문亡齋文(통망문通亡文, 사망문死亡文), 원망인문願亡人文, 망승니문亡僧尼文, 망승문亡僧文(승망문僧亡文, 망화상문亡和尙文), 망도리니문亡闍梨尼文, 망니문亡尼文, 망고문亡考文, 망비문亡妣文, 망장부문亡丈夫文(망부문亡夫文), 망부문亡婦文(망부인문亡夫人文), 망형제문亡兄弟文, 망제문亡弟文, 망자문亡姊文, 망남문亡男文, 망녀문亡女文, 망해자문亡孩子文, 탈복문脫服文, 원기병읍문遠忌幷邑文, 국기일행향문國忌日行香文, 선성황제원기문仙聖皇帝遠忌文, 임광문臨壙文; 잡원문雜願文, 원재문願齋文(원문願文), 원남문願男文, 원녀문願女文, 새원평안문賽願平安文, 원행문遠行文, 사재문社齋文(사읍문社邑文, 사문社文, 읍문邑文), 연등문燃燈文, 탄등문嘆燈文, 안서불문印沙佛文, 만월문滿月文, 낭자문娘子文, 생남녀문生男女文, 노비문奴婢文, 입택문入宅文; 역수문逆修文, 망마문亡馬文, 망우문亡牛文 등.

이러한 재문은 당시 유행한 재회활동 및 불교와 민중의 관계에 대한 연구에 중요한 가치를 지닌다.

돈황 속문학 문헌의 내용과 가치

돈황유서에 남아 있는 문학 문헌은 두 부류로 나눌 수 있다. 하나는 당시에 이미 책이나 작품집으로 완성된 문학 저작이고 다른 하나는 속문학 작품이다. 여기서는 속문학 작품만 소개하고 전자에 대해서는 경, 사, 자, 집 사부서의 자부와 집부에서 소개할 것이다. 돈황 속문학 작품에는 강경문講經文, 인연因緣, 변문變文, 화본話本, 사문詞文, 고사부故事賦, 시화詩話 등이 있다.

'강경문'은 승려가 세속의 백성들에게 불경을 강창할 때 사용하던 글이다.

강경은 불교도가 불교 교의를 선전하는 주요 방법이다. 오랜 모색을 통해 불교 사원과 승려들은 강경 활동이 효과를 보기 위해서는 서로 다른 계층의 청중들에게 강경의 내용과 방식을 서로 다르게 적용해야 한다고 인식하게 되었다. 내용의 측면에서 보자면, 출가한 승려에게는 불학의 이론을 직접 강론하면 되지만 세속의 백성들에게는 전통문화의 전고典故나 일상생활을 예로 들어 불교 교리를 설명할 필요가 있었다. 그리고 방식의 측면에서 보자면, 승려에 대한 강경은 책에 쓰인 그대로 경문을 강독하면 되지만 일반 백성들에게는 문학적 색채를 최대한 가미할 뿐 아니라 심지어 강과 창을 결합해야 했다. 남북조 시대에 세속의 백성, 특히 하층민을 위한 강경은 흔히 '속강'으로 불렸다. 돈황유서 중의 '강경문'이 바로 속강의 저본이다. 이러한 강경문, 특히 말기의 강경문은 글자 그대로 낭독하는 것이 아니라 그 속에 이야기들을 종종 넣고 비유, 장면 묘사, 인물 대화 등의 예술적 방법을 동원하여 추상적 도리를 이야기의 줄거리와 구체적 사물에 투영하였다. 이렇게 해서 불교의 도리는 더욱 이해하기 쉽고 친근하고 생동적으로 바뀌었다. 이러한 강경문은 민중들로부터 많은 환영을 받아 중고 시대에 오랫동안 유행하였다. 예를 들어 「유마힐경강경문維摩詰經講經文」(S.4571, P.2292, P.3079 등. 그림 96) '지세보살제이持世菩薩第二'에서는 마왕 파순波旬과 그를 따르는 마녀를 이렇게 묘사했다. "이들 마녀 하나하나는 모두가 꽃이고 옥이다. 몸은 부드럽고 연하여 갓 무산巫山에서 내려온 듯하고, 모습은 아리따워 금방 선동仙洞을 나온 듯하다. 모두들 복사꽃 같은 얼굴에 버들잎 같은 눈썹을 지녔다. 천천히 걸으면 바람이 연꽃에 불어오는 듯하고, 서서히 걸

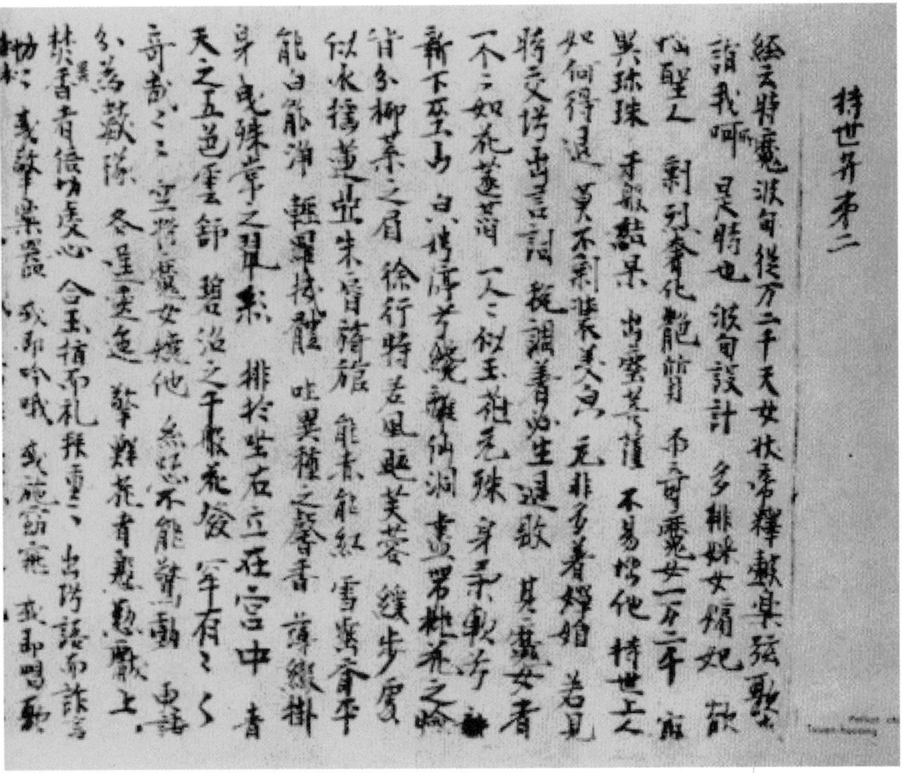

그림 96
P.3079
『유마힐경강경문』

어가면 물이 연잎을 흔든다. 붉은 입술은 보드라운데 주홍
빛을 띠기도 선홍빛을 띠기도 하고, 눈 같은 치아는 매우 고
른데 새하얗고도 정결하다. 가벼운 비단으로 몸을 닦고 몸
에서는 특이한 향기가 풍긴다. 얇은 깁을 휘감은 몸에서는
기이하고도 선명한 광채가 어린다. 자리 오른쪽에 줄지어
섰는데, 푸른 하늘에는 오색구름이 떠 있고 푸른 연못에는
온갖 꽃들이 만발하였다(其魔女者, 一個個如花菡萏, 一人人似玉
無殊. 身柔軟兮新下巫山, 貌娉停兮纔離仙洞. 盡帶桃花之臉, 皆分柳葉

之眉. 徐行時若風颯芙蓉, 緩步處似水搖蓮亞. 朱唇旖旎, 能赤能紅; 雪齒齊平, 能白能淨. 輕羅拭體, 吐異種之馨香; 薄穀掛身, 曳殊常之翠彩. 排於坐右, 立在宮中. 靑天之五色雲舒, 碧沼之千般花發)." 강경문은 이처럼 장면 묘사와 이야기를 가미하여 문학성을 갖게 되었고 덕분에 중고 시기 문학적 보고의 한 부분을 차지한 것이다.

'속강' 저본으로서의 강경문은 산문 부분도 있고 운문 부분도 있다. 강경인은 '도백道白(말하기)'도 하고 노래를 부르기도 했다. 노래 부분은 사실상 앞서 산문에서 강술한 내용을 운문으로 간략하게 반복한 것이다. 위의 마녀에 대한 묘사와 대응하는 운문은 이렇다. "아름답게 꾸민 외모 끊임없이 계속되고, 옥 같은 얼굴에 요염한 자태를 뿜낸다. 하나하나가 모두 만발한 꽃과 같고, 한 사람 한 사람이 모두 달 속의 항아처럼 날아간다(各裝美貌逞逶迤, 盡出玉顏誇艷態; 個個盡如花亂發, 人人皆似月娥飛)."(P.3079 「유마힐경강경문」) 강경문에서 노래하는 운문은 대부분 칠언과 오언이다. 바로 설창 부분이 있기 때문에 강경문은 중고 시기 강창문학 작품의 하나가 된 것이다.

돈황유서에 남아 있는 강경문으로는 「장흥사년(933)중흥전응성절강경문長興四年中興殿應聖節講經文」(P.3808), 「금강반야바라밀경강경문金剛般若波羅蜜經講經文」(P.2133 뒷면), 「묘법연화경강경문妙法蓮華經講經文」(P.2305), 「유마힐경강경문維摩詰經講經文」(S.4571, P.2292 등), 「불설아미타경강경문佛說阿彌陀經講經文」(P.2931, S.6551 뒷면 등), 「불설관미륵보살상생도솔천경강경문佛說觀彌勒菩薩上生兜率天經講經文」(P.3903), 「부모은중경강경문父母恩重經講經文」(P.2418, 국가도서관 BD6412 河12), 「쌍은기雙恩記」(Ф.96), 「우란분경강경문盂蘭盆經講經文」(대북중앙도서관 08701) 등이 있다. 그중 첫 번째 작품은 강창의 시간과 장소를 제목에 쓴 것이며 실제 강창한 내용은 「인왕반야경仁王般若經」이다. 여덟 번째 강경문에서 강창한 내용은 「대방편불보은

경大方便佛報恩經」의 '서품序品'과 '악우품惡友品'이다. 위에 열거한 강경문은 첫 번째만 명확한 시기가 표시되어 있고 다른 작품들의 창작 연대와 초사 시기는 당, 오대, 송초로 보인다. 강창한 불경 역시 당, 오대 때 가장 유행한 불경이다.

'연緣'이나 '연기緣起'로도 불리는 '인연因緣'은 승려들이 불경을 설창할 때 사용한 저본이다. 불교의 설법에 따르면 인연은 '인'과 '연'을 합친 말로서 사물을 형성하고, 인식을 불러일으키고, 업보를 만드는 원인과 조건을 가리킨다. 불교에서는 세상 만물을 '인'과 '연'의 상호작용의 결과로 보고 '인연'이 바로 만물을 지배한다고 인식한다. 사람 각자에게도 과거, 현재, 미래의 삼세가 있다고 여긴다. '삼세'에서 현재의 과는 반드시 과거의 인이 있기 때문이고, 현재의 인은 반드시 미래의 과가 된다. 악을 만들면 반드시 악과를 스스로 먹고, 선을 행하면 반드시 선한 결과를 얻도록 한다. 불경에는 인연과 보응의 고사만을 기술하는 분야가 있는데 그것이 곧 '인연'이다. 돈황유서 속 '인연' 작품은 불경의 '인연' 명칭을 빌려온 것이다. 그러나 일부 불경 고사 혹은 승려의 전기를 가져다가 수식을 더해 글로 펼쳐놓은 것인데다 산문과 운문이 번갈아 나오기 때문에 이야기성과 문학성이 불경의 '인연'보다 훨씬 강하다. 예컨대 「실달태자수도인연悉達太子修道因緣」(일본 류코쿠대학 소장본, S.3711 뒷면, S.5892)(그림 97)의 첫머리는 비교적 긴 운문이다.

가이위국의 정반왕, 싯다르타 태자는 무상함을 번민하여,

무상의 보리과를 구하리라 맹세하고, 한밤중에 성을 뛰어넘어 도량에 앉았다.

태자는 열아홉에 멀리 궁을 떠나는데, 한밤중에 공중으로 솟아올라 구중궁궐을 뛰어 넘었다.

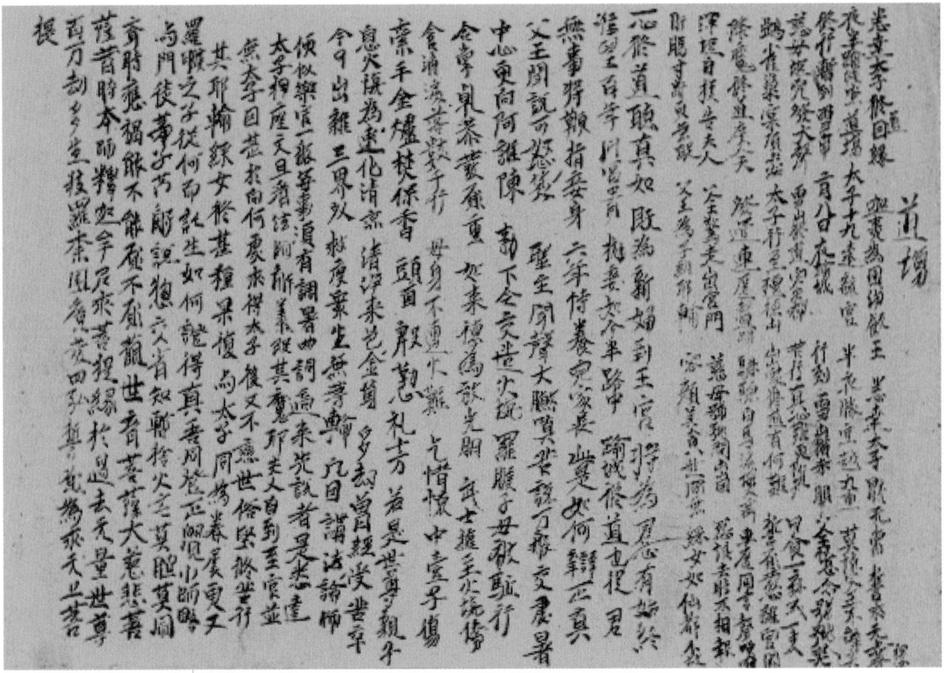

그림 97
S.3711 뒷면
「실달태자수도인연」

부왕에게 작별 인사하지 않음을 나무라지 말라, 잠깐 사이에 수행할 설산에 도착한다.

이월 팔일 밤 성을 넘어, 설산에 이르렀는데 아직 날은 채 밝지 않았다.

부왕은 자식 생각에 큰 소리로 울부짖고, 모친은 가슴을 치며 대성통곡한다.

迦夷爲國淨飯王, 悉達太子厭無常,

誓求無上菩提路, 半夜踰城坐道場.

太子十九遠離宮, 夜半騰空越九重,

莫怪不辭父王去, 修行暫到雪山中.

二月八日夜踰城, 行至雪山猶未明,

父王憶念號咷哭, 慈母搥匈(胸)發大聲.

이러한 운문은 통속적이고 이해하기도 쉽다. 만약 강창의 방식을 사용한다면 사람들은 더욱 흥미를 느낄 것이다. 운문 바로 다음에는 고사의 줄거리에 대한 설명이 나온다. "강론할 때 법사는 악관樂官처럼 매 고사마다 악조를 가미시켜야 한다. 앞에서 방금 설해진 곡사曲詞는 싯다르타태자 압좌문이다. 법사가 해설할 뜻을 잠시 보자면, 마야 부인이 왕궁으로 들어온 후로 태자를 갖지 못하다가 어떻게 해서 태자를 얻게 되었으며, 또 후에 태자는 어떻게 해서 세속에 연연하지 않고 굳건히 고행할 수 있었는가. 야수 채녀는 어떤 과위果位를 닦았기에 거듭 태자와 권속이 되었으며, 또 아들 라후라는 어떻게 해서 태어났고 어떻게 참된 깨달음을 얻어 정각을 이룰 수 있었는가. 이 소사小師가 여러 문도 제자들에게 해설하여 알려 줄 것이니 잠시 화택火宅을 버리고 소란 피우지 말 것이며 함께 이 복을 경청하도록 하라. 할 수 있는가? 또 바라는가?(凡因講論, 法師便似樂官一般, 每事須有調置. 曲詞適來先說者, 是悉達太子押座文. 且看法師解說義段, 其魔耶夫人自到王宮, 并無太子, 因甚於何處求得太子, 後又不戀世俗, 堅修苦行? 其耶輸綵女修甚種果, 復與太子同爲眷屬, 更又羅睺之子, 從何而託生, 如何證得眞悟, 同登正覺? 小師略與門徒弟子解說, 總交[教]省知. 暫捨火宅, 莫喧莫鬧, 齊時應福. 能不能, 願不願?)" 이 해설은 창을 하는 예인의 말투로 청중들의 관심을 끌고 있다.

돈황유서에 남아 있는 '인연'에는 위에서 인용한 「실탈태자수도인연」 외에 「태자성도경太子成道經」(P.2999, S.548 뒷면), 「태자성도인연太子成道因緣」(P.3496 등), 「수대나태자호시인연須大拏太子好施因緣」(Дx.285), 「사수인연四獸因緣」(P.2187), 「난

타출가인연難陀出家因緣」(P.2324), 「십길상十吉祥」(Φ.223), 「목련연기目連緣起」(P.2187), 「환희국왕연歡喜國王緣」(상해도서관 16), 「금강추녀인연金剛醜女因緣」(P.3048 등), 「기원인유기祇園因由記」(P.2344 뒷면, P.3784) 등이 있다. 이들 작품을 통해 볼 때 인연은 보통 부처와 불제자 혹은 선남신녀善男信女의 전생과 금생의 인과응보를 강창하는 고사이다. 강경문과 다른 점은 '인연'은 경문을 읽는 부분이 없고 불경의 구조에 따라 고사를 펼치지도 않으며, 그 대신 불경 고사 혹은 승려의 전기중 일부를 가져와서 수식을 통해 문장을 만든다는 것이다.

'변變'으로도 칭하는 '변문變文'은 당오대 민간 설창예술인 '전변轉變'의 저본이다. '전변'은 변문을 강창한다는 의미이다. 그러므로 변문과 강경문은 같은 종류에 속하며 텍스트도 산문과 운문이 섞인 형식이다. 공연은 설과 창을 함께 하는 방식으로서 강창과 마찬가지로 먼저 산문으로 일부 내용을 설한 다음 운문으로 그 내용을 다시 한번 노래한다. 「팔상변八相變」(국가도서관 BD3024 雲24)의 일부를 예로 들어보자.

그때 금단천자는 명을 받자와 인간계로 내려와서 속세를 두루 살폈다. 몇 군데 특별한 나라를 가려내기는 하였으나 결코 세존이 입태(入胎)할 만한 곳은 못되었고, 오직 가비위국만이 적당하였다. 하늘로 돌아와 자세히 아뢰는 장면은 이러하였다.

그날 금단천자는

몸을 숨겨 인간세계로 내려갔다네.

오늘 보살이 강생하시는데

어느 곳에서 태어나야 할까.

열여섯 큰 나라 두루 살펴보았지만

하나하나 모두 탄생할 곳이 못되고

오로지 가비라성만이

천자의 명성이 제일이라네.

사직이 만 년에 이르는 나라의 주인이고

조상은 천 대로 전륜왕이라네.

나는 보았거늘 과거의 세존은

시현하시어 모두 불국토에서 태어나셨네.

살펴본 뒤 천계로 돌아와 (아뢰니)

보살은 (그 말을) 따라 하생하시네.

爾時金團天子奉遣下界, 歷遍凡間. 數選奇方, 並不堪世尊託質, 唯有迦毗衛國似應堪居, 却往天中, 具由咨說云云.

當日金團天子, 潛身來下人間.

今朝菩薩降生, 福報合生何處?

遍看十六大國, 從頭皆道不堪.

唯有迦毗羅城, 天子聞名第一.

社稷萬年國主, 祖宗千代輪王.

我觀過去世尊, 示現皆生佛國.

看了却歸天界, 隨於菩薩下生.

변문과 강경문의 첫 번째 차이점은 변문의 제재가 훨씬 광범위하다는 것이다. 변문에는 불경 고사뿐 아니라 오자서伍子胥, 왕소군王昭君 같은 전통 민간고사와 당대 영웅인물(예를 들어 귀의군절도사 장의조張議潮) 고사도 들어가 있다. 두

그림 98
S.5511 「항마변」

번째는 변문이 이야기성과 문학성을 더욱 중시한다는 것
이다. 불교 소재 변문이라 하더라도 강경문에 포함된 불경
부분을 없애고 장면 묘사, 인물 대사 그리고 '음창' 부분에
더 중점을 둔다. 예컨대 「항마변^{降魔變}」(S.5511. 그림 98)은 불
제자 사리불과 외도 육사^{六師}의 법투를 강창할 때 서로 모
습을 바꿔가며 우열을 가리는 과정을 생동적인 언어로 이
렇게 묘사한다.

육사는 그 말을 듣고는 홀연 보산(寶山)을 나타내보였다. 높이가 수 유순(由旬)에 달하였는데 험하기가 벽옥 같고 높기가 백은 같았으며 꼭대기는 은하수에 닿았고 대나무가 무성하고 푸르렀다. 동서에는 해와 달이 있고 남북에는 삼성(參星)과 진성(辰星)이 떠 있었다. 게다가 소나무는 하늘 높이 솟아 있고 등나무 덩굴이 만 가닥으로 뻗어 있는데, 그 정상에는 은사가 안거하고 있었으며, 신선들이 학과 용을 타며 노니는데 선가(仙歌)가 어지러이 들려왔다. 사중(四衆)은 경탄하지 않는 이가 없었고, 관중은 모두 찬탄을 하였다. 사리불은 이 산을 바라보고서도 마음에 아무런 두려움도 없었다. 잠깐 사이에 금강역사를 만들어보였는데 금강은 어떤 모습을 하고 있는가? 머리는 하늘처럼 동그랗고, 동그란 하늘도 다만 산개(傘蓋)가 될 따름이었으며, 발은 사방 만 리에 이르렀는데 대지를 철침(鐵砧)처럼 밟고 서 있었다. 눈썹은 무성하고 푸르기가 청산과 같고, 쩍 벌어진 입은 강해(江海)처럼 광활하였다. 손에는 보배로운 방망이를 들고 있는데 방망이에서는 하늘 높이 화염이 치솟고 있었다. 한 차례 사산(邪山)을 향해 휘두르니 사산은 순식간에 부서지고 말았다. 산꽃은 시들어 떨어지고 대나무는 온데간데없이 사라져버렸다. 백관은 모두 희유한 일이로다, 찬탄을 하였고 관중은 일제히 '대단하다!' 소리를 질렀다.

六師聞語, 忽然化出寶山, 高數由旬, 欽岑碧玉, 崔嵬白銀, 頂侵天漢, 叢竹芳薪. 東西日月, 南北參辰. 亦有松樹參天, 藤蘿萬段, 頂上隱士安居, 更有諸仙遊觀, 駕鶴乘龍, 仙歌聊亂. 四衆誰不驚嗟, 見者咸皆稱歎. 舍利弗雖見此山, 心裏都無畏難, 須臾之頃, 忽然化出金剛. 其金剛乃作何形狀? 其金剛乃頭圓像天, 天圓祇堪爲蓋, 足方萬里, 大地纔足爲鉆. 眉鬱翠如靑山之兩重, 口暇暇猶江海之廣闊. 手執寶杵, 杵上火焰衝天, 一擬邪山, 登時粉碎. 山花萎悴飄零, 竹木莫知所在. 百僚齊歎希奇, 四衆一時唱快.

외도 육사가 만들어낸 보산의 기세가 아무리 드높다 하더라도 어찌 사리불의 금강 대역사를 당해내겠는가. 법투 장면 전체가 심장을 울릴 정도로 매우 박진감 넘친다. 변문과 강경문의 세 번째 차이는 변문에서는 설창 외에 그림을 함께 보여 준다는 것이다. 이야기를 하고 노래를 부르면서 그림까지 수시로 보여주는 공연 방식은 근대 설창예술 중 하나인 '라양피엔拉洋片'과 흡사하다.

돈황유서에 남아 있는 변문 중 「팔상변八相變」(국가도서관 雲24호 등), 「파마변破魔變」(P.2187, S.3491 뒷면), 「항마변降魔變」(S.5511 등), 대목건련명간구모변문大目乾連冥間救母變文」(S.2614 등), 빈파사라왕후궁채녀공덕의공양탑생천인연변頻婆娑羅王后宮綵女功德意供養塔生天因緣變」(P.3051)은 불경 고사를 강창한 변문이고, 「순자지효변문舜子至孝變文」(S.4654, P.2721 뒷면), 「오자서변문伍子胥變文」(S.328 등), 「맹강녀변문孟姜女變文」(P.5039, P.5019), 「한팔년초멸한흥왕릉변漢八年楚滅漢興王陵變」(S.5437), 「이릉변문李陵變文」(국가도서관 BD14666, 新866호), 「왕소군변문王昭君變文」(P.2553)은 역사 고사와 민간 전설을 강창한 작품이며, 그밖에 「장의조변문張議潮變文」과 「장회심변문張淮深變文」 등도 있다. 이들 변문의 창작과 초사 연대는 대부분 당오대 시기이다.

변문은 강창문학 작품 중 가장 광범위하게 유행하고 영향력도 커서 오랜 시간 강창문학 작품의 통칭이 되어 왔다. 변문과 강경문은 후대에 대단히 큰 영향을 미쳤다. 송대의 '고자사鼓子詞', '제궁조諸宮調', 원대의 '사화詞話', 명대의 '탄사彈詞', '고사鼓詞', '보권寶卷' 등은 모두 이러한 강창 방식의 영향을 받은 것들이다. 그러나 송대 이후 변문과 강경문은 점차 전하지 않게 되었고, 그렇기 때문에 돈황유서에 남아 있는 강창 작품들은 중국문학사에 있어서 중요한 연구 가치를 지닌다.

'화본話本'은 '설화說話'의 저본이다. 수대부터 송대까지 '설화'라는 일종의 예술 형식이 유행했다. 사실 '설화'는 이야기를 말하는 것으로 지금의 설서說書와 유사하다. 초기 화본 텍스트는 대략 송대 이후에 실전되었으나 다행히 돈황유서에는 「여산원공화廬山遠公話」(S.2073. 그림 99), 「엽정능시葉淨能詩」(S.6836), 「한금호화본韓擒虎話本」(S.2144) 등의 몇몇 작품이 남아 있다. '화본'은 변문 산문 부분이 더욱 완벽하게 발전한 것으로서 고사가 온전하고 시작과 결미 부분이 따로 있고 줄거리 맥락이 분명하고 언어가 통속적이며 이해하기 쉽다는 특징을 갖고 있다. 예컨대 「여산원공화」는 현존하는 가장 온전한 화본으로서 여기에 등장하는 '원공'은 동진東晉의 명승 혜원慧遠을 가리킨다. 이 화본에서 혜원은 수도에만 정진하여 멀리 여

산까지 가서 산신을 감동시켜 불사를 조성하고 심지어 물 속의 용마저 그의 강경을 들으러 온다. 그러나 백장白莊을 우두머리로 하는 강도떼가 혜원이 있던 사원에 들이닥치고 이때 혜원도 잡혀가 노비가 된다. 나중에 백장은 혜원을 동도東都의 최상공崔相公에게 팔아넘긴다. 혜원은 최상공의 집에서 고되게 일하고 심한 모욕을 기꺼이 받으면서도 시간을 내어 최상공에게 불경을 강술한다. 한번은 혜원이 주인을 따라 복광사福光寺로 가서 도안道安이라는 승려의 설법을 듣다가 그 자리에서 도안과 경의를 논하여 설복시킨다. 혜원은 기회를 틈타 자신의 신분을 공개한다. 그러면서 자기는 전생에 최상공의 전신에게 보증을 선 적이 있고, 백장의 전신에게 5백 꿰미의 돈을 빌렸는데 갚지 않아서 결국 이번 생에 백장의 노예가 되어 빚을 갚아야 한다고 말한다. 그래서 최상공은 진晉 문제文帝에게 아뢰어 혜원을 궁으로 맞이하여 공양토록 한다. 마지막에 혜원은 여산으로 돌아와 원하던 바대로 천궁으로 올라간다. 이 고사가 전하는 바는 불교의 인과응보 사상이다. 내용은 전혀 근거가 없으며 역사 기록에도 부합하지 않는다. 그러나 감동적인 줄거리에 통속적이고 쉬운 언어를 사용하여 강한 예술적 감화력을 지니고 있다.

'사문詞文'은 예인이 음창의 방식으로 이야기한 고사의 저본이다. 이러한 문체에 대해서는 지금까지 전해지는 기록이 없으며, '사문'이라는 명칭은 돈황유서에 원래 제목이 있는 「계포매진사문季布罵陣詞文」에서 가져온 것이다. 돈황유서에 남아 있는 사문으로는 「계포매진사문」(P.3697 등), 「동영사문董永詞文」(S.2204), 「백조명百鳥鳴」(S.3835, S.5752, P.3716 뒷면), 「하녀부사下女夫詞」(S.3227 뒷면) 등이 있다. 언어의 형식으로 볼 때 '사문'은 전체가 운문의 가사이며, 칠언 위주에 간혹 삼언, 사언, 오언, 육언 등으로 변화를 주기도 한다. 중간에 산문 설백說白은 들어가 있지 않다. 어떤 사문은 가창 전의 설명으로 첫머리에 간략한 산문을 넣기도 했다. 사문은 용운用韻이 비교적 자유로워서 하나의 운을 끝까지 쓰기도 하고, 중간에 운을 바꾸기도 하고, 가까운 운을 압운에 통용하기도 하며, 운이 겹치는 것도 피하지 않는다. 내용상으로 보면 사문은 역사 고사, 민간 전설에서 주로 소재를 가져오고 있으며, 문체는 한대 악부민가와 장편서사시 「공작동남비孔雀東南飛」, 「목란사木蘭辭」의 영향을 받았다. 사실상 돈황 사문 작품들은 모두 노래 가사로 장편서사시를 만든 것으로 1인 공연에 적합하다. 이러한 공연 방식과 그 텍스트는 후대의 고사鼓詞와 탄사彈詞에 깊은 영향을 주었다.

민중들은 사문의 내용과 공연을 즐겼다. 예컨대 「계포매진사문」(그림 100)은 초와 한이 다툴 때 계포가 항우를 위해 상대 진영의 유방에게 욕을 하지만 최후에는 유방의 관리로 채용된다는 고사이다. 이 사문은 전체가 칠언 640구로 구성되어 있으며 하나의 운을 끝까지 사용한다. 스케일 큰 한 편의 칠언서사시인 것이다. 아래는 상대 진영에 욕을 퍼붓는 장면의 일부이다.

멀리 한왕을 바라보며 삿대질 하면서 꾸짖는데
내뱉는 말이 천지를 진동할 만 하였다.
목청 높여 곧바로 소리치기를,
"유계!
그대는 서주 풍현 사람으로
어머니는 길쌈을 하면서 촌에서 거주하였고
아버지는 방목하며 시골에서 살았지.
그대는 일찍이 사수의 정장이 되었지만

그림 100
P.3697 「계포매진사문」

오랫동안 저자의 거리에서 굶주림에 시달렸지.

진나라가 망한 뒤를 이어서

스스로 왕이라고 일컬으니 가소롭기 그지없구나.

까마귀가 어떻게 봉황의 날개를 펼칠 수 있겠는가?

거북이가 어찌 감히 용의 비늘을 걸칠 수 있겠는가!

백번 싸워도 백번 지고 하늘은 돕지 않을 것이며

병사들은 삼분의 이를 잃게 될 것이다.

어찌 새끼줄로 제 몸을 묶고서

우리 왕에게 항복해 넓은 은혜를 구걸하지 않는가.

만약 혼미한 성정을 고집하고서 지나치게 대항하다가

살아서 붙잡히는 날이면 방면할 이유가 없다."

遙望漢王招手罵, 發言可以動乾坤.

高聲直喊呼劉季, 公是徐州豐縣人.

母解緝麻居村墅, 父能牧放住鄕村.

公曾泗水爲亭長, 久於闤闠受飢貧.

因接秦家離亂後, 自號爲王假亂眞.

亞鳥鳥如何披鳳翼, 黿龜爭敢掛龍鱗!

百戰百輸天不佑, 士卒三分折二分.

何不草繩而自縛, 歸降我王乞寬恩.

更若執迷誇鬥敵, 活捉生擒放沒因.

위에서 계포는 사람들을 앞에 두고 '유방'을 '유계'라 부른다. '계'는 '3'의 의미이므로 유방을 '유계劉季'라 부른 것이다. 당연히 모욕의 뜻이 담겨 있다. 그런 다음 유방의 집이 비천하고 가난했으며 어머니는 길쌈을 하면서 시골에서 살고 아버지는 소나 치는 촌로였다고 폭로한다. 뿐만 아니라 유방이 진말의 혼란을 틈타 스스로 왕을 칭했다며, 이는 마치 까마귀가 봉황의 날개를 달고 거북이 용의 비늘을 걸친 것과 다름없다고 비웃는다. 그러면서 백번 싸워도 모두 패하고 병사들까지 잃게 될 것이니 차라리 '스스로 제 몸을 묶어' 투항하라 하고 그렇지 않으면 사로잡히게 될 것이라고 위협까지 한다. 이후에는 달아난 계포가 엄밀한 포위망을 피해 숨어 다니다가 마침내는 기지를 발휘해 사면까지 받는 과정이 세밀하게 묘사되어 있다. 돈황유서에 이 사본은 10건이나 남아 있어 그 유행의 정도를 충분히 알 만하다.

돈황유서에 남아 있는 부賦류 작품은 20여 편, 40여 사본이며 세 가지 부류로 나눌 수 있다. 첫 번째는 이전 전적에서 이미 볼 수 있는 부들이다. 장형張衡의 「서경부西京賦」, 왕찬王粲의 「등루부登樓賦」, 강엄江淹의 「한부恨賦」, 성공수成公綏의 「소부嘯賦」, 왕적王績의 「유북산부遊北山賦」, 「원정부元正賦」, 「삼월삼일부三月三日賦」, 양형楊炯의 「혼천부渾天賦」 등이 이에 해당한다. 두 번째는 돈황유서에만 보이는 문인부文人賦이다. 유희이劉希夷의 「사마부死馬賦」(P.3619), 고적高適의 「쌍육두부雙六頭賦」(P.3862), 유하劉瑕의 「가행온천부駕幸溫泉賦」(P.2976, P.5037), 유장경劉長卿의 「주부酒賦」(P.2488 등), 백행간白行簡의 「천지음양교환대락부天地陰陽交歡大樂賦」(P.2539), 장협張俠의 「이사천부貳師泉賦」(P.2488 등), 하견何蠲의 「어부가창랑부漁父歌滄浪賦」(P.2621 등), 노정盧竧의 「용문부龍門賦」(P.2544 등), 작자 미상의 「진장부秦將賦」(P.5037), 「월부月賦」(P.2555), 「자령부子靈賦」(P.2621), 「거삼해부去三害賦」(S.3393) 등이 이에 해당한다. 세 번째는 고사부故事賦로서 「안자부晏子賦」(P.2564 등), 「한붕부韓朋賦」(P.2653 등), 「연자부燕子賦」(甲)(P.2491 등), 「연자부」(乙)(P.2653), 조흡趙洽의 「추부부醜婦賦」(P.3716) 등이 있다.

돈황 고사부는 백화의 운문으로 서사를 진행하는 서사 위주의 통속 부체이다. 그래서 돈황 속부俗賦라 칭하기도 한다. 속부는 대부분 사언 혹은 육언의 문답체이며, 오언의 백화시체로 된 작품도 있고 압운은 엄격하지 않다. 돈황 고사부는 일반적으로 편폭이 길지 않다. 그러나 언어가 익살스럽고 생기발랄하며 통속적이어서 이해하기 쉽다. 제재는 대부분 민간 전설이나 비유하는 의미가 매우 깊다. 예컨대 우언적 성격의 「연자부」는 참새가 무단으로 제비집을 차지하여 소송까지 가는 이야기이다. 봉황의 사건 판결을 기본 플롯으로 삼아 의인화 수법으로 고사를 서술한다. 이 부는 표면적으로는 동물 우언이지만 실제로는 참새처럼 약자를 능멸하거나 남을 속이는 무리들의 추악한 측면을 드러내어 당대의 인정세태와 사회현실을 반영하고 있다. P.2653 「한붕부」(그림 101)는 한

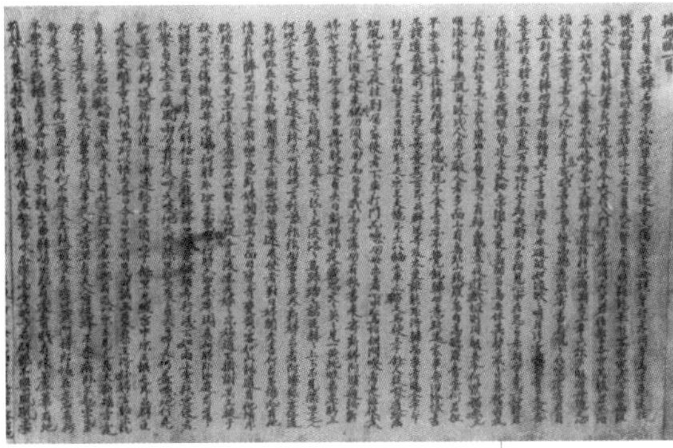

그림 101
P.2653「한붕부」

붕과 그의 아내 정부貞夫의 사랑 이야기이다. 이 작품의 초입에서 한붕은 '경서에 해박한' 정부를 아내로 맞이한다. 둘은 서로 사랑하며 절대 다른 아내를 취하지도 개가하지도 않겠다고 다짐한다. 나중에 한붕은 타지에 관리로 나가 6년이 되도록 돌아오지 않는다. 정부는 한붕에게 편지를 써서 속마음을 털어놓는다. 그러나 한붕은 실수로 아내의 편지를 잃어버리고 편지는 송왕宋王의 손에 들어가게 된다. 송왕은 정부를 속여 궁으로 불러들인 후 억지로 황후로 삼고자 한다. 송왕의 협박에도 정부는 일국의 모친이 될 생각은 없다며 이렇게 말한다. "갈대에는 흙이 있고 가시나무에는 덤불이 있지요. 승냥이와 이리에게는 짝이 있고 꿩과 토끼에게도 짝이 있지요. 물고기와 자라에게는 물이 있어야 하니 대궐은 즐겁지 못해요. 제비와 참새는 떼를 지어 함께 나니 봉황인들 어찌 부러울까요? 첩은 서인의 아내로서 송왕의 아내가 되었더라도 즐겁지 않답니다(蘆葦有地, 荊棘有叢, 豺狼有

伴, 雉兎有雙. 魚鼈在水, 不樂高堂. 燕雀群飛, 不樂鳳凰. 妾是庶人之妻, 不樂宋王)." 자신은 사랑에 진실할 뿐 높은 자리를 바라진 않는다는 것이다. 훗날 정부와 한붕은 약속대로 사랑을 지키며 함께 죽는다. 두 사람은 죽은 후 청과 백의 두 돌이 되었고 송왕은 이 돌을 길가 양 옆에 따로따로 묻는다. 그러자 돌은 다시 가지와 잎이 서로 만나는 두 그루의 나무가 되고, 송왕은 나무를 베어 버리도록 명한다. 그러자 나뭇가지가 한 쌍의 원앙이 되고 원앙의 깃털 하나가 송왕을 찔러 죽인다. 사후에 복수를 하는 이 부의 내용은 우언의 색채와 민간문학의 특징이 농후하다. 아울러 포악한 군주에 반항하는 주제를 강조하고 "선을 행하면 복을 얻고, 악을 행하면 재앙을 부른다"는 고대 민중들의 이상과 바람을 잘 표현하여 강한 예술적 감화력을 지니고 있다. 돈황 고사부에 복본이 많다는 사실은 당시 사람들이 이러한 작품을 매우 좋아했음을 증명한다.

시화 역시 강경문이나 변문과 마찬가지로 설창 예인의 저본이었다. 언어 또한 산문과 운문이 번갈아 나오는 형식에 시가 섞여 있으며, 압운이 자유로운 사류 변문駢文체도 있고 형식에 얽매이지 않은 산문체 서술도 있다. 강경문이나 변문과 다른 점은 산문체로 서술하는 부분도 운문이라는 것이다. 한 구를 건너 압운을 하거나, 하나의 운이 끝까지 가거나, 운을 한두 차례 바꾸기도 한다. 실제 공연에서 이러한 문체는 강경문이나 변문과 마찬가지로 강창이 결합되지만 주가 되는 것은 역시 창이다. 돈황유서에 남아 있는 시화 작품에는 「맹강녀고사孟姜女故事」(P.5019, P.5039), 「계포시영季布詩詠」(P.3645), 「소무이릉집별사蘇武李陵執別詞」(P.3595) 등이 있다. 시화에서 이야기하는 내용이 모두 역사 인물과 민간 전설이었음을 알 수 있다.

돈황 과학기술 문헌의 내용과 가치

돈황유서 중 과학기술 문헌에는 의약, 천문 역법, 산서算書 등이 포함된다.

돈황유서에는 대략 70여 종의 의약 전적이 남아 있다. 여기에는 의경진법醫經診法, 의약의방醫藥醫方, 침자약물針灸藥物 분야 등의 전적이 포함된다. 의경진법에는 「맥경脈經」(P.3481), 「소문素問·삼부구후론三部九候論」(P.3287), 「상한잡병론傷寒雜病論」(S.202), 「왕숙화맥경王叔和脈經」(S.8289), 「장중경오장론張仲景五臟論」(P.2115 뒷면, S.5614, P.2378 뒷면), 「명당오장론明堂五臟論」(P.3655), 「현감맥경玄感脈經」(P.3477) 등이 있고, 의약의방으로는 「잡료병약방雜療病藥方」(P.3378 뒷면), 「당인선방唐人選方」(P.2565, P.2662), 「흑제요략방黑帝要略方」(S.3960 뒷면), 「단약방單藥方」(P.2666 뒷면), 「비급단험약방備急單驗藥方」(S.9987)과 이름을 알 수 없는 처방전들이 있으며, 침자약물 전적으로는 「자법도灸法圖」(S.6168, S.6262. 그림 102), 「신집비급자경新集備急灸經」(P.2675), 「자경명당灸經明堂」(S.5737), 「본초경집주本草經集注」(龍530), 「신수본초新修本草」(S.4534 뒷면, P.3714, P.3822, S.9434 뒷면 등), 「식료본초食療本草」(S.76) 등이 있다. 그밖에 돈황유서에는 고대 양생 분야의 문헌도 있으며, 일부 불교와 도교 전적 중에도 의학과 관계 있는 내용들이 포함되어 있다.

현재 남아 있는 돈황 의약 전적들은 대부분 잔권들이다. 그러나 이러한 문헌들이 고대 의학 전적을 더욱 풍부하게 해주었다. 수, 당, 오대 시기에 의학과 약학은 상당히 발달하였고 그만큼 저작도 많았다. 『수서』「경적지」, 『구당서』「경적지」, 『신당서』「예문지」에 기록된 의약학 서적만도 100부가 넘는다. 이 저작들은 송대 이후 대부분 사라져서 지금까지 온전하게 보존된 것으로는 「주후비급방肘後備急方」, 「제병원후론諸病源候論」, 「천금약방千金藥方」, 「천금익방千金翼方」, 「외대비요外臺秘要」 등 몇 종에 지나지 않는다. 따라서 돈황 의약 전적은

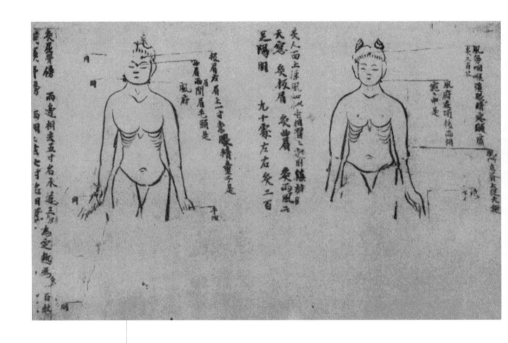

그림 102
S.6168「자법도」

당오대 의약 전적이 극소수만 전해져 온 단점을 어느 정도
메울 수 있어 교감 가치가 충분하다. 예를 들어 P.3287「소
문·삼부구후론」은 이전의 자료가 전해지는 과정에서 불거
진 문제들을 고칠 수 있고 S.202「상한잡병론」은 기존 자료
에서 사라진 부분들을 보완할 수 있다.

돈황사본 의약 전적에는 지금은 사라진 고대 의학 서적
들도 포함되어 있다. 예컨대 남조 양나라 도홍경陶弘景이 쓴
『본초경집주』는『신농본초경神農本草經』을 잇는 중요한 의약
서적이다. 이 서적은『신농본초경』에 기록된 365종의 약초
를 기반으로『신농본초경』이후 사용된 새로운 약초 365종

을 더했다. 송대에 실전된 『본초경집주』는 돈황유서에 사본 한 건이 남아 있다. 이 사본은 현재 일본 류코쿠대학 도서관에 소장되어 있다. 천 년 전에 이미 사라진 약전藥典의 재발견은 고대 본초학 발전에 대한 연구에 중요한 자료를 제공해 준다. 또 당대 초에 정부의 의관醫官이 지은 약전『신수본초』는 도홍경의 『본초경집주』를 수정·증보한 중국 최초의 관官 반포 약전이다. 9류 844종의 약초를 기록한 이 약전은 당 이전 본초학의 집대성이라 할 수 있다. 이 책 역시 송대에 실전되어 일본에 일부 잔편만 남아 있다. 돈황유서에 남아 있는 여러 건의 『신수본초』중 일부는 일본의 잔편에서 빠진 부분을 보충할 있으며, 내용이 중첩되는 부분은 일본 잔편의 오류를 바로잡을 수 있다. 또 당대 맹선孟詵이 쓰고 장정張鼎이 보완한 『식료본초』는 식이요법과 관련된 각종 약물의 약성, 치료법, 효능, 금기에 대해 항목을 나누어 작성한 책이다. 어떤 약물에는 처방이 부기되어 있고, 일부 약물에는 채집하고 다듬는 방법 그리고 지역적 차이와 생활에서의 쓰임까지 기록되어 있다. 이 책 역시 송대에 실전되었는데 돈황사본 『식료본초』(그림 103)에 먹는 약 26종, 총 86 조목이 남아 있다. 이는 전체 207종 약물의 약 1/10에 해당한다. 식이 약물에 관한 이 책의 기록은 지금도 참고할 만하다. 그중에 '동과冬瓜(박)'에 대한 기록은 다음과 같다. "박은 성질이 차다. 배에 물이 차 부풀어 오르는 것을 치료해 준다. 또 소변을 잘 보게 해주고 소갈(당뇨병)을 그치게 해 준다. 박씨는 기를 더해 노화를 방지하고 심장에 공기가 찬 것을 없애주며 염증을 없애주고 답답함을 풀어준다. 박씨 일곱 되를 명주 주머니에 담아 삼비탕三沸湯 안에 넣고 잠시 후 햇볕에 바짝 말린다. 다시 탕 안에 넣기를 세 번 반복한다. 그런 다음 바짝 말린 것을 쓴 술에 담가 하룻밤을 묵히면 말린 동과는 분말이 된다. 이것을 한 치 정도 숟가락으로 매일 두 번 복용

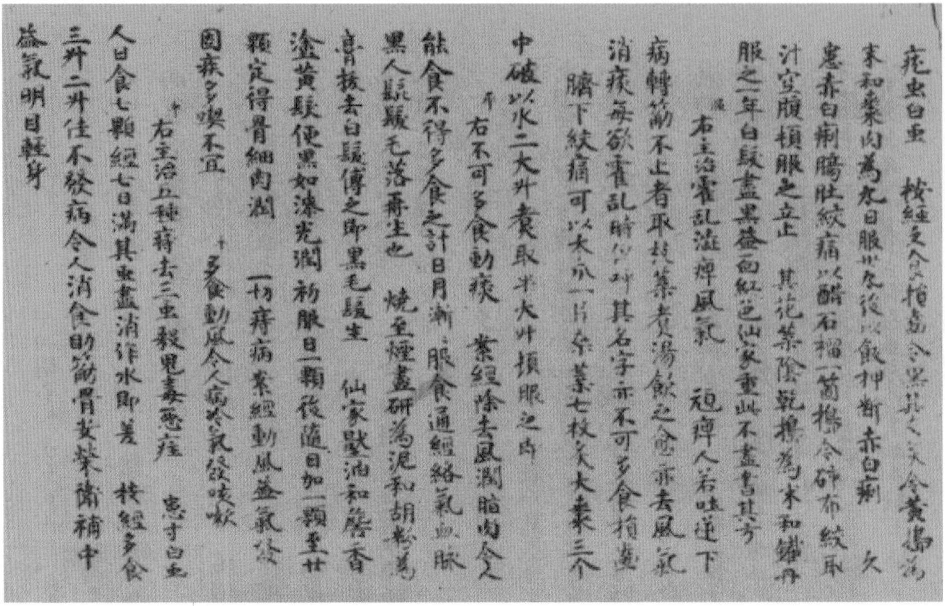

그림 103
S.76 『식료본초』

하면 살이 오르고 기분도 좋아진다. 또 눈이 밝아져 늙지 않고 장수한다. 압단석^{壓丹石}은 머리의 열을 제거해 준다. 또 열이 나는 사람이 박을 복용하면 좋아지나 냉증을 앓는 사람은 몸이 더 야위어지므로 먹어서는 안 된다. 박 하나를 오동나무 잎, 돼지고기와 함께 겨우내 먹으면 다른 것들은 먹지 않아도 돼지고기의 지방이 서너 배가 된다. 또 그것을 삶아서 먹으면 오장이 아주 섬세하게 단련된다. 그런데 살을 좀 찌우려는 사람은 먹어서는 안 된다. 기가 떨어지기 때문이다. 몸이 좀 마른 채 건강하길 바라는 사람은 그것을 먹으면 훨씬 더 튼튼해진다. 또 박씨 세 되를 껍질을 벗기고 찧어서 환으로 만든 다음 공복 때와 식후에 각각 스무 알씩 먹으면 얼굴이 옥처럼 깨끗해진다. 그래서 화장품에 넣고 사용해도 된다." 또 연근에 대한 기록은 다음과 같다. "연근은 성질이 차다. 가슴 위쪽 장기를 보해 주고 정신을 보양하고 기력을 보충해주어 백병을 없애 준다. 오래 복용하면 몸이 가벼워지고 추위를 견디며 주리지 않게 하고 수명을 늘려 준다. 생으로 먹으면 급성 위장병 이후의 허갈 증세를 치료해 준다. 거북하고 답답하면 먹어선 안 된다. 오래 복용하면 근육이 늘어나 기분이 좋아진다. 신선의 집안에서 그것을 중히 여기는데 효험은 말할 수 없다. 그것의 씨는 기를 보완해 주는데 신선의 음식이라 자세히 말하지 못한다. 아이를 낳은 후에는 여러 음식을 꺼린다. 이때 날것과 차가운 음식은 먹지 않지만 오직 연근만은 보통의 날것과는 다르다. 뭉친 피를 풀어주기 때문이다. 식량을 대신할 수 있어서 매우 좋다. 쪄서 먹으면 심장 아래 장기들을 보호해 주어 장과 위가 튼튼해지니 기력이 더욱 보강된다. 꿀과 잘 어울려 함께 먹으면 배 속의 기생충이 살지 못한다. 선가에서는 오래 묵은 연밥과 천년 된 말린 연근을 먹으면 배가 고프지 않다고 한다. 날 수 있을 정도로 몸이 가벼워지니 참으로 오묘한 것이다. 그러니 세상 사람들이 이것을 구할 방도가 있겠는가. 남자들이 먹을 때는 반드시 쪄서 잘 익힌 다음 먹어야 한다. 생으로 먹으면 피가 부족해진다."

돈황 의약 문헌 중에는 기존 목록에는 보이지 않는 고대 의학 서적과 처방이 상당히 많다. 예컨대 P3477 『현감맥경玄感脈經』은 맥학脈學 이론의 저작으로, 관련 연구에 따르면 당대 소유蘇游가 지었다고 한다. 돈황본에는 이 책의 제 1편과 2편만 남아 있으며, 내용은 주로 진맥 부위와 진맥의 방법에 관한 것이다. 예를 들어 P3655 뒷면 『청오자맥결靑烏子脈訣』은 칠언의 노래 형식으로 진맥의 방법을 논한다. 역시 P3655 『명당오장론明堂五臟論』은 간, 심장, 폐, 비장, 신장 등

그림 104
P.3144 뒷면
『부지명의방』

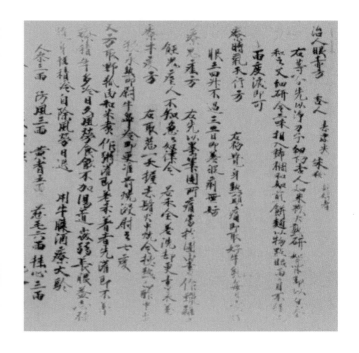

의 다섯 장기를 5편으로 나누어 각 장기에 대해 설명한다.
이 의학 이론서들은 모두 기존 목록에는 보이지 않는 고대
의서들로 중요한 자료 가치가 있다. 돈황유서 속 고대 처방
은 1천여 종에 달한다. 대부분 중고 시기 의원들이 검증을
거친 후 내린 처방이다. 이들 처방의 치료 범위는 내과, 외
과, 부인과, 소아과, 오관五官과, 미용 등 다방면에 걸쳐 있다.
투약의 방식 또한 탕제湯劑, 환제丸劑, 산제散劑, 고제膏劑, 약주
처방, 관탕법灌湯法, 자성磁性 처방 등 다양하다. 이들 처방은
오랜 기간에 걸쳐 민간에서 유행하였다. 당송 전적에는 대
부분 기록되어 있지 않지만 백성들이 흔히 앓는 질병과 유

행병을 치료하는 가장 빠르고 가장 효과적이고 가장 실용적인 처방이었다. 예컨대 P.3144 뒷면『부지명의방不知名醫方』(그림 104)의 '눈이 붉어지는 증상에 대한 처방'은 다음과 같다. 껍질과 끝부분을 제거한 은행을 깨끗한 칼로 쌀알 크기만큼 잘게 자른다. 그런 다음 같은 양의 상급 주분朱粉과 함께 갈아 걸쭉한 즙으로 만든다. 여기에 하얀 꿀까지 잘 갈아서 세 가지 재료를 섞어 희석하여 전병 모양으로 만든다. 이렇게 만든 약을 눈 양쪽 끝에 두세 방울 떨어뜨려주면 된다. 또 환절기에 몸이 약해지면 이렇게 처방토록 한다. 몸에 열이 나고 머리가 아파오면 매일 공복에 우유 서너 되를 마신다. 이삼일이면 바로 차도가 보인다. 처방 과정에서 설사를 해도 신경 쓸 필요 없다. 또 P.3596 뒷면『부지명의방』에서는 실어증에 걸릴 때 이렇게 처방토록 한다. "사람의 젖과 간장을 똑같은 양으로 세 되 복용하면 즉시 효과가 있다." 간편하면서도 실용적인 이런 처방들은 크게 환영을 받아 오랜 세월 민간에서 유행했다. 돈황 의약 문헌은 중요한 문헌 가치가 있을 뿐 아니라 당시 백성들의 생활에도 큰 영향을 미쳤다. 중국 최초의 의약학 문헌 초사본으로서 매우 중요한 판본과 문물의 가치를 지니는 것이다.

돈황유서 중에 남아 있는 천문 문헌으로는『이십팔수차위경화삼가성경二十八宿次位經和三家星經』(P.2512),『현상시玄象詩』(P.2512, P.3589),『전천성도全天星圖』(P.3326),『자미원성도紫微垣星圖』(돈황시박물관76 뒷면) 등이 있다. 고대에 중국은 아주 오래전부터 별자리를 관측하고 기록했다. 전국 시대에 감덕甘德, 석신石申, 무함巫咸 3가의 성경星經이 이미 있었다. 이 3가의 성경은 후대에 모두 실전되었다. 그런데 다행히도 돈황유서에『삼가성경』(P.2512)이 있었던 것이다. 이 사본은 홍, 흑, 황의 세 가지 색으로 감덕, 석신, 무함 3가의 283관官, 1464개의 별

그림 105
S.3326 『전천성도』

을 기록하고 있다. 이는 문자로 별자리를 기록한 현존 최초
의 별자리표이다. 그리고 돈황『전천성도』(그림 105)와『자
미원성도』는 도상으로 당시 사람들이 인식하고 있던 별자
리를 묘사한다. 돈황『전천성도』는 당대에 그려졌다. 이는
당시 북반구에서 볼 수 있었던 별자리이자 고대 천문학자
가 기록한 하늘 전체의 별모양이다. 이 도상에는 1,339개의
별이 그려져 있다. 중복된 7개를 제외하면 실제로는 1,332
개의 항성이다. 이는 별을 가장 많이 기록한 현존 세계 최
초의 별자리 그림으로서 고대 천문학 연구를 위한 귀중한
자료가 된다. 이 그림은 12월부터 시작하여 각 달을 태양의
위치에 따라 12단으로 나누어 적도 부근의 별을 원주 투영
법으로 그려낸다.『전천성도』이전에 별을 그리는 방법은

항상 북극을 중심으로 하늘 전체의 별을 원형의 평면에 투영해내는 것이었다. 이런 방법으로 작성한 별자리 그림을 '개도蓋圖'라 부른다. '개도'의 주요 단점은 비례가 정확하지 않다는 것이다. 적도 이남의 별은 본래 남쪽으로 갈수록 가까워져야 하는데 이 별자리 그림에서는 남쪽으로 갈수록 더 멀어진다. 그러나 『전천성도』는 자미원 별자리를 독립적인 하나의 범위로 삼고 적도 위아래의 별자리를 연속해서 순서대로 그려 하나의 긴 두루마리로 만들었다. 이렇게 해서 '개도'의 단점을 극복하여 큰 진전을 이루어냈다. 『전천성도』의 지도 제작 방법은 서양의 유사한 화법보다 900여 년이나 앞선다. 뿐만 아니라 이러한 화법은 지금까지도 사용되고 있다. 다만 다른 점은 지금은 남극 부근의 별을 둥근 지도 한 장에 또 그린다는 것이다.

돈황유서 중에 남아 있는 역법 문헌은 총 50여 건에 달한다. 대부분은 온전하지 못한 잔권이며, 시대는 가장 빠른 것이 「북위태평진군십일년(450)십이년역일北魏太平眞君十一年十二年曆日」(돈황연구원 소장 368호 뒷면), 가장 늦은 것이 「송순화사년계사세(993)구주역일宋淳化四年癸巳歲具注曆日」(P.3507)이다. 이들 달력 중 일부는 중원 왕조 혹은 외지에서 가져 온 것이다. 앞에서 언급한 「북위태평진군십일년십이년역일」과 「당태화팔년갑인세(834)구주역일唐太和八年甲寅歲具注曆日」(인쇄본. Дх.2880), 「당건부사년정유세(877)구주역일唐乾符四年丁酉歲具注曆日」(인쇄본. S.P.6)은 모두 중원 지역에서 온 달력이고, 「당중화이년(882)검남서천성도부번상가인본역일唐中和二年劍南西天成都府樊賞家印本曆日」(S.P.10)은 성도成都에서 돈황으로 전해진 달력이다. 다른 것들은 모두 돈황 지역에서 편찬한 달력으로 돈황 역법 문헌의 주요 부분을 차지한다. 고대에 달력을 반포하는 지역은 중원 왕조가 관리권을 행사하는 중요한 상징 지역이었다. '안사의 난' 이후 중원이 혼란에 빠지자 청장고원의 토번이 기회를 틈타 돈황을 포함한 서북의 광대한 지역을 차례로 점령하였다. 서기 786년부터 토번이 돈황 지역을 관할한 이후 이 지역에서는 스스로 편찬한 역서를 사용하기 시작했다. 귀의군歸義軍 시기 돈황에는 자기 지역에서 편찬한 달력을 사용하는 전통이 여전히 남아 있었다. 지금까지 알려진 바로 가장 이른 돈황 지역 편찬 달력은 「당원화삼년무자세(808) 구주역일唐元和三年戊子歲具注曆日」(Ch.87)이고, 가장 늦은 시기의 것은 위에서 언급한 「순화사년계사세구주역일」이다.

돈황 역법 문헌은 고대 달력의 구체적 상황을 연구하는 데 있어 귀중한 자료를 제공해 준다. 중국 고대의 '정사正史'는 모두 역법에 관한 내용이 있어서 역법의 계산 숫자, 계산 방법, 달력의 개혁과 발전에 대해 주로 기술하고 있지만 초기 역서의 실물은 대부분 전해지지 않는다. 지금까지 전해지는 가장 오래된 달력은 「남송보우사년(1256)회천만년구주력南宋寶祐四年會天萬年具注曆」이다. 그러나 50여 건의 돈황 달력은 시대적으로 북위부터 북송까지 500여 년에 걸쳐 있으며, 여기에는 중원 왕조에서 반포한 달력도 있고 사서에서 '소력小曆' 으로 칭해지는 민간 사가의 달력도 있다(「당중화이년검남서천성도부번상가인본역일」). 그중에서도 가장 많은 것은 돈황 지역 자체에서 편찬한 달력이다. 이처럼 다채롭고 풍부한 실물 달력은 중고 시기 역법 문헌 자료의 부족한 부분을 상당 부분 메워준다.

돈황 달력 중에는 천문 자료도 일부 포함되어 있다. 예컨대 「북위태평진군십일년십이년역일」은 태평진군 12년 역일 2월 16일과 8월 16일 아래에 각각 '월식月食'이라는 주석이 달려 있다. 이 두 날짜는 서기 451년 4월 2일과 9월 27일에 해당한다. 중국과학원 자금산紫金山천문대 연구원의 계산에 따르면 이 두

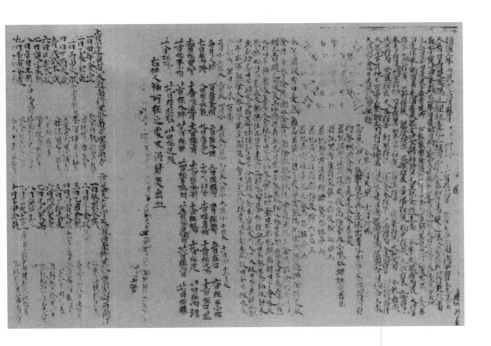

그림 106
S.95 「현덕삼년병진
세구주역일병서」

날짜에 확실히 월식이 있었다. 이 두 차례의 정확한 월식
예보는 당시 일식과 월식에 대한 중국의 인식과 예측이 상
당한 수준이었음을 보여 준다.

현재 유행하는 달력과 비교했을 때 당오대 달력은 내용
이 매우 복잡하다. 온전한 상태의 당오대 달력은 표제, 서문,
역일의 세 부분으로 구성되었다. 서문에서는 달력의 특성과
편찬 근거, 달력의 용도, 연구궁도^{年九宮圖}, 연신방위도^{年神方位}
^圖, 추칠요직일길흉법^{推七曜直日吉凶法}과 각종 잡기법^{雜忌法}에 대
해 간략히 서술한다. 달력 부분은 매 달마다 앞쪽에 서문이
있다. 예컨대 S.95 「현덕삼년병진세(956)구주역일병서^{顯德三}

^{年丙辰歲具注曆日并序}」(그림106)의 정월에 대한 서문은 "正月小, 建庚寅. 天道南行, 宜修南方, 宜向南方行"이다. 서문의 내용에는 대소^{大小}(인용문의 '正月小'), 월건간지^{月建干支}(인용문의 '建庚寅'), 천도의 방향(인용문의 '天道南行'), 길을 잡고 응당 가게 될 방향(인용문의 '宜修南方'과 '宜向南方行') 등이 포함된다. 달력 자체의 내용에도 여러 항목이 포함되어 있다. 예컨대 「현덕삼년병진세구주역일병서」의 정월 1일부터 11일까지 내용은 다음과 같다.

一日甲午金定歲直　加官, 拜謁, 治竈, 剃頭吉.

二日乙未金執　　入財, 捉獲, 解厭吉.

三日丙申火破 雨水 正月中 獺祭魚　　葬殯, 壞屋, 符鎭吉.

蜜四日丁酉火危　　安床, 葬殯, 洗頭吉.

五日戊戌木成　　入財, 鎭謝, 符解吉.

六日己亥木收藉田 起土, 種蒔吉.

七日庚子土開啓原祭　地囊, 嫁娶, 移徙吉

八日辛丑土閉 上弦 鴻雁來　　歸忌, 取土, 塞穴, 符吉.

九日壬寅金建　　嫁娶, 移徙, 符解吉.

十日癸卯金除　　祭祀, 斬草, 嫁娶吉.

蜜十一日甲辰火滿　內財, 市買, 九焦, 九坎吉.

당시 달력의 제1항이 '밀일주^{蜜日注}'임을 알 수 있다. 위 인용문의 4일과 11일 앞에 주필^{朱筆}로 쓴 '蜜' 자(일요일)가 있다. 이는 이 날이 '밀'일임을 의미한다. 제2항은 날짜이다. 제3항은 '간지'이다. 간지는 매일의 간지이다. 예컨대 '一日甲

午'에서 '甲午'가 바로 1일의 간지이다. 제4항은 '육십갑자납음六十甲子納音'이다. 소위 육십갑자납음이란 육십갑자를 궁, 상, 각, 치, 우의 오음에 맞추고, 또 오음을 다시 금, 목, 수, 화, 토의 오행에 맞추어 오행을 오음으로 대체한 것이다. 예를 들어 '一日甲午金'에서 '金'이 바로 납음이다. 제5항은 '건제십이객建除十二客' 이다. 建, 除, 滿, 平, 定, 執, 破, 危, 成, 收, 開, 閉의 열두 글자를 각 날짜에 맞춰 각각 길흉을 정하는 것이다. 예컨대 '一日甲午金定'의 '定' 자가 바로 '건제십이객'이다. 제6항은 '弦, 望'이다. 눈으로 볼 수 있는 달의 모양을 가리킨다. 예컨대 '八日辛丑土閉 上弦'에서 '上弦'은 신축일이 상현달임을 가리킨다. 제7항은 절기이다. 위의 인용문에서 '三日' 아래에 '雨水'라고 쓰여 있는데, 이 날이 절기상 우수임을 가리킨다. 제8항은 사물의 징후이다. 위에서 '八日'아래에 '鴻雁來'라고 쓰여 있는데, 이 날 기러기가 돌아온다는 의미이다. 제9항은 명절이나 제삿날과 관련된 기록이다. 위에서 '六日' 아래에 '藉田'이 쓰여 있는데, 이는 고대황제가 행했던 중요한 의례로서 농사를 중시했음을 보여 준다. '六日' 아래의 '藉田' 두 글자는 이 날이 '藉田' 의례를 행하는 날이라는 의미이다. 다른 달에표시된 제삿날과 유사한 기록으로는 춘추이사春秋二社(춘2월과 추8월에 사신社神에게 제사지내는 것), 석전례釋奠禮(공자에게 제사지내는 전통 의례), 제풍백祭風伯, 제우사祭雨師, 제천원祭川原, 납제臘(臘月)祭, 인일절人日節(정월 7일이 인일절이다), 계원제啓原祭 등이 있다. 제10항은 복잡한 길흉에 관한 내용이다. 인용문에서 1일의 길흉은 '加官, 拜謁, 治竈, 剃頭吉'이다. 이 날이 열거한 활동을 하게에 좋은 날이라는 의미이다. 어떤 달력의 내용은 위에 인용한 것보다 더 복잡해서 주야의 시각, 일유日遊, 인신人神 등의 내용도 들어가 있다. 이들 내용은 과학적 요소도 있지만 비과학적 요소도 적지 않다. 그러나 당시 사람들의 생활에는 모두 중요한 영향

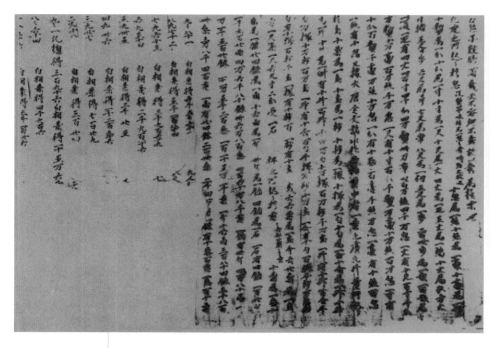

을 미쳤기 때문에 그 시대의 제사, 기념일, 민속 등을 이해하기 위한 중요한 자료가 된다.

한 가지 덧붙일 말은 돈황의 달력에 기록된 내용이 완전히 일치하진 않는다는 것이다. 어떤 것은 좀 더 간략하고 어떤 것은 더 복잡하다. 전체적으로 보면 초기의 달력이 간략한 편이고 당 말기 이후에는 달력에 기록된 길흉과 금기가 갈수록 복잡해진다. 그래서 달력의 명칭도 '구주역일注曆日'로 바뀐다.

돈황유서 중 산서算書는 『산서』(P.2667), 『산경算經』(P.3349, S.19, S.5779), 『입성산경立成算經』(S.930 뒷면), 『산표算表』(P.2490)

가 있다. 관련 연구에 따르면 『산서』(P.2667)는 북조 때 지어져 현존하는 가장 오래된 지질紙質 산학 전적으로 알려져 있다. 『산경』(P.3349, S.19, S.5779. 그림 107) 의 내용은 대부분 남북조 때 완성된 『손자산경孫子算經』에서 가져왔다. 지금 남아 있는 내용은 서문, 식위법識位法, 구구표九九表, 대수기법大數記法, 도량형제度量衡制, 구구자상승수九九自相乘數 그리고 '균전법제일均田法第一'이라는 제목의 토지면적 계산 관련 문제 10개이다. 그중 '구구표'는 '九九八十一'부터 '一一如一'까지 총 45구로서 송대와 서양에서 사용되던 '구구표'와는 다르다. 『산경』 중의 '구구표'에는 자상승自相乘과 분지分之라는 두 가지 숫자 기록이 들어있다. 예컨대 '구구팔십일' 다음에는 '自相乘得六千五百六十一. 九人'이라는 구절이 있는데, 여기서 '구인'은 81을 9로 나누면 9와 같다는 의미이다. '자상승'과 '분지' 두 가지 숫자가 늘어난 것은 한대 구구표가 발전했음을 보여주는 것으로 다른 산경에는 이 숫자가 보이지 않는다. 이 두 가지 숫자 기록은 종합적인 계산 능력을 향상시켜 줄 뿐 아니라 속산과 실제 계산 결과를 찾을 때도 도움이 된다. 중국 선진 시대에는 십진법을 사용하고 한대 이후에는 십진과 만진 두 가지를 사용했다. 십진법에서는 십만이 억이 되고 십억이 조가 되며, 만진법에서는 만만이 억이 되고, 만억이 조가 된다. 돈황 『산경』에는 두 가지 진법이 함께 있다. 만 이하에서는 십진법을 쓰고 만 이상에서는 만진법을 쓴다. 만진법은 불교를 따라 중국으로 들어왔다. 불교문화가 중국 수학에도 영향을 준 것이다.

『입성산경』(S.930 뒷면. 그림 108)은 저자를 알 수 없다. '입성'은 곧 '속성速成'으로 당대 이후 천문학자들이 각종 숫자를 추산할 때 사용하던 산표算表의 통칭이다. 이 자료의 내용에는 식위법識位法, 도량형제度量衡制, 금속비중金屬比重, 대수기법大數記法, 구구가九九歌, 구구누가표九九累加表가 포함되어 있다. 이 자료의 대

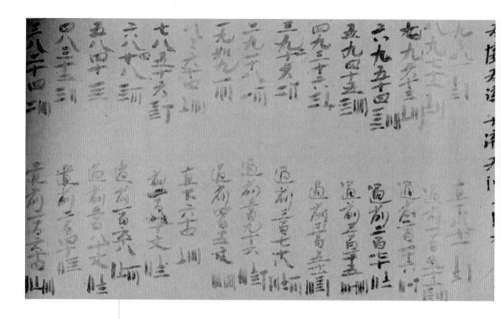

그림 108
S.930 뒷면
『입성산경』

수 계산법에서는 십만 이상에 모두 십진법을 쓰고 있어 앞서 소개한 돈황 『산경』과 다르다. 『입성산경』에는 기호에 따른 계수도 남아 있다. 즉 구구가와 구구누가표에서 기호를 각 계산의 숫자 아래에 다음과 같이 써넣은 것이다.

九九八一 ⊥		直下八十一 ⊥
八九七十二 ⊥		通前一百五十三 ☰ǀ
七九六十三 ⊥		通前二百一十六 ǀ⊤
六九五十四 ☰ǀ		通前二百七十 ‖⊥
五九四十五 ☰ǀ		通前三百一十五 ☰‖
四九三十六 ⊤		通前三百五十一 ‖☰

위에서 각 숫자 다음의 부호는 이 숫자의 계산 결과를 표시한다. 이 부호 체계는 주산 계산법에 따라 만들어진 것이다. 이들 부호는 철저하게 십진법 방식을 따르고 있으며 당시 세계에서 가장 간편한 계산 도구이자 가장 선진적인 계수법이라 할 수 있다. 고대 바빌론의 육십진법보다 편리하고 그리스, 로마의 십진법 방식보다 선진적이다. 『입성산경』의 숫자 부호는 위로는 한과 위나라를 계승하고 아래로는 송대로 이어져 중국 고대의 숫자 발전사에 있어서 중요한 의미를 갖는다.

돈황사본 사부서四部書의 내용과 가치

'사부'는 중국 고대에 사용된 도서 분류법이다. 당대 이후 사람들은 서적을 경經, 사史, 자子, 집集의 네 부류로 나누었다. 경부는 유가 경전을 수록하고, 사부는 역사, 절기, 정치서, 지리, 목록 분야 등의 저작을 수록한다. 자부는 제자백가와 석가, 도가 등 종교 저작을 수록하며, 집부는 몇몇 작가 혹은 개인 작가의 총집, 별집, 기타 문학, 희곡 방면의 저작들을 모아서 수록한다. '사부서'는 이 4대 부류의 약칭이다. 이치로만 따진다면 돈황유서 전부가 사부서에 포함되어야 할 것이다. 그러나 돈황유서 중에는 대량의 문서와 원시 자료도 포함되어 있어 서적에 따라 분류하기가 매우 힘들다. 뿐만 아니라 현대의 학문과 도서 분류는 고대와 크게 다르기 때문에 본서의 돈황유서에 대한 소개는 현대의 학문 분류를 위주로 하고 있으며, 여기서 말하는 '사부서'는 앞서 열거한 학문 부류에서 언급하지 않은 고대 전적만을 가리킨다.

경부經部

고대 중국에서 유가 경전의 범위는 시대에 따라 달라졌다. 한대에는 『시경詩經』, 『상서尚書』, 『주역周易』, 『의례儀禮』, 『춘추春秋』를 '오경'으로 불렀다. 당대에는 『주례周禮』, 『예기禮記』, 『의례』, 『춘추공양전春秋公羊傳』, 『춘추곡량전春秋穀梁傳』, 『좌전左傳』, 『시경』, 『상서』, 『주역』을 '구경'이라 하였다. 당 문종文宗 때에는 『효경孝經』, 『논어論語』, 『이아爾雅』도 경부로 넣었다. 그리고 송대에 『맹자孟子』까지 포함시켜 이를 '십삼경'이라 칭했다.

돈황은 한 무제 때 중원 왕조의 판도로 들어왔다. 돈황과 하서의 입지를 공고히 하기 위해 서한 왕조는 군대를 주둔시키고 내지의 백성들이 이곳에 이주토록 했다. 초기 돈황의 유학은 내지의 이주민들이 가져왔을 것이다. 동한 때는 유명 유학자가 이곳에서 유가 학설을 전파했다는 기록이 있다. 이후 수당대에 이르기까지 누대에 걸쳐 저명한 유학자들이 돈황에서 강학과 저술에 힘썼다. 당대 주현에서는 돈황에 관립 학교를 설치하여 중앙정부에서 규정한 유가 경전을 가르쳤다. 돈황유서 중에 보존된 경부 전적으로는 『주례』, 『의례』, 『춘추공양전』 그리고 송대에 처음으로 '경'의 반열에 들어선 『맹자』 외에 기타 구경도 몇 건 혹은 몇십 건의 초본이 있다. 구체적으로는 『주역』류 3종, 『상서』 2종, 『시경』 4종, 『예기』 7종, 『좌전』 4종, 『춘추곡량전』 2종, 『효경』 6종, 『논어』 6종, 『이아』 2종으로 총 30여 종 300여 건이다. 이 300여 건의 초사 연대는 육조부터 오대, 송초까지이다. 초본의 성격으로 볼 때 일부는 개인 장서도 있으나 공사公私 학교의 교본이나 교재인 경우가 훨씬 많다. 관련 연구에 따르면 이들 경전은 현지에서 유통되던 전적, 당 이전에 내지로부터 들어온 관부의 전적, 당대의 관부 전적 그리고 당대에 외지에서 돈황으로 전해진 전적들이다.

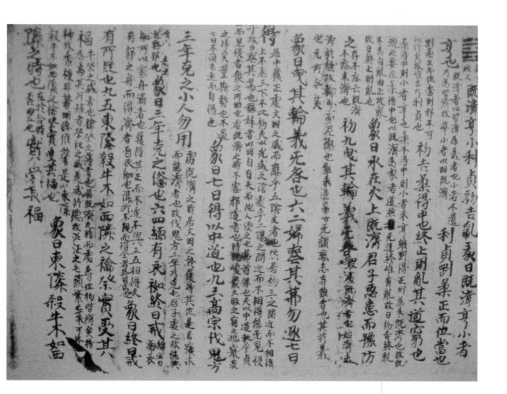

그림 109
P.2619『주역』

이들 유가 경진은 중요한 문물 가치와 교감의 가치가 있을 뿐 아니라 당시 돈황 문화의 면모를 이해하는 데 있어서도 중요한 자료가 된다.

『주역』은 점복과 관련된 책으로 여러 경서들 중에서도 으뜸으로 친다. 고대 중국에 중요한 영향을 미쳤던 책으로서 현재 전해지는 판본은 삼국 시대 왕필王弼의『주역주注』이다. 돈황유서 중에 남아 있는『주역』역시 거의 대부분 왕필의 주석본이다. 그러나 모두 당 이전의 사본이기 때문에, 이를 근거로 현재 전해지는 판본의 오류를 교정할 수 있다.

예컨대 통행본 『주역』「기제旣濟」「육이六二」 왕필주의 "而近不相得"이 P.2619 『주역』 사본(그림 109)에는 "近而不相得"으로 되어 있다. 관련 연구에 따르면 돈황본이 정확한 판본이며, 통용본은 전해지는 과정에서 "近而"가 "而近"으로 바뀐 것이다. 이와 유사한 예들은 일일이 거론할 수 없을 정도로 많다.

　돈황본 『상서』의 발견은 『상서』의 전파 과정을 이해하는 데 있어 중요한 가치를 지닌다. 『상서』는 상주商周시대 정사政事와 상고시대 군신의 사석을 일부 서술한 문헌의 모음으로서 총 100편이 전한다. 중국 상고시대 역사의 연구에 있어 매우 중요한 자료이나 고본古本은 진나라가 분서를 단행하면서 사라졌다. 한나라 초에 진秦의 박사 복생伏生이 『상서』 28편을 전했는데 한나라 때 통용된 예서로 기록되어 『금문상서今文尙書』로 칭해졌다. 한 무제 때는 노공왕魯恭王이 공자 고택의 벽을 허물다가 선진 육국六國 때 유행하던 문자(소위 '과두문蝌蚪文'이라 하며 '추서貙書' 혹은 '대전大篆'이라고도 한다)로 기록한 고본 『상서』를 발견했다고 알려져 있다. 당시 대유학자 공안국孔安國이 예서 서법으로 고문 자체에 따라 다시 써서 『고문상서』 혹은 예고정隸古定 『상서』라고 칭해졌다. 『고문상서』는 서진西晉 때 다시 실전되었다. 동진 때 매식梅賾이 서한 공안국이 전傳을 지었다는 『고문상서』를 바쳤으나 학자들의 연구를 거쳐 이 책은 위서임이 밝혀졌다. 그래서 이 책은 『위僞공안국고문상서』로 불린다. 『위공안국고문상서』는 비록 위조된 것이만 '예고정' 문자의 원래 모습을 일부 보존하고 있다. 당 현종은 학사 위포衛包에게 명하여 『위공안국고문상서』 중의 예고정을 금자今字(당대에 유행한 해서楷書)로 바꾸도록 했으나 결국 실전되고 말았다. 현재 전해지는 『상서』는 바로 당대에 개정된 『상서』이다. 이 『상서』 판본은 오류가 너무 많아 해석이 분분하고 그만큼 역대 연구자와 교감학자들에게 많은 어려움을 안겨 주었다. 그러나 돈황유서 중에 보존된 49건의『상서』는 대부분 위포가 고치기 전의『위공안국고문상서』로서 지금까지 알려진 바로는 시기상 가장 빠르고 수량도 가장 풍부한 예고정『상서』이다. 따라서 이 책은 매식의 예고정『상서』원형을 이해하고 지금 전하는『상서』의 오자, 잘못된 구절, 그리고 여기서 비롯된 각종 주注, 소疏의 오류를 바로잡을 수 있는 매우 중요한 자료이다. 청대 고증학자들이 계속 논쟁해 왔던 문자들에 대해 이 돈황본 예고정『상서』에 근거하여 확실한 결론을 내린 것이다. 예를 들어 현재 전하는『상서』「고종융일高宗肜日」에는 "惟天監下民, 典厥義, 降年有永有不永"이라는 구절이 있는데, 여기서 "惟天監下民"이 돈황본 P.2643(그림 110)과 P.2516에는 모두 "惟天監下"로 되어 있다. 관련 연구에 따르면 돈황본이 정확하고 통용본은 '民' 자를 잘못 더한 것이다.

『시경』은 중국 최초의 시가 총집으로서 서주 초년부터 춘추 중엽까지 5백여 년의 시가 305편이 수록되어 있다. 이 책은 한대부터 유가에 의해 경전으로 받들어져 중국 고대의 문학, 정치, 언어, 사상 등에 중요한 영향을 미쳤다. 현재 전해지는『시경』은 한나라 때 모형毛亨이 주석을 단 판본이므로『모시毛詩』라 불린다. 돈황유서에 남아 있는 40여 편의『시경』역시『모시』의 계통에 속한다. 이들 사본은 모두 육조와 당대에 초사된 것이라『시경』고본의 원형에 훨씬 가깝다. 그래서 통용본『시경』의 오류를 교감할 수 있는 자료가 된다. 예컨대 통용본『모시』「제풍齊風」「동방지일東方之日」의 "刺衰也"가 P.2669 사본(그림 111)에는 "刺襄公也"로 되어 있다.『시경』이 전해지는 과정에서 '襄'과 '衰' 자의 모양이 비슷해서 '襄' 자를 '衰'로 잘못 쓰거나 판각한 것임에 분명하다. 후대인들은 이 사실을 모른 채 '公' 자까지 삭제해버려 지금의 모습이 된 것이다. 돈황 고본이 아니었다면 현재 통용본의 오류를 바로잡기 힘들었을 것이다.

P.3383 『모시음毛詩音』(그림 112)은 현재 96행이 남아 있는데 서법이 깔끔하고 아름다운 데다 근 1천 가지에 이르는 『시경』의 고음이 남아 있어 중원에서 돈황으로 전해졌다가 사라진 육조 전적의 연구에 있어 중요한 가치를 지닌다.

앞서 언급했듯이 한대의 유가 오경 중에는 『의례』가 있다. 그리고 『예기』는 전국에서 한대까지 유가 학자들이 『의례』를 해석한 문장의 선집으로서 『의례』와 함께 사람들에게 전해졌다. 『예기』는 총 131편으로 선진의 예제, 예설, 『의례』의 해석, 공자와 제자 간의 문답, 수신의 준칙 등을 주요 내용으로 하여 정치, 법률, 도덕, 철학, 역사, 제사, 문예, 일상생활, 역법, 지리 등의 여러 측면에 대해 언급하고 있다. 선진 유가의 정치, 철학, 윤리 사상을 구체적으로 보여주어 선진 사회 연구의 중요한 자료가 되고 있다.

서한 때 예학가 대덕戴德과 그의 조카 대성戴聖은 『예기』의 내용을 선별해 편찬한 적이 있다. 대덕이 선별한 85편은 『대대예기大戴禮記』라고 하는데 후대에 전해지는 과정에서 많은 부분이 사라져 당대에는 39편만 남게 되었다. 대성이 편찬한 49편은 『소대예기小戴禮記』로서 우리가 지금 보는 『예기』가 바로 이것이다. 이 두 가지 책은 중점을 둔 바가 달라서 각자 특색이 있다. 동한 말의 유명 학자 정현鄭玄은 『소대예기』에 탁월한 주석을 더했으며 이 주석은 후대에도 계속 성행하였다. 그리고 이 해석본이 점차 경전으로 격상하여 당대에는 '구경' 중 하나가 되고 송대에는 '십삼경'에 포함되어 지식인의 필독서로 자리 잡았다.

'삼례三禮'로 불리는 『예기』, 『의례』, 『주례』는 중국문화의 발전에 깊은 영향을 주어 각 시대마다 사람들은 여기서 사상적 근원을 찾곤 했다. 그러나 돈황 유서에 보존된 고대 예절 관련 14건의 전적은 모두 정현 주석의 『소대예기』 계통이며 『주례』와 『의례』의 초본은 보이지 않는다. 이들 육조와 당대 사본은

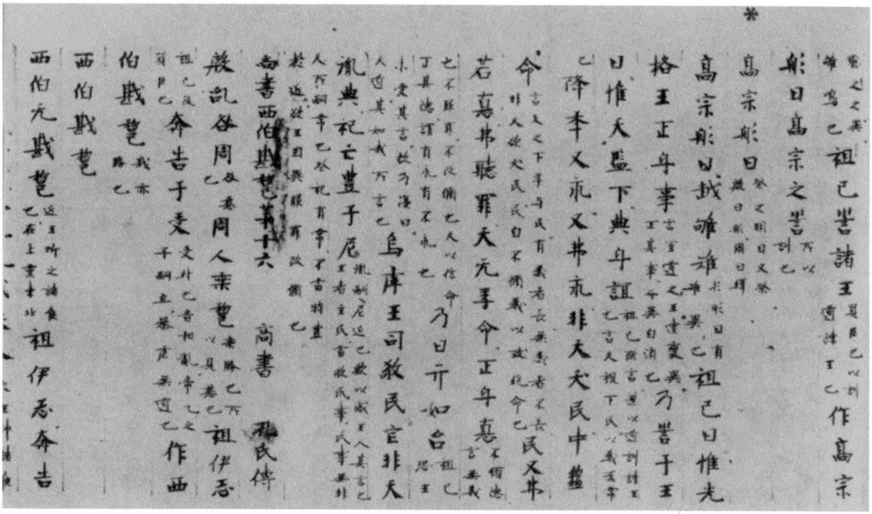

그림 110
P.2643 『상서』
「고종융일」

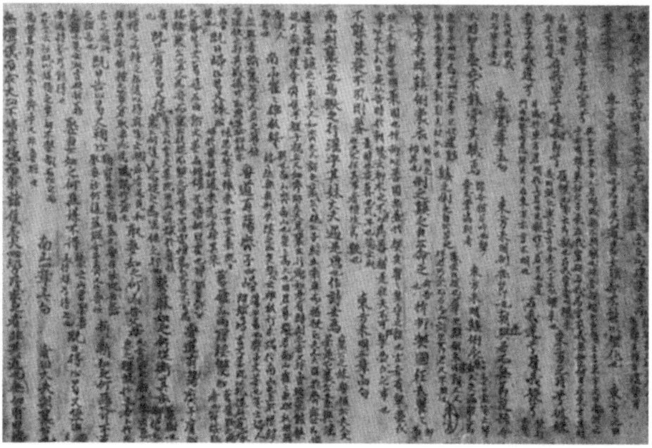

그림 111
P.2669 『모시』「제풍」
「동방지일」

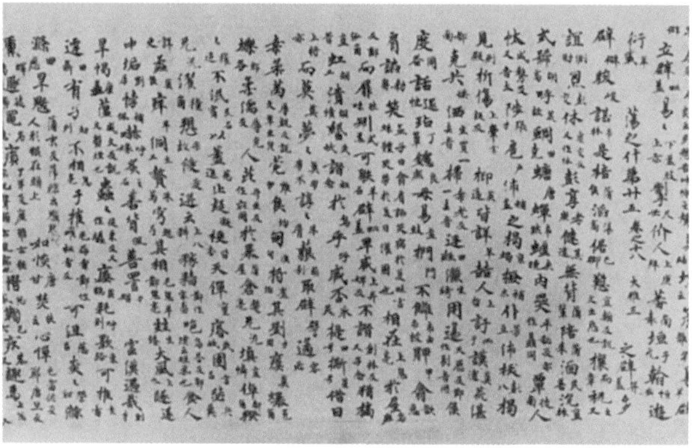

그림 112
P.3383 『모시음』

교감의 가치가 매우 크다. 더구나 『예기음禮記音』(S.2053. 그림 113)은 육조 때 이미 사라진 전적이다. 이 사본에서 단어의 목록은 단행單行의 대자로 쓰여 있고 주음은 쌍행雙行의 소자로 쓰여 있다. 주음은 하남 지방의 음으로 북방음 계통에 속한다. 이 책이 지어진 연대는 대략 5세기 전후이고 초사된 시기는 중당 무렵으로 보인다.

당대 이림보李林甫가 어명으로 편찬한 『어간정예기월령御刊定禮記月令』에는 '월령'의 경문과 이림보의 주석 두 부분이 포함되어 있었으나 송대에 이미 사라져 『당석경唐石經』에 '월령' 경문만 남았다. S.621 『어간정예기월령』(그림 114)은 비록 잔본이지만 지금 남아 있는 부분의 이림보 주석은 이미 사라진 전적에 속해 있던 것이다.

『춘추』는 현존 최고最古의 편년체 사서로서 노나라의 사관이 편찬한 『춘추』를 공자가 수정·정리하여 완성한 것으로 전해진다. 노 은공隱公 원년(722)부터 노 애공哀公 14년(기원전 481)까지 총 242년의 역사적 사건을 노나라 중심으로 기록한 것이다. 저자는 『춘추』의 간략한 서사를 통해 역사에 대한 자신의 평가를 역사 서사에 투영하려 했다. 그러므로 이 사서를 이해하는 것은 쉬운 일이 아니다. 책에 대한 독자의 정확한 이해를 위해 지금까지 여러 학자들이 내용을 보충하고 해설을 더했다. 이 책에서 빠진 역사적 사실을 보완하고 서사가 함유한 미언대의를 해석한 저작이 바로 '전傳'이다. 지금까지 남아 있는 유명한 전으로는 좌구명左丘明의 『좌전』, 공양고公羊高의 『공양전』, 곡량적穀梁赤의 『곡량전』이 있다. 이 세 전적은 '춘추 삼전'이라 불린다. '삼전' 중 『공양전』과 『곡량전』은 『춘추』가 함축한 미언대의를 밝히는 데 치중한 반면, 『좌전』은 역사 사건을 보충하는 방식으로 『춘추』를 해석했다. 이 중에서 『좌전』이 자료도

그림 113
S.2053
뒷면 『예기음』

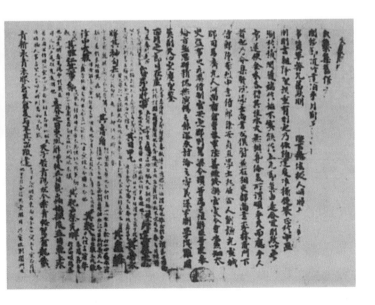

그림 114
S.621
『어간정예기월령』

풍부하고 문장도 생동적이어서 가장 널리 전해졌다. 진晉 두예杜預의『춘추좌
씨경전집해春秋左氏經傳集解』는 '경'에 '전'을 더해 '경'과 '전'을 합쳤다. 수나라 이
후에는 두예의 책이 성행하여 지금까지 전해지고 있다. 돈황유서 중에도『좌
전』 사본이 가장 많아서 50건에 달한다. 이 사본들은 모두 두예의『춘추좌씨
경전집해』계통이다.『곡량전』은 6건 뿐이고『공양전』은 한 건도 보이지 않는
다. 이들『좌전』과『곡량전』 사본도 모두 육조와 당대의 사본이라 통행본의 오
류를 바로잡을 수 있다. 예컨대 통행본『곡량전』「장공莊公이십년」에는 "冬, 齊
人伐我"라는 구절이 있다.『춘추』의 경문인 이 구절이『좌전』과『공양전』에는
"齊人伐戎"으로 되어 있다. 과거에 연구자들이 통행본『곡량전』의 "齊人伐我"
가 "齊人伐戎"의 오기일 것으로 의심한 적이 있다. 그런데 돈황본 P.2536『춘
추곡량전집해』(그림 115) 제14행이 바로『좌전』,『공양전』과 마찬가지로 "齊人
伐戎"으로 되어 있어 통행본『곡량전』의 '我'가 '戎' 자와 모양이 비슷해서 잘
못 쓴 것임을 증명할 수 있게 되었다. 또 P.4905+P.2535 사본의 미제尾題가 "춘
추곡량경전해석희공제오春秋穀梁經傳解釋僖公第五"(그림 116)인데, 이 책이름은 역대
서목에 없어 고대에 사라진 전적으로 보아야 할 것이다.

　『논어』는 중국 고대 사상가이자 교육가인 공자와 그 제자들의 언행록이다.
공자가 사망한 후 제자들이 각자의 기억을 모아 완성한 것이다. 이 책은 공자
의 말을 위주로 기록했기 때문에 '語'라고 한 것이다. '論'은 편찬의 의미이다.
『논어』는 동한 때 유가 경전의 반열에 들어간 이후 당대까지 학생들의 필독서
였기 때문에 고대 중국의 정치, 사상, 도덕, 사회 풍속에 중대한 영향을 미쳤다.
한대 이후에는 많은 학자들이『논어』에 주석을 달았다. 그중 동한 정현의『논
어주論語注』, 조 씨 위나라 때 하안何晏의『논어집해論語集解』, 소 씨 양나라 때 황

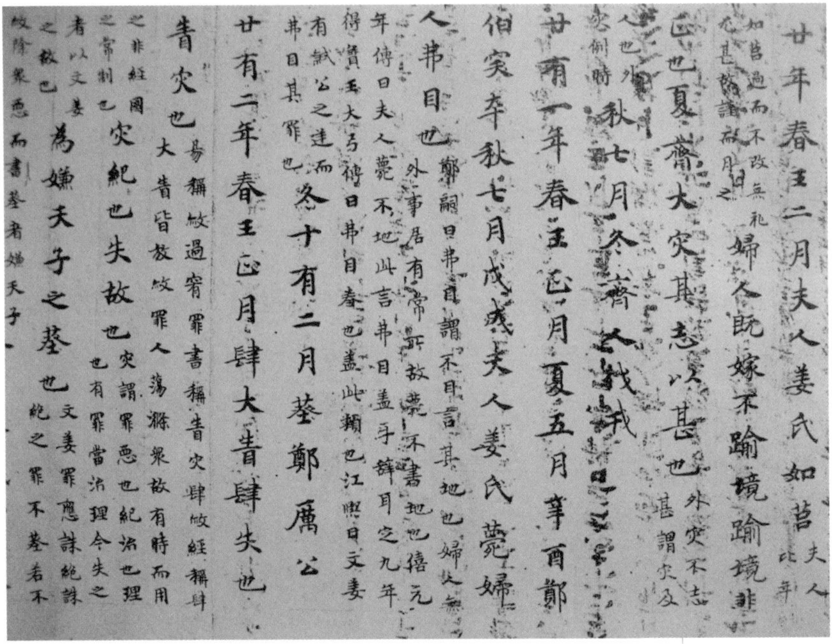

그림 115
P.2536
『춘추곡량전집해』

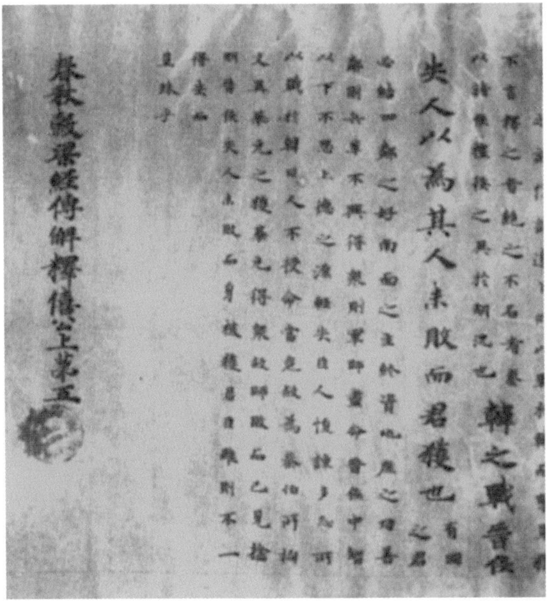

그림 116
P.4905+P.2535
"춘추곡량경전해 석희공제오"

간黃侃의 『논어소論語疏』가 영향력이 가장 컸다. 남북조 때 남방의 양, 진은 정현의 『논어주』와 하안의 『논어집해』를 모두 관방 학교의 교재에 포함시켰지만 정현의 책은 그다지 유행하지 않았다. 북방에서는 북제와 북주가 모두 정현의 주를 높이 평가했다. 수나라 때는 남북 문화의 조화를 고려하여 하안의 집해와 정현의 주를 병행하는 정책을 펼쳤다. 하지만 민간 사학에서는 대부분 정현의 주를 택했다. 당대 전기까지 정현의 주는 계속 유행하다가 당대 중후기가 되면 하안의 집해가 그 자리를 대신한다. 오대 이후 정현의 주는 사라진다. 『논어』에 대한 역대의 다른 주석들도 모두 수당 대에 사라져 더 이상 전하지 않게 된다. 송대에 오면 형병邢昺이 어명으로 당시 전해지던 여러 학자들의 주석을 참고하여 『논어』를 새롭게 주해한다. 『논어주소論語注疏』로 불리는 이 책은 관방의 교재가 되어 지금까지 전해지고 있다.

돈황유서 중에 보존된 92건의 『논어』 사본은 모두 『논어주소』가 등장하기 전의 전적들이다. 그중 여섯 건의 『논어』는 비록 주석은 없지만 경문은 모두 하안의 『논어집해』에서 초사한 것이다. 경문과 주석이 모두 있는 『논어집해』는 74건에 달한다. 이 사본들의 초사 연대는 당대 중후기이며 그중 상당수는 학동들이 초사한 것이라 오류가 많다. 이는 당대 중후기 관방 학교에서 사용하던 교재가 바로 하안의 『논어집해』임을 말해 준다. 이들 『논어집해』 초본은 필사의 수준은 비록 들쑥날쑥하지만 모두 고본古本에 근거한 것이라 중요한 교감의 가치가 있다. 예를 들어 성어 '거일반삼擧─反三'의 출전은 『논어』인데, 통행본 『논어』의 원문이 "擧一隅不以三隅反, 則吾不復也"인 것과 달리 돈황사본 『논어집해』(S.800, P.3705. 그림 117)에는 "擧一隅以示之, 不以三隅反, 則吾不復也"로 되어 있다. 돈황본이 통행본보다 "以示之" 세 글자가 많다. 이상 인용문은 제자들에게 한 가지를 일러주면 세 가지를 돌아볼 수 있도록 하고, 만약 "세 가지를 돌아보지 못하면" 공자는 더 이상 그 문제를 해석해 주지 않을 것이라는 의미이다. 상대적으로 봤을 때 돈황본의 표현이 더욱 명확하고 분명하다. 현재 통행본이 전해지는 과정에서 "以示之" 세 글자가 누락되었다고 볼 수 있다.

정현의 『논어주』는 돈황유서 중에 7건만 남아 있으며 모두 잔본이다(S3339 등. 그림 118). 반면 투르판 지역에서 출토된 문서 중 정현 주는 20여 건이나 된다. 하지만 초사 연대는 모두 당 전기이다. 서로 다른 시대 투르판 지역과 돈황 지역에 보존된 정현 주와 하안 집해의 수량 차이는 당대에 집해가 점차 정현 주를 대신하는 과정을 보여 준다. 돈황유서에 남아 있는 정현 주는 수량이 아주 많진 않지만, 정현 주가 오래전에 사라진 중요한 전적이므로 실전된 자료를 모으는 과정에서 중요하게 다루어야 할 것이다.

그밖에 돈황유서 중에는 남송 황간의 『논어소』(P.3573. 그림 119)와 작자 미상의 『논어적초論語摘抄』, 『논어음論語音』도 있다. 관련 연구에서는 P.3573을 황간 『논어소』의 원본이 아니라 이 저작을 강의한 사람의 요약본일 것으로 판단한다. 그럼에도 이 자료는 『논어소』의 원래 모습에 대한 이해에 여전히 중요한 가치를 지닌다.

『효경孝經』은 공자와 그의 제자 증삼曾參이 대화하는 형식으로서 효의 함의, 작용 그리고 어떻게 효를 다할 것인지 등에 대해 서술하고 있다. 이 책은 당대에 와서야 정식 유가 경전에 포함되었지만 서한 때에 이미 『논어』와 함께 아이들의 필독서가 되었다. 따라서 고대에 이 책은 전파의 범위가 매우 넓고 영향도 매우 컸던 유가 경전 중 하나로 볼 수 있다.

『효경』은 선진에 완성되어 서한부터 위진남북조까지 수백여 명이 주해를

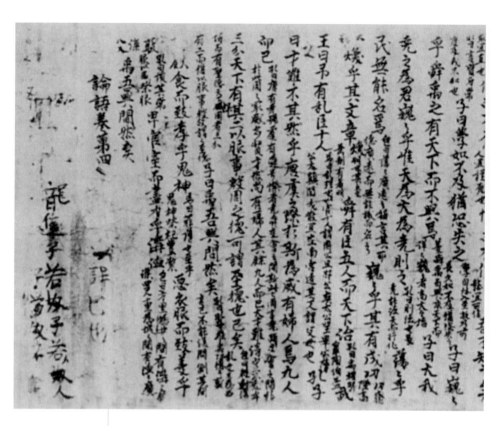

그림 117
P.3705『논어집해』

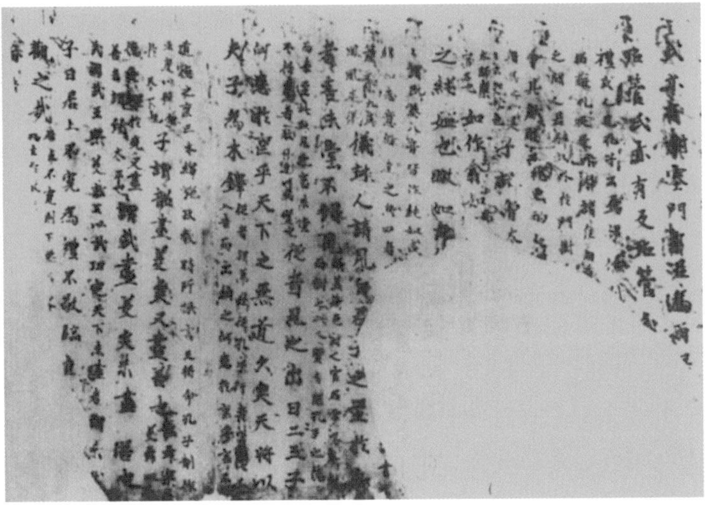

그림 118
S.3339
정현『논어주』

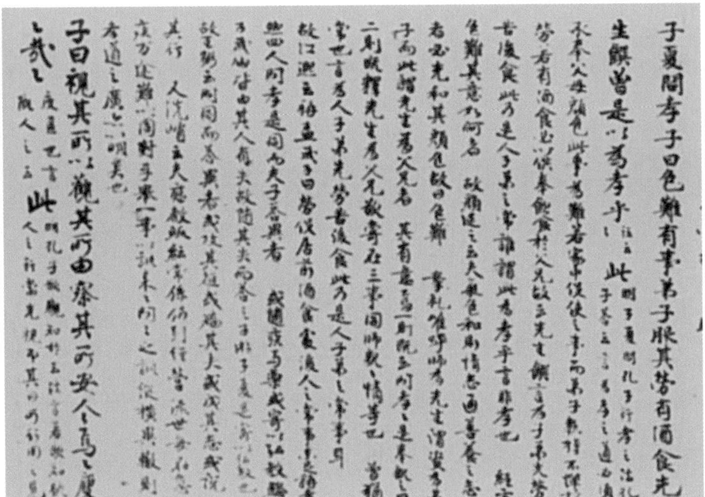

그림 119
P.3573『논어소』

더했다. 현재 통용되는『효경주소孝經注疏』는 당 현종玄宗 이륭기李隆基가 주를 더하고 송대 형병邢昺이 소를 쓴 것이다. 돈황유서에는 41건의『효경』이 남아 있는데 그중에는 어린 학생들의 초사본이 적지 않아 오류가 상당히 많다. 주목할 점은 돈황본 중에 이미 사라진『효경주』가 몇 가지 남아 있다는 것이다. 그중에서도 가장 중요한 것은 정현의『효경주』이다. 정현 주『효경』과 공안국孔安國이 전傳을 쓴『효경』은 수나라 때 관방 학교의 교재에 포함되었다. 당 현종 때 와서는 두 차례에 걸쳐 황제가『효경』에 주석을 달고 반포까지 하여『효경』의 정현 주와 공안국 전은 점차 사라지게 되었다. 돈황유서 중에는 정현『효경주』가 9건 남아 있다. 특히 P.3428+P.2674 사본(그림 120)은 정현 주의 3/4 정도가 남아 있어 정현 주의 복원을 위한 중요 자료가 된다.

주석이 없는 소위 백문白文『효경』사본들도 정현의『효경주』에서 경문을 가져온 경우가 많다. 당 현종의 어주御注『효경』도 돈황유서 중에 한 건 남아 있다(S.6019. 그림 121). 당 현종이 개원 초년에 첫 번째로 반포한 어주『효경』판본이 바로 그것이다.

그밖에 돈황유서 중에는 작자 미상의『효경』주소도 몇 건 있다. 돈황유서에 남아 있는『효경』의 원문을 보면 정현의『효경주』가 가장 많고 당 현종의 어주『효경』은 한 건만 보이며, 공안국의『고문효경전古文孝經傳』은 아직 보이지 않는다. 당오대 시기 최소한 돈황 지역에서는 정현 주『효경』이 여전히 유행했고, 당 현종의 어주『효경』은 그다지 유행하지 않았으며, 공안국 전의『효경』은 이미 사라지고 있었음을 말해 준다.

『이아爾雅』는 중국 최초의 단어풀이 전문서로서 단어의 의미 계통과 사물의 분류에 따라 편찬한 첫 번째 사전이다. '爾'는 '近'의 의미이며, '雅'는 '雅言'

그림 120
P.3428+P.2647
『효경주』

그림 121
S.6019
당 현종 어주『효경』

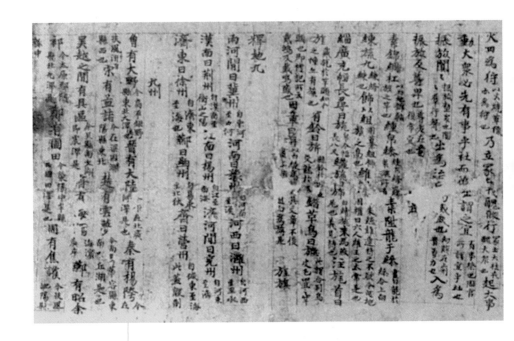

그림 122
P.2661+P.3735
『이아주』권중

을 가리킨다. 따라서 『이아』는 아언에 부합된다는 의미이다. 즉 우아하고 바른 말로 고대의 단어와 방언을 해석하여 규범을 삼는다는 것이다. 『이아』는 유가 오경의 어휘에 대한 해석이 주가 되기 때문에 한대의 서목에서는 유가 경전 다음에 놓였으며 당 문종文宗 때는 정식으로 '경'에 포함되었다. 『이아』의 저자와 완성 시기에 대해서는 정설이 없으나 늦어도 서한 초에는 완성된 것으로 본다. 한대부터 당대까지 『이아』에 주석을 단 학자들은 대단히 많다. 그중에서 동진 곽박郭璞의 『이아주』가 가장 유명하여 지금까지 전해지고 있다. 돈황유서 중에는 두 가지 『이아』가 있다. 하나는 본문만 있는 『이아』(P.3719)이고, 다른 하나는 곽박의 『이아주』 잔본이다 (P.2661+P.3735. 그림 122). 이중에서 『이아주』는 육조 때 사본으로 경문은 대자로 주석은 쌍행의 소자로 쓰여 있다.

사부史部

이 부분에서는 돈황유서 중 당대에 이미 완성된 역사 전적만을 소개하고자 한다. 역사 문서에 대해서는 각 분야의 문서 부분에서 이미 소개했기 때문에 여기서는 생략할 것이다. 당대 사람들은 역사지리와 법률 관련 저작과 보첩譜牒도 사부에 나눠 놓았다. 앞쪽에 전문 역사지리 부분(법률을 포함)이 따로 있고 보첩도 사회사 자료 부분에서 이미 소개했기 때문에 여기서는 더 이상 언급하지 않을 것이다.

당대의 사부에 대한 분류에 근거하면 돈황유서 중의 사부 전적은 정사正史, 편년編年, 잡사雜史, 잡전雜傳 등으로 나뉠 수 있다. '정사'라는 명칭은 『수서隋書』 「경적지經籍志」에 보인다. 당시 사람들의 관점에 따르면 정사는 사마천 『사기史記』와 반고 『한서漢書』의 체제를 따라 편찬한 사서로서 제왕의 전기가 중심이 되는 기전체이다. '정사'의 범위 역시 시대의 변천에 따라 부단히 변화해 왔다. 당대의 정사에는 『사기』, 『한서』, 『후한서後漢書』, 『삼국지三國志』, 『진서晉書』, 『송서宋書』, 『남제서南齊書』, 『양서梁書』, 『진서陳書』, 『위서魏書』, 『북제서北齊書』, 『주서周書』, 『수서隋書』가 포함되었다. 『사기』 외에 다른 정사들은 모두 한 왕조만의 역사를 기록하고 있어 단대사라 불린다.

돈황유서 중에 남아 있는 정사로는 『사기』, 『한서』, 『삼국지』, 『진서』가 있으며 모두 잔본이다. 그중 『사기』는 한 건만 남아 있고(P.2627) 3단으로 잘려 있

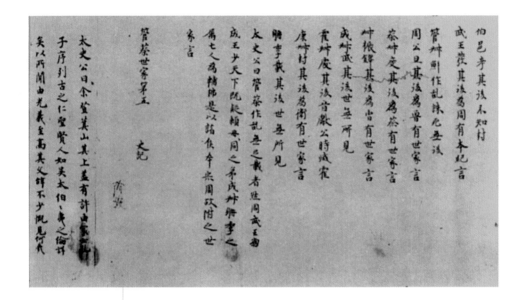

그림 123
P.2627
『사기』「관채세가」

다. 내용은 「연소공세가燕召公世家」, 「관채세가管蔡世家」(그림 123), 「백이열전伯夷列傳」이며 모두 당대 초기 사본이다. 『사기』에 대한 현존 최초의 주석은 유송劉宋 시대 배인裴駰의 『사기집해史記集解』이다. 돈황사본은 가장 이른 시기의 『사기집해』 초사본이며, 이를 근거로 고본『사기』의 원래 모습을 고찰하고 통행본의 오류를 교감할 수 있다. 이 사본에는 작은 글자와 자황으로 원본의 오류를 고친 기록이 있고 붉은 색의 구두점도 있다.

돈황유서에는 10건의 『한서』 사본이 있다. P.2513 『한서』「왕망전王莽傳」, P.3557과 P.3669『한서』「형법지刑法志」, P.2485와 S.2053 『한서』「소망지전蕭望之傳」, S.10591 「왕상사

단부희전王商史丹傅喜傳」, P.2973『한서』「소하조참장량전蕭何曹參張良傳」, S.20『한서』「광형전匡衡傳」, P.5009『한서』「항우전項羽傳」, 그리고 나진옥羅振玉의『돈황석실쇄금敦煌石室碎金』에 실린『한서』「광형장우공광전匡衡張禹孔光傳」 등이다. 이들 사본의 초사 연대는 가장 빠른 것은 당 전기, 가장 늦은 것은 귀의군歸義軍 시기이다. 이『한서』사본들은 교감의 가치가 매우 크지만 그중에서도 특히 중요한 점은 몇몇 사본의 주석이 통행본『한서』와 다르다는 사실이다.『한서』가 세상에 나오자 수많은 학자들이 여기에 주석을 더했다. 통행본『한서』는 당대 안사고顔師古의 주석본을 사용했다. 안사고 주석본이 유행하기 전에는 진대晉代 채모蔡謨의『한서집해漢書集解』가 남북조와 수당 시기에 가장 유명했다. 안사고가『한서집해』를 심하게 비판했기 때문에 안사고의 주석본이 유행한 이후 채모의 집해는 점차 사라지게 되었다. 그러나 돈황유서에는 채모가 집해한『한서』가 몇 가지 남아 있다. 그중 S.2053『한서』「소망지전」(그림 124)은 당대 초의 사본으로 본문은 대자, 주석은 쌍행의 소자로 쓰여 있다. 이 주석은 안사고의 주석과 다르며 경학자들은 이를 채모의 집해일 것으로 판단하고 채모 주석의 원래 모습과 주석의 특징을 이해할 수 있는 자료로 본다. 이 사본은 당대에 유행한『한서』고본의 원형까지 보여주고 있다. 반고는『한서』를 지을 때 고자古字를 다수 사용하였다. 그러나『한서』에서 원래 사용되었던 고자들이 수당 대에 초사하는 과정에서 당대의 통용자로 고쳐졌다. 안사고는『한서』에 주석을 달 때『한서』본문 중 통행자로 고쳐진 문자를 고문으로 다시 바꿨다. 당대 이후 안사고의『한서』가 유행하면서 다른 주석본은 사라졌기 때문에 안사고 본이 유행하기 전 고본『한서』의 원형을 알 수가 없었다. S.2053『한서』「소망지전」이 바로 안사고의 손을 거치지 않은 판본이다. 더욱 중요한 것은 이 사본에 당시 사람

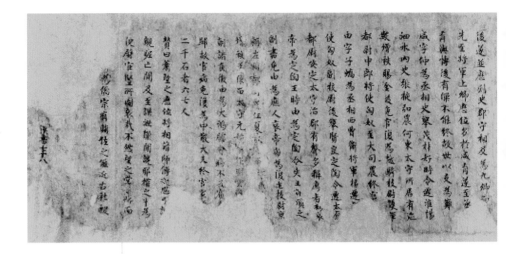

그림 124
S.2053
『한서』「소망지전」

들의 주필朱筆 표점과 주음까지 남아 있다는 것이다. 표점은
현재 중화서국의 표점과 다른 점이 많으며 주음은 당대 초
기 자음字音의 연구에 중요한 자료가 된다.

그밖에 P.2973『한서』「소하조참장량전」(그림 125)의 주석
은 안사고의 주석과도 다르고 채모의 집해와도 다르다. 관
련 연구에 따르면 이 주석은 안사고의 숙부 안유진顔遊秦의
것이다. 이 역시 이미 사라진『한서』의 주석본이다. 돈황사
본 중에는 안사고 주석본『한서』도 남아 있다. P.2485『한
서』「소망지전」, P.2513『한서』「왕망전」이 그 예이다.

돈황유서 중에『한서』사본이 많고『사기』가 적은 것은
남북조, 수당 시기 지식인 사회에서『한서』를 높이 평가한
것과 관련이 있다.

돈황유서 중『삼국지』사본 역시 돈황연구원 소장 287호

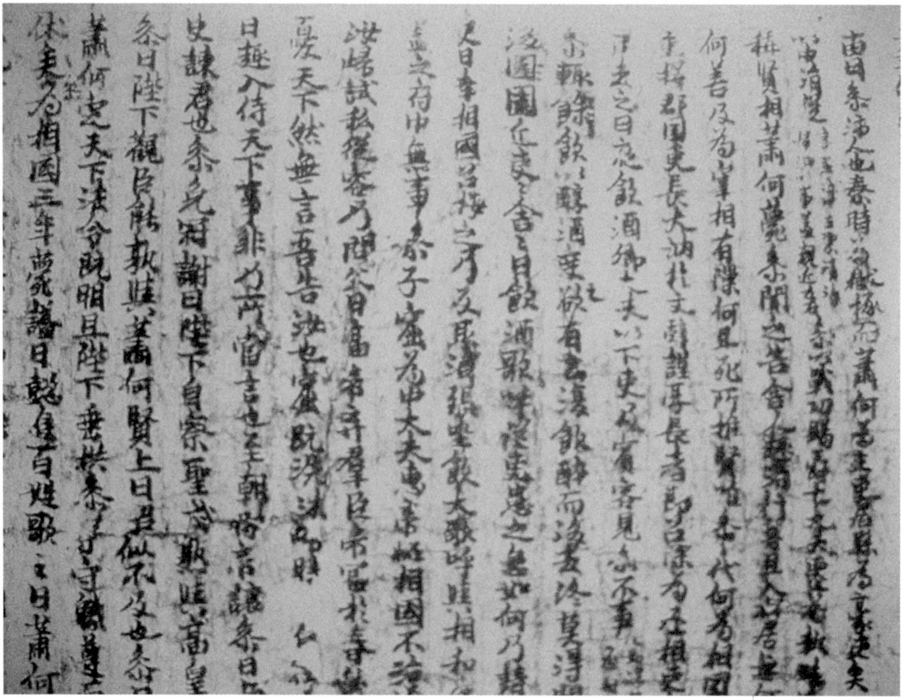

그림 125
P.2973『한서』
「소하조참장량전」

『삼국지』「보즐전步騭傳」한 건 뿐이다. 그러나 일부 학자는
이 사본의 진위를 의심한다.

돈황유서에 남아 있는『진서』는 총 3건이다. 현재 통용되
는『진서』는 당 태종이 직접 편찬한 것이다. 당대에는 관방
에서『진서』를 편찬하기 이전에 이미 여러 사가들이 기록한
진사晉史가 유행하고 있었다. 당 태종 때 유행한 진사 저작
은 18가에 달했다. 당대 관방에서『진서』를 반포하면서 다
른 진사 저작은 점차 사라지게 되었다. P.3481『진서』「하증
전何曾傳」(그림 126)은 서법이 예스럽고 내용이 통행본『진서』

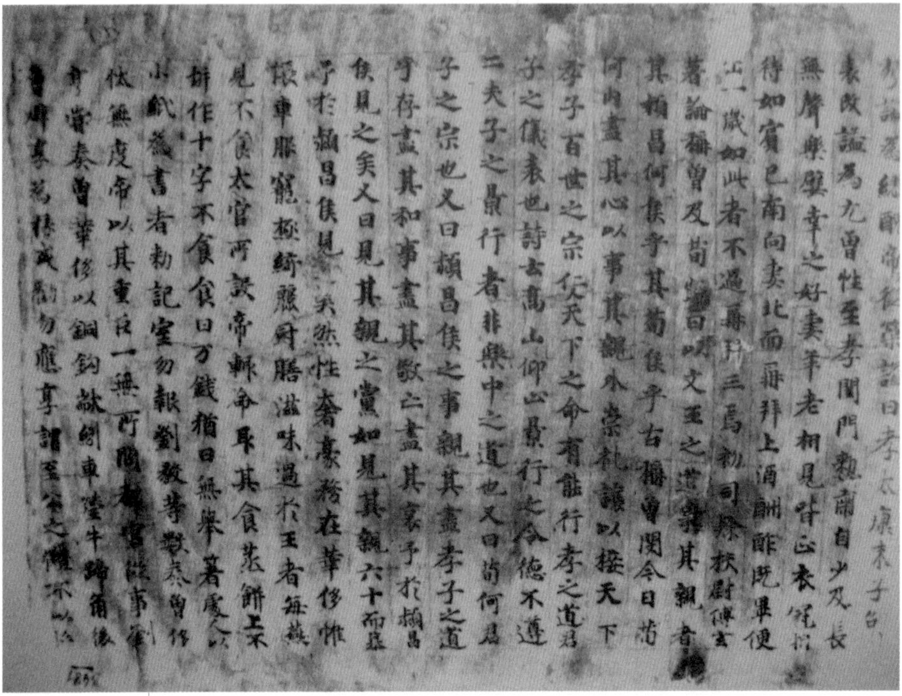

그림 126
P.3481
『진서』「하증전」

와 다른 부분이 있다. 또 당 태종의 이름을 피휘하지 않은 것에서 볼 때 당 태종 이전에 초사된 것으로 보인다. 그러므로 이는 당 태종이 편찬한 현재의 통행본 『진서』도 아니다. 연구자들은 이 『진서』 사본이 남조 제나라의 은자 장영속臧榮緖이 쓴 『진서』일 것으로 보고 있다. P.3813 『진서』「재기載記」와 S.1393 『진서』 잔본은 당대 관방 『진서』의 축약본이다. 이들 돈황 『진서』 사본은 문물과 교감 모두에서 중요한 가치를 갖는다.

편년체 사서는 시간(연월일시) 순서에 따라 역사 사건을 기록한 저작이다. 이 기준에 따르면 앞서 소개한 『춘추』와

『좌전』,『곡량전』은 당연히 편년체 사서에 들어간다. 그러나 이들 사서는 이미 유가 경전의 반열에 올라 사부서에서 경부로 들어가지 사부로 들어가지 않는다. 사부에 속하는 돈황사본 편년체 사서로는『진기晉紀』,『진양추晉陽秋』,『춘추후어春秋後語』,『곤외춘추閫外春秋』 등이 있다.

『진기』는 동진 간보干寶가 쓴 편년체 진사이다. 이 사서는 간략함과 함께 "직설적이면서도 완곡한" 것으로 유명하다. 당대 초까지 유행했던 앞서 언급한 18가 진사 저작 중 하나이다. 이 책은 당 이전에 실전되어 청대 학자들이 집본輯本을 만들었다. 돈황유서 P.5550『진기』는 잔편 하나만 남아 있는데 아마『진기총론晉紀總論』의 일부일 것이다. 돈황본『진기』는 중만당中晚唐 때 초사되었다. 이는 당대에 관방『진서』가 반포된 후에도『진기』가 민간에서 여전히 전파되고 있었음을 보여 준다.

『진양추』는 동진 사학가 손성孫盛이 지은 편년체 진사이다. 손성은 사덕史德을 매우 중시하며 실사구시에 맞게 역사를 써야 한다고 주장했다. 그는 당시의 권력자인 환온桓溫이 전쟁에서 패한 사실을 있는 그대로『진양추』에 써 넣었다. 대노한 환온은 고쳐 쓰지 않으면 멸족시켜 버리겠다고 위협하지만 손성은 끝까지 고치지 않는다. 있는 그대로를 직접 쓴 데다 진대 사람이 진대의 일을 쓴 터라 그의 저작은 다른 기록들보다 더욱 상세했다. 그러나 이 책도 당 이후 사라지고 만다. 돈황유서 P.2585『진양추』잔본(그림 127)은 진 원제元帝 태흥太興 2년 2월부터 6월까지의 기록으로 육조 때 사본이다. 그밖에 투르판 문서에도『진양추』사본이 한 건 있다. 이 두 건의 사본은 진사와『진서』의 연구에 중요한 자료를 제공해 준다.

『춘추후어』는 진대 공연孔衍의 저작이다. 이 책은『전국책』과『사기』를 주요 제재로 하여 전국 시대 진, 조, 한, 위, 초, 제, 연 7국의 사건을 진이 멸망할 때까지 기록하고 있다. 나라를 기준으로 권을 나눈 이 책은 각국 군주의 세계世系에 따라 시간 순서로 사건을 기록한다. 따라서 국별 편년사에 속한다. 이 책은 남북조, 당송 때 매우 유행했으나 남송 이후 전하지 않게 되었다. 그러나 돈황유서에는 십여 건의 『춘추후어』 사본이 남아 있다. P.5034 뒷면, P.5523 뒷면, P.5010, P.2702, 나진옥 소장본 『춘추후어』 「신어秦語 상·중」, 국가도서관 BD14665(新865호), S.713 『춘추후어』 「진어 하」(러시아 소장 Дx.2663 등 여러 건이 이 사본과 연결된다), P.3616 『춘추후어』 「조어趙語 상」, P.2872 뒷면 『춘추후어』 「조어 하」, P.2859 『춘추후어』 「위어魏語」, P.2569 『춘추후어』(그림 128) 「조어제 오」, 「한어韓語제육」, 「위어제칠」, 「초어楚語제팔」, 「제어齊語제구」의 축약본이 그 것이다. 이상의 사본은 대부분 잔본이며 전체를 합해도 책의 원래 모습을 복원할 순 없다. 그러나 담겨 있는 내용은 청대 집본의 몇 배에 이르므로 이에 근거하여 10권의 순서를 배열해서 책의 대강을 볼 수 있다. 그밖에 S.1439는 『춘추후어』 권7부터 권10까지의 주석이다. 돈황 고티베트어 사권 중에는 『춘추후어』의 티베트어 역본이 한 건 있다(P.t.1291). 그리고 투르판 문서 중에도 『춘추후어』의 흔적이 남은 사본이 있다. 이는 당오대 시기에 이 책이 서북 지역에서 상당히 유행했음을 보여 준다.

당대 이전李筌이 지은 『곤외춘추』는 주 무왕부터 이세민이 두건덕竇建德을 사로잡을 때까지 명군과 양장良將의 용병 득실을 시간순으로 기록한 편년체 전쟁사이다. 이 책은 당대 후기와 오대 때 매우 유행했으나 송대 이후에 전하지 않게 되었다. 기록에 따르면 『곤외춘추』는 전체 10권이며, 돈황유서 P.2668 사본에 『곤외춘추』 권1과 권2가, P.2501에 권4와 권5가 남아 있다(그림 129). 이 두

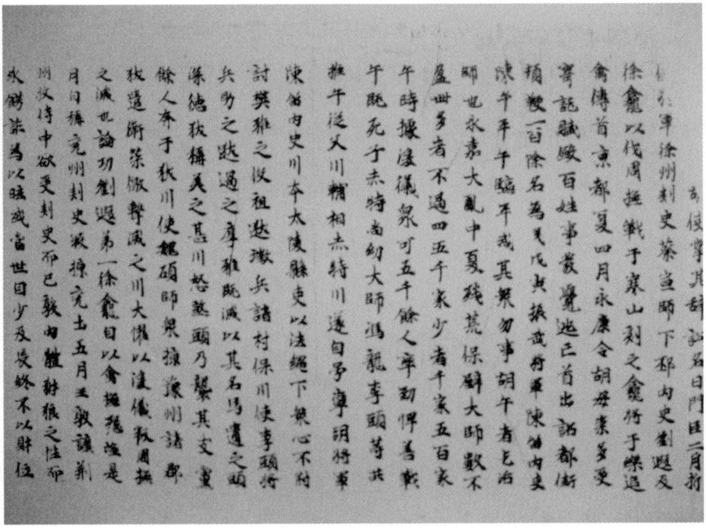

그림 127
P.2586『진양추』 잔본

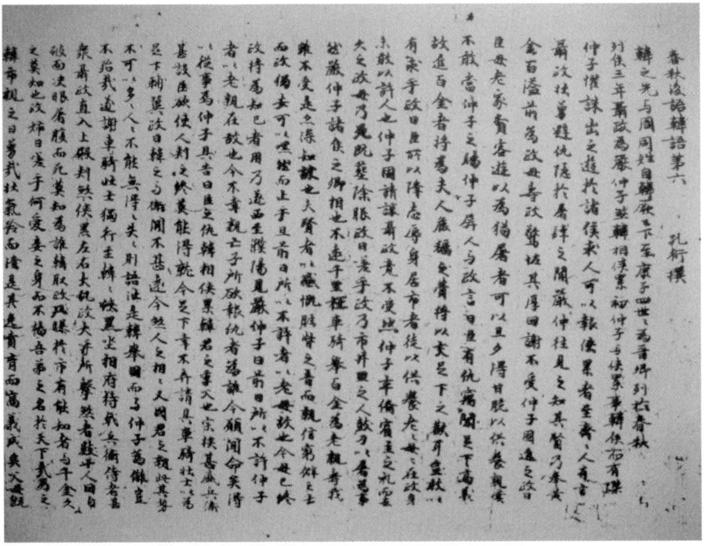

그림 128
P.2569『춘추후어』

건의 내용을 합하면 전체의 절반 정도가 되어 매우 중요한 자료 가치와 연구 가치를 지닌다.

그밖에 돈황유서 중에는 기록에는 없는 유사 편년사 문서가 몇 가지 보인다. 예컨대 시간순으로 한진의 대사를 기록한 것(S.2552), 시간순으로 당대의 대사를 기록한 것(S.2506 등), 시간순으로 과주와 사주 두 지역의 대사를 기록한 것(S.5693, P.3721) 등이다. 잡사는 한 사건의 경위, 한 시기의 긴문, 혹은 한 가정의 사적인 일을 기록한 사서이다. 돈황유서에 남아 있는 잡사류 저작으로는 『제왕약론帝王略論』과 『천지개벽이래제왕기天地開闢已來帝王記』가 있다. 『제왕약론』 5권은 고금 제왕들의 정치를 논한 저작으로 태호太昊부터 시작해서 수대까지 이어진다. 저자는 당대 우세남虞世南이다. 우세남은 당 태종의 참모이다. 그가 『제왕약론』을 저술한 목적은 역대 흥망의 도를 살펴봄으로써 당의 통치자에게 천하를 다스리는 지혜를 제공하기 위해서였다. 이 책은 전해지는 통행본은 없고 일본 금택문고金澤文庫에 권1, 2, 4의 잔결된 초본만 남아 있으며 당대 마총馬總의 『통력通歷』에도 일부 내용이 전한다. 돈황사본 『제왕약론』(P.2636. 그림 130) 역시 잔본이긴 하지만 서문, 권1, 2의 일부가 남아 있어 일본 금택문고의 잔본과 대조할 수 있는 중요한 교감가치를 지닌다.

『천지개벽이래제왕기』는 고대 서목에는 없기 때문에 이미 사라진 고대의 잡사로 보아야 할 것이다. 이 책은 문답체 형식으로 고대 전설 중의 천지개벽, 해가 길어지고 달이 차는 현상, 삼황오제의 사적 등을 기록하고 있어 역사 지식을 소개하는 아동용 교재로 보인다. 예컨대 이런 식이다. "'오제는 누구인가?'라고 물으니, '헌원이 첫 번째, 전욱이 두 번째, 제곡이 세 번째, 요가 네 번째, 순이 다섯 번째로, 이들이 곧 오제이다'라고 답한다(問曰: 五帝是誰? 答曰: 軒

轅一, 顓頊二, 帝嚳三, 堯四, 舜五, 爲五帝也)." 관련 연구에 따르면, 이 책의 저자는 동진십육국 때 사람인 종현宗顯이다. 돈황유서 중에는 4건의 『천지개벽이래제왕기』가 남아 있다(P.4016, P.2652, S.5785, S.5505. 그림 131). 모두 당오대 시기에 초사된 것으로, 이는 민간에서 이 책이 광범위하게 유행했음을 보여준다.

소위 '잡전雜傳'은 정사 속 인물 전기에 상대되는 개념으로 돈황유서에 남아 있는 전기는 P.2568 『남양장연수별전南陽張延綏別傳』과 S.1889 『돈황범씨가전敦煌氾氏家傳』 등이 있다. 장연수는 귀의군 절도사 장회심張淮深의 아들이다. 별전에 묘사된 그는 "박학다식하고 시와 예를 특히 좋아하며" "말

타기와 활쏘기를 게을리 하지 않아" 무예에도 뛰어난 인물이다. 『돈황범씨가전』은 돈황 대족인 범 씨 중에서 여러 명인들의 사적을 기술하고 있다. 이 두 가지 전기는 모두 돈황 지방사의 연구에 있어 중요한 자료가 된다.

돈황유서 중에는 인물의 유형을 분류하여 편찬한 전기도 있다. 예를 들어 『효자전』(S389 뒷면, P.3680 뒷면, P.3536 뒷면 등)은 곽거郭巨, 순자舜子, 문양文讓, 상생向生 등의 효행을 기록하였다. S.5776『효우전孝友傳』은 왕상王祥, 왕수王修, 왕포王襃, 오맹吳孟의 효행과 백이숙제가 나라를 양보한 일 등을 기록하였는데 각 전마다 모두 출전을 밝히고 있다. 노초盧楚, 장계순張季珣의 충정과 절개를 기록한 S.6271은 『충신전』으로 보면 될 것이다. P.5544는 동선董宣, 주목朱穆, 공손앙公孫鞅, 이사李斯 등이 사람을 죽이고 혹형을 가하는 잔인한 사건들에 대해 기록하고 있으므로 『혹리전』으로 봐야 할 것이다. 이들 전기 중 적지 않은 사람들이 통행본 사적에 실려 있다. 그러나 이런 사적들과 비교했을 때 줄거리나 문장에 차이가 있는 점은 이들 잡전의 원래 출전이 따로 있었음을 말해준다.

예를 들어 『효자전』에서 곽거는 흉년에 양식이 부족하여 노모와 자식을 함께 돌보지 못하게 되자 아내와 상의하여 노모에게 양식이 돌아가도록 아들을 생매장하려고 한다. 부부가 구덩이를 파서 아들을 묻으려 할 때 그들의 효행에 감동한 하늘이 땅에서 황금 한 솥이 나오게 한다. 작자는 이야기 끝부분에 칠언시 한 수를 넣는다. "곽거는 효도할 마음만 가졌는데, 때는 흉년이라 고통만 더하였네. 자식 때문에 어머니 먹을 것이 없어지자, 생매장하려다 하늘이 감동하여 황금을 주셨네(郭巨專行孝養心, 時年飢儉苦來侵. 每被孩兒奪母食, 生埋天感賜黃金)." 중국 고대에는 효행을 널리 알리기 위해 여러 종류의 『효자전』을 지었다. 그러나 돈황사본 『효자전』은 표현이 간략하고 구어화된 특징을 보이며 칠언시까지 들어가 있다. 이는 통행본『효자전』과 다른 점이다. 돈황사본『효자전』의 곽거 등에 대한 효행 고사는 황당하고 근거 없는 측면이 있긴 하지만 당시 민중들에게는 상당한 교육 효과가 있었다. 이처럼 사적의 기록을 개작한 돈황 민간의 전기는 아이들의 교재로도 쓰이고 입에서 입으로 전해져 교화의 역할도 했을 것이다.

자부子部

돈황유서에 남아 있는 자부 전적은 종류가 매우 다양하다. 불교, 도교, 천문, 역법, 의술 등은 관련 부분에서 이미 소개를 했고, 그밖에 유가, 병가, 잡가, 소설가, 오행, 유서類書 등도 여러 종류가 남아 있다.

여기서 말하는 유가는 '경經' 이외의 당대 유가 저작을 가리킨다. 돈황유서 중에 남아 있는 전적으로는『공자가어孔子家語』가 있다.『공자가어』는 공자의 제자가 편찬한 것으로 알려져 있는데 원래 책은 이미 전하지 않는다. 삼국 시대 대유학자 왕숙王肅은 진과 한의 서적들에 실린 공자의 행적들에『논어』,『좌전』,『국어』,『순자』,『소대례』,『대대례』,『예기』,『설원說苑』 등에서 혼인, 장례, 교체郊禘, 묘조廟祧 등의 제도와 관련된 기록을 더해 새롭게『공자가어』를 편찬하였다. 왕숙이 새로 편찬한『공자가어』는 유학자들 사이에서 논쟁이 끊이지 않았다. 그러나 공자와 제자들의 문답과 행적들을 상세히 기록하고 공자의 인격과 형상을 생동적으로 묘사하여 지금까지 천여 년 동안 계속 유행해 왔다. 이 책은 유가학파(주로 유가의 창시자인 공자)의 철학 사상, 정치 사상, 윤리 사상, 교육 사상에 대한 연구에서 중요한 이론적 가치가 있다. 동시에 이 책은 고서 속의 관련 기록을 상당 부분 포함하고 있어 상고시대 기록에 대한 고증, 선진 전적의 교감에 있어서도 중요한 문헌적 가치를 지닌다. 돈황사본『공자가어』(S.1891) 역시 왕숙의 편찬본에 속한다. 육조 때 초사된 이 자료를 통행본과 대조함으로써 많은 오류들을 교정할 수 있다.

잡가로는『유자신론劉子新論』과『치도집治道集』등이 있다. 당시 사람들에 따르면 소위 잡가는 유가와 묵가의 도를 겸하여 여러 학파의 의미에 통하도록 하고 왕자王者의 교화를 체현한 것이다.『유자신론』은 북제 유주劉晝의 저작으로 알려져 있으며 혹자는『문심조룡文心雕龍』의 저자 유협劉勰이 지은 것이라고도 한다. 이 책은 유가의 도를 중심으로 자부의 여러 학설을 채용한 것이다. 돈황유서에 남아 있는『유가신론』은 총 7건이다(P.3562, P.2546, P.3704, P.3636, S.12042, 국가도서관 新688, 나진옥 소장본). 이들 사본은 모두 육조와 당대의 것으로 통행본의 오류를 바로잡을 수 있는 교감의 가치를 지닌다.

『치도집』은 수나라 때 이문박李文博이 지은 책으로 제자와 선현의 통치와 관련된 핵심 주장을 담고 있으며 총 100편이다. 송대 이후 실전되었다. 돈황유서 P.3722는 이 책의 권제3, 제4를 포함하고 있는 당 태종 때 사본이다. S.1440에는 권제33부터 36까지 남아 있으며 역시 당대 사본이다. 이 두 가지 돈황사본은『치도집』의 이해를 위한 중요한 자료이다.

소설가로는『수신기搜神記』,『환원기還寃記』,『주진행기周秦行記』,『계안록啓顔錄』등이 있다.『수신기』는 고대 지괴소설집으로 동진 간보가 편찬하였다. 그러나 원서는 송대에 이미 사라지고 현재 통행본은 명대의 편찬본이다(1979년 중화서국에서 왕소영汪紹楹이 명대 본에 교주를 더한 간보『수신기』를 출판하였고 2007년에는 중화서국이 이검국李劍國의『신집新集수신기』를 출판하였다). 돈황유서 중에는『수신기』및『수신기』와 관련된 사본이 몇 건 있다. 그중 일본 나카무라 후세츠中村不折 소장

그림 132
S.525 『수신기』

『수신기』 제목의 사본은 "句道興撰"으로 되어 있다(『돈황변
문집』에 수록된 『수신기』가 바로 이 자료를 저본으로 하였다). 이 사
본은 수미가 온전하지만 기록된 사람의 배열순서가 S.525
『수신기』(그림 132)와 다르며 사건을 기록한 문자에서도 상
당히 큰 차이가 있다. 제목은 같지만 내용은 완전히 일치하
지 않는 점에서 볼 때 두 사본은 서로 다른 계열의 판본으
로 판단해야 할 것이다. S.525 『수신기』는 머리 부분에 원래
제목이 있으나 끝부분은 잔결되어 있어 마지막 유연劉淵, 단
자경段子京 등의 고사는 미완인 채로 남아 있다.

그밖에 S.6022에도 『수신기』가 일부 남아 있다. 이 사본
은 수미가 온전치 못하며 위쪽이 잔결되어 있다. 처음에 단
자경 등의 사건을 서술하고 있는데 S.525 사본의 내용과는

서로 이어지지 않으며 중간에 빠진 부분이 있다. P.2656 사본은 과거에는 『수신기』로 간주되었으며 장숭張嵩, 초화焦華 등의 사적을 포함하고 있다. 그러나 장숭의 사적 끝 부분에 "事出搜神記"라는 기록이 있어 이 사본이 『수신기』가 아님을 알 수 있다. 『수신기』라는 제목의 사본으로는 P.5545도 있다. 여기에는 손원곡孫元穀, 곽거郭巨, 정란丁蘭, 동영董永, 정수鄭袖, 공숭孔嵩, 초장왕楚莊王, 공자와 노인, 제국인齊國人과 노국인魯國人 등의 조목이 있다. 일부는 나카무라 후세츠 소장본에 없는 내용이라 이것이 『수신기』인지 아닌지는 좀 더 연구가 필요하다. 『수신기』는 귀신의 이야기가 대부분이므로 역사가 아닌 소설로 봐야 한다. 예를 들어 두백杜伯이 귀병鬼兵을 이끌고 주 선왕宣王을 죽이는 고사에서는 선왕이 참언을 믿고 죄 없는 두백을 죽였다고 말한다. 두백은 죽기 전에 선왕에게 말한다. "나는 죄도 없이 죽으니 3년 후 반드시 너를 죽일 것이다. 물론 너에게는 어떤 예고도 하지 않을 것이다." 대노한 선왕은 "만승의 군주인 내가 억울하게 서너 명 죽인다 한들 무슨 죄가 되겠느냐!"라고 말하고는 그 자리에서 두백을 죽인다. 3년 후 선왕이 사냥을 나가 성의 남문 밖에 이르자 갑자기 두백이 귀병을 이끌고 나타나 붉은 모자에 붉은 옷을 걸치고 잔뜩 활을 당겨 선왕을 겨눈다. 막다른 길에 이른 선왕은 아픈 가슴을 잡고 궁으로 돌아와 사흘 만에 죽고 만다. 이상의 고사는 비록 역사적 사실에 부합하진 않지만 매우 생동적인 내용으로 교훈적 의미를 담고 있다.

『환원기』는 북제 안지추顔之推가 지은 지괴소설집이다. 이전 시대와 당대의 신괴한 고사로 인과응보설을 선전하고 있다. 현존 『환원기』는 전파 과정에서 적지 않은 오류가 발생하였다. 돈황사본 『환원기』(P.3126. 그림 133)는 이 책의 일부분만 담고 있지만 중요한 교감 가치를 지닌다.

『주진행기』는 당 우승유牛僧孺가 지은 작품으로 전기소설집으로 분류된다. 총 60행의 돈황사본 『주진행기』(P.3741. 그림 134)는 전체 책의 2/3가량이다. 현존 통행본과의 대조를 통해 전파 과정에서 생긴 문제들을 교정할 수 있다.

『계안록』(S.610. 그림 135)은 이미 실전된 고대 소화집이다. 당대에 완성되어 오대에서 송대에 이르까지는 수나라 후백侯白의 이름으로 전해졌다. 이 책은 송대 이후 사라졌으나 다행히 돈황사본에서 그 일부 내용을 확인할 수 있다. 그중 많은 소화들이 지금까지도 큰 웃음을 자아낸다. 식탐 강한 승려 이야기를 보자. 한 노승이 갑자기 꿀떡이 먹고 싶어서 사원 밖에서 떡 여남은 개를 만들고 꿀도 한 병 사서 자기 방에서 꿀떡을 먹었다. 배부르게 먹은 그는 남은 떡은 발우에 넣어두고 꿀단지는 침상 아래 두었다. 그가 제자에게 당부했다. "떡을 잘 보고 있거라. 하나라도 없어지면 안 돼. 침상 아래 병에 든 것은 아주 센 독약이다. 먹으면 즉사할 거야." 말을 마친 노승은 출타를 나갔다. 노승이 밖으로 나가자 제자는 떡을 병 안에 있던 꿀에 발라 먹고 두 개만 남겨 두었다. 외출을 다녀온 노승이 보니 떡은 두 개만 남고 꿀은 아예 다 먹고 없었다. 노승이 불같이 화를 냈다. "누구 맘대로 내 떡과 꿀을 먹어치웠느냐?" 제자가 답했다. "스승님께서 출타하신 후 저는 더는 참을 수 없어 향기 나는 떡을 먹었습니다. 먹고 보니 스승님께서 화를 내실까 두려워져 병 속의 '독약'을 먹고 죽어버리려 했습니다. 어찌된 일인지 지금까지 살아 있습니다." 노승이 버럭 화를 내며 말했다. "무슨 헛소리냐. 감히 내 떡과 꿀을 모조리 먹어치우다니!" 말이 끝나기 무섭게 제자는 발우에 있던 떡 두 개까지 한입에 넣어버린 후 노승에게 말했다. "이래야 다 먹어치워 버린 것이지요!" 노승은 노발대발하고 제자는 냅다 그 자리에서 달아났다.

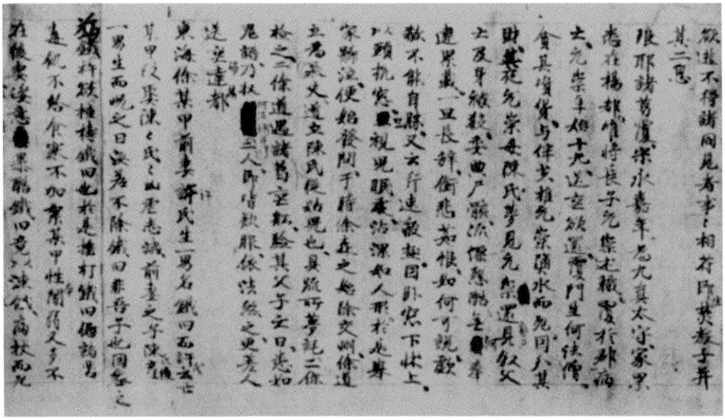

그림 133
P.3126『환원기』

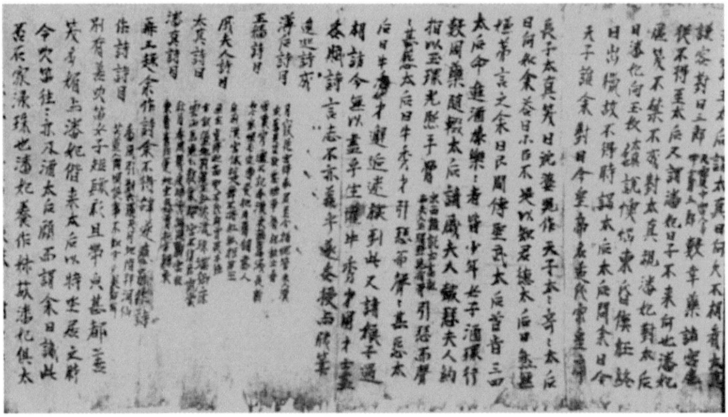

그림 134
P.3741『주진행기』

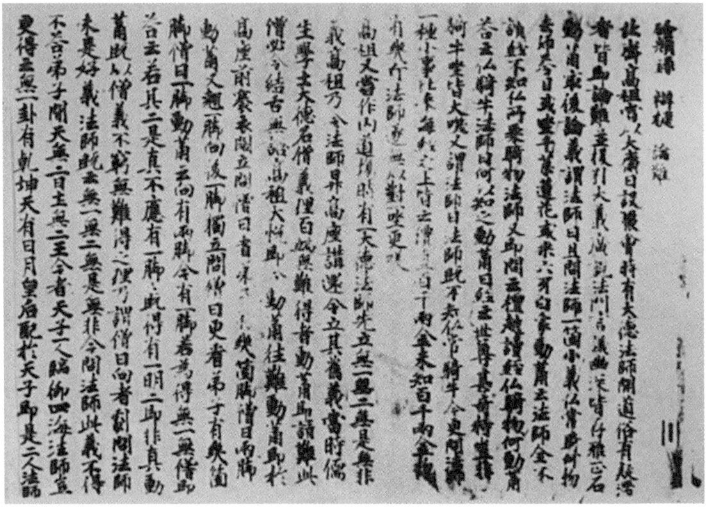

그림 135
S.610『계안록』

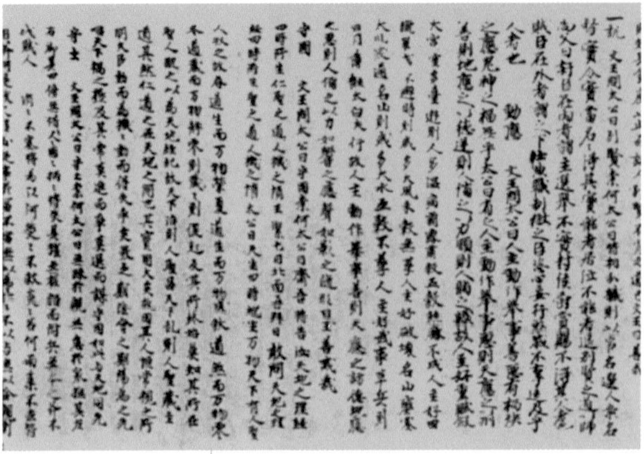

그림 136
P.3454 『육도』 잔본

병가兵家에 속하는 사본으로는 P.3454 『육도六韜』 잔본이 있다(그림 136). 『태공太公육도』, 『태공병법』으로도 불리는 『육도』는 전국 시대 사람이 주나라 강상姜尙(강태공)의 이름을 가탁하여 지은 책으로 저자는 알 수 없다. 『육도』는 선진 군사 사상의 집대성으로 후대의 군사 사상에 큰 영향을 미쳐 병가의 시조로 불린다. 북송 신종神宗 원풍元豊 연간에는 『육도』를 새롭게 정리하여 '무경칠서武經七書' 중 하나에 포함시켰다. 이 책은 지금까지 전해지고 있으며 원본은 송대 이후 사라졌다. 『육도』는 16세기에 일본으로 전해지고 18세기에는 유럽에까지 전해졌으며 일본어, 프랑스어, 베트남어, 영어, 러시아어 등 여러 언어로 번역되어 있다. 경학자들의 연구에 따르면 돈황사본 『육도』는 북송 대에 정리된 원본이다. 비록 온전하지는 않지만 200행이나 남아 있어 현재 전하는 『육도』의 오류를 바로잡을 수 있다. 그리고 더욱 중요한 가치는 바로 돈황사본이 『육도』의 원래 모습을 보존하고 있다는 것이다.

돈황유서 중에는 점복 관련 전적도 다수 남아 있다. 점복은 중국 고대사회 각 계층에서 광범위하게 유행했던 사회 현상이다. 비록 과학적 근거는 부족하지만 당시 사회에 중요한 영향을 미쳐 역사학자들의 관심을 받아 왔다. 당오대 때는 점복 서적이 꽤 유행했으나 여러 이유들로 인해 대부분 전해지지 못했다. 돈황유서에는 300여 건에 이르는 당오대 점복 문서들이 남아 있어 해당 시기 점복의 역사와 사회생활에 대한 연구에 중요한 자료를 제공해 준다.

돈황유서에 남아 있는 점복 문서로는 주로 복법卜法, 점후占候, 상서相書, 몽서夢書, 택경宅經, 장서葬書, 시일의기時日宜忌, 녹명祿命, 사항점事項占 등이 있다.

복법은 무작위 계산으로 얻은 숫자를 통해 길흉을 정하는 점술이다. 대부분의 계산은 괘卦를 통한다. 돈황유서 중의 복법 전적으로는 역점易占, 오조복법五兆卜法, 영기복법靈棋卜法, 이노군주역십이전복법李老君周易十二錢卜法, 공자마두복법孔子馬頭卜法, 주공복법周公卜法(관공명복법管公明卜法), 십이시복법十二時卜法, 잡복법雜卜法이 있다.

역점은『주역』의 64괘를 이용하여 점을 친다. 역점류 문서로는『역삼비易三備』(S.6015, S.5349, P.4924, P.5031)와 기타 역점 진적(S.4963 등)을 포함하여 총 13건이 있다. 돈황사본『역삼비』는 모두 잔본으로서 집의 길흉을 점치는 법(역중비제이易中備第二)과 장례 날짜와 저승의 일을 점치는(역하비易下備) 두 부분으로 구성된다.『역삼비』는『수서』,『구당서』,『신당서』,『송사』에 모두 기록이 있다. 이는 원대 이전까지 유행하다가 원대 이후 사라졌음을 말해 준다. 따라서 돈황본『역삼비』는 비록 완전한 내용은 아니지만 자료 가치는 충분하다.

'오조복법'은 산가지 같은 도구로 금, 목, 수, 화, 토의 오행(조兆)에 근거하여 길흉을 점치는 복법이다. 돈황유서 중에 남아 있는 오조복법 문서는 P.2905 등 총 19건이다. 이러한 복법 전적은 당대 이후 모두 사라졌기 때문에 돈황본 '오조복법' 문서는 당오대 점복법에 대한 연구에 있어 매우 귀한 자료가 된다.

'영기복법'은 12개의 바둑알로 점을 치는 것이다. 바둑알 12개를 상·중·하 각각 4개씩 나눈다. 점을 칠 때 이 바둑알 12개를 던져서 무작위로 나온 상·중·하 순서에 근거하여 괘상卦象을 만들어낸다. 각 괘상마다 고정된 복사가 있으므로 점치는 사람이 그때그때 나온 괘상에 따라 길흉을 예측한다. 이 복법에는 총 124괘가 있다. 돈황유서 중에는 S.557, S.9766, P.3782, P.4048, P.4984 등의 '영기복법' 사본이 남아 있다. 그 내용은 현재 전해지는 『영기경』의 괘사 문자와 크게 다르지는 않지만 그래도 현재 통용되는 판본의 오류들을 바로잡을 만하다.

'이노군주역십이전복법'은 당송 문헌에는 관련 기록이 없다. 이 복법은 12개의 동전을 가지고 앞면을 '문文'으로, 뒷면을 '만曼'으로 삼아 던진다. 그래서 앞면(문)이 위로 향한 것이 몇 개인지, 뒷면(만)이 위로 향한 것이 몇 개인지를 보고 이를 다시 괘상과 맞춰 복사에 따라 길흉을 해석한다. 예를 들어 "십일문리 일만감十一文離一曼坎" 괘상의 복사는 이렇다. "수화水火의 괘이다. 상극이라 몸을 상하고 화와 해가 차례로 이른다. 구하고자 하는 바를 얻지 못하니 병자는 운명이 다하고 재앙이 부뚜막에 있어 급히 구하고자 해도 어긋나기만 한다. 여기에 묶인 자는 벗어나기 어려워 도망도 칠 수 없다. 나가는 자는 흉하고 오는 사람은 길 위에 있게 되며 집에는 오래 머물 수가 없다. 5월과 11월을 피하고 자오子午의 사람을 피해야 한다." 돈황문헌 중에 남아 있는 '십이전복법' 문서는 S.813(그림 137), S.1468, S.3724, S.3724 뒷면, S.5686, S.11415, Дх.9941+Дх.9981로 총 7건이다. 각 사본의 괘상과 괘명은 중복되긴 하지만 그 점사는 서로 다르다. 이러한 복법이 당시에 매우 유행했고 종류도 서로 달랐음을 알 수 있다.

'공자마두복법'은 9개의 서로 다른 숫자가 새겨진 산가지로 점을 친다. 점치

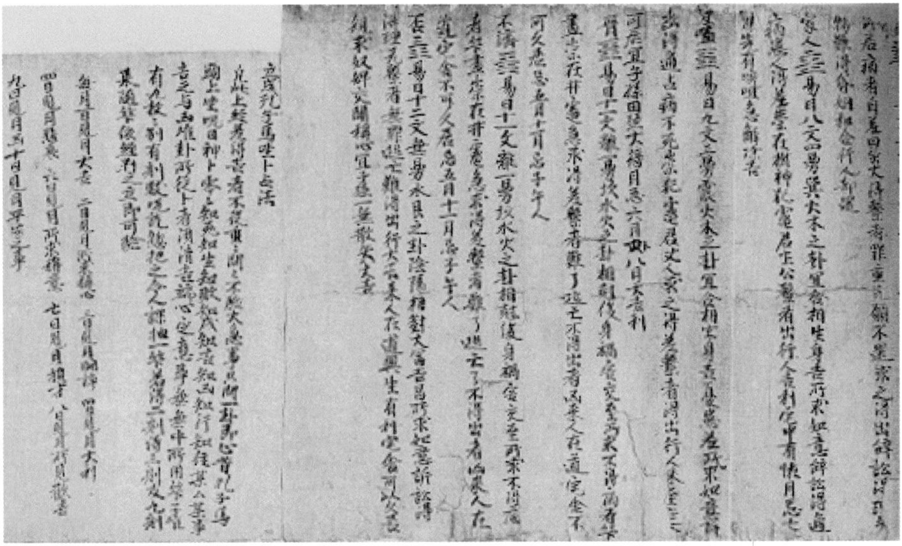

그림 137
S.813 '십이전복법'

는 사람이 산가지를 잡고 점을 보러 온 사람에게 하나를 뽑도록 한다. 점치는 사람은 그 숫자를 보고 길흉을 판단한다. 이러한 복법은 당송 시대 도서 목록에 보이지 않는다. 그러나 『수서隋書』 「예술藝術」 「임효공전臨孝恭傳」에 임효공이 『공자마두역복서일권孔子馬頭易卜書一卷』을 지었다는 기록이 있다. 서명이 이 사본과 매우 흡사하다. 어쩌면 임효공이 바로 이 복법을 만든 사람일 수도 있다. 돈황문헌 중에 남아 있는 '공자마두복법'은 S.1339, S.2578, S.9502, S.11419, S.13002 뒷면, S.813의 6건이다. 이러한 복법이 당시에 매우 유행했음을 알 수 있다.

'주공복법'은 '관공명복법'이라고도 한다. 34개의 산가지를 삼분하여 각각 4로 나눈 뒤 남은 수를 상·중·하 3층으로 나누어 괘상을 만든다. 그런 다음 괘 아래의 복사에 따라 길흉을 점친다. 총 16괘가 있다. 이 복법은 당송 문헌에는 기록이 없으나 돈황유서 중에는 5건의 '주공복법'이 있다. P.3398, P.3868, P.4778, Дx.2375 뒷면, 散678호가 그것이다. 이 사본들은 주공복법의 이해를 위한 중요한 자료이다.

'점십이시복법'은 '주공공자점법周公孔子占法'이라고도 한다. 12월을 순서로 하여 자, 축, 인, 묘 등의 12시 아래에 각각 '일', '이', '삼'을 넣고, 그런 다음 복사의 내용에 근거하여 일, 이, 삼의 길흉에 따라 결과를 예측한다. 이 복법도 당송 시기 문헌에는 보이지 않는다. 돈황유서 중에는 S.5614 등 4건의 '점십이시복법'이 남아 있다.

'점후'는 당대 관부에서 사용을 허가한 점복법 중 하나로서 주로 일월성신日月星辰의 변화와 풍운기색風雲氣色의 차이에 따라 길흉을 예측한다. 돈황유서 중에 남아 있는 '점후'류 문헌에는 『현상점玄象占』, 『서진점西秦占』, 『오주점五州占』, 『태사잡점太史雜占』(P.3288, S.2729 뒷면, P.2610, P.2632 등), 『을사점乙巳占』(P.2536 뒷면, S.2669 뒷면), 『점운기서占雲氣書』(P.3794, S.3326, 돈황박물관 76호 뒷면. 그림 138)가 있다.

상서는 사람의 얼굴과 기타 신체 부위의 특징을 보고 길흉을 예측하는 것이다. 사서의 기록에 따르면 이러한 점복서의 유래는 오래전으로 거슬러 올라가며 정치와도 밀접한 관계가 있다. 돈황유서 중에는 12건의 상서가 남아 있다. 허부許負의 『상서』가 주 내용인 것으로는 Ch.87, xvi 5V(IOL. C117), P.3589 뒷면, S.5969, P.2572, P.2797등 5건이 있고, S.3395와 S.9987B1 뒷면 역시 허부 『상서』의 계통에 속한다. 허부 『상서』의 서문에 근거하면 허부는 한대 사람이다. 그러나 허부의 『상서』에서 언급한 인물 중에는 삼국 시대와 동진 때 사람도 있

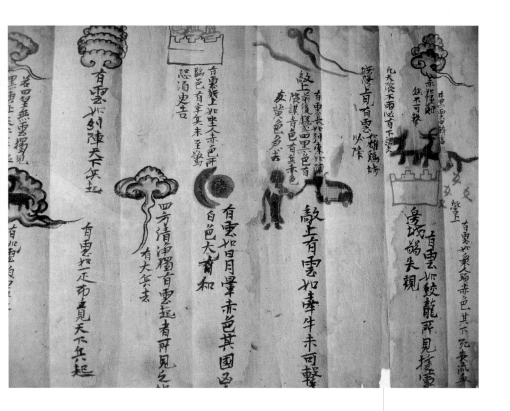

다. 허부의 『상서』가 한대 허부의 저작이 아니라는 의미이
다. 허부 『상서』의 계통 외에 〈염자도黶子圖〉(〈흑자도黑子圖〉.
Ch.209, S.5976, P.2829 뒷면, P.3492 등)와 〈면색도面色圖〉(P.3390)도
있는데, 이는 신체의 검은 점과 얼굴의 기색을 보고 길흉을
판단하는 것이다. 돈황사본 상서의 특징은 문자와 그림이
함께 있다는 것이다. 당시에 그림으로 관상을 보는 방법이
유행했음을 알 수 있다. 예컨대 P.3390 〈면색도〉(그림 139)는
그림이 위주이고 복사는 도상 사이에 적혀 있다. 당송 전적
과 현재 통행본 상술相術 저작 중에는 돈황 상서의 명칭과

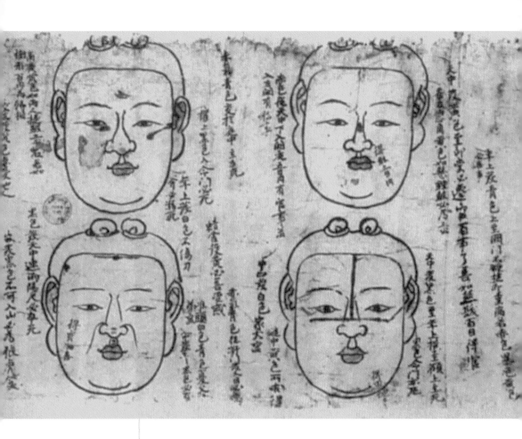

그림 139
P.3390 〈면색도〉

같은 상서가 발견되지 않았다. 따라서 돈황 상서는 당송 시기 상술의 역사와 당시 사회풍속을 이해하는 데 있어 대체할 수 없는 가치를 지닌다.

몽서는 해몽서라고도 한다. 해몽하는 사람이 꿈의 길흉을 점칠 때 근거하는 문자 기록이다. 몽서에서는 각종 꿈들이 내포하는 함의를 해석함으로써 인사의 길흉을 판단하게 된다. 고대의 점몽술은 비록 과학적 근거는 부족하지만 오랜 세월에 걸쳐 유행하여 고대인의 생활에 중요한 영향을 미쳤다. 뿐만 아니라 점몽의 기록과 몽서에는 민속학과 심리학 관련 내용도 많기 때문에 역사학자들에게 중요한 연구 자료가 된다. 돈황유서 중에는 총 17건의 몽서가 남아 있다. 여기에는 『신집新集주공해몽서』(P.3908, P.5900, Дx.10787), 『주공해몽서』(P.3281 뒷면, P.3685 뒷면, S.2222), 『해몽서』 두 종(S.2222 뒷면, P.2829, Дx.1327, Дx.2824, P.3105), 『점몽서』 두 종(S.620, P.3990, P.3571 뒷면)도 포함된다. 이들 몽서는 이미 전하지 않는다. 온전한 몽서는 일반적으로 서언과 전언이 있어서 편찬의 목적과 경과를 설명하고 꿈의 본질과 점몽의 신학적 근거를 설명하기도 한다. 몽서의 본문 부분은 다양한 몽상夢象의 점사占辭이다. 예를 들어 S.620 『점몽서』(그림 140) '화편火篇'에는 다음과 같은 몽상과 점사가 있다. "꿈에서 불을 이고 있으면 부귀한 것이다. 꿈에서 숲 안의 불이 보이면 기쁜 일이 있는 것이다. 꿈에서 불을 안고 밤에 다니면 몸에 반드시 영화가 있는 것이다. 꿈에서 불이 문을 태우면 화재가 반드시 닥친다. 꿈에서 불을 가져다 처자식에게 주면 구설이 많은 것이다."

그림 140
S.620 『점몽서』

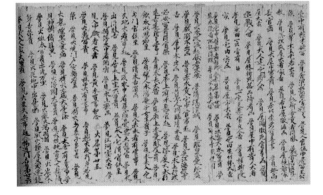

몽서는 대부분 천, 지, 인의 순서에 따라 각종 몽상의 점사를 배

열한다. 천상류天象類는 보통 하늘, 일월, 성신, 풍우, 천둥번개 등의 몽상을 포괄하고, 지물류地物類는 산천, 수화水火, 금수, 초목, 육축六畜, 오곡 등의 몽상을 포괄하며, 인사류人事類는 의식衣食, 주행住行, 혼인과 장례, 장수와 요절, 과거 급제, 재물 등의 몽상을 포함한다. 앞에서 인용한 몽상과 점사가 바로 지물류 화편의 내용이다. 몽서의 점사는 꿈에서 무엇을 보면 길하고 무엇을 보면 흉한지, 혹은 꿈에서 무엇을 보면 장래에 어떤 일이 발생할 지를 알려 준다. 몽상에 대해 점을 치는 방식은 세 가지로 나뉜다. 첫 번째는 몽상을 그대로 해석하는 것이다. 몽상을 그것이 예고하는 인사로 직접 해석하는 것이다. 이때 몽상과 인사는 동일한 관계로 표현된다. 예컨대 몽서 중에 "꿈에 도장을 맞추는(配印) 장면이 보이면 관직에 이르는 것이다"라는 기록이 있는데, '배인配印'은 고대에 관직을 수여하는 일종의 의식이었다. 이 점복은 꿈에서 도장을 맞추는 자는 장차 관인官印을 맞추게 될 것임을 의미한다. 또 "꿈에서 병자가 땅에 떨어지면 반드시 죽는다"라는 점사도 있다. "병자가 땅에 떨어진다"는 것은 고대에 사망을 가리켰다. '死' 자의 사용을 꺼려서 '落地'라고 말한 것이다. 그러므로 "꿈에서 병자가 땅에 떨어지면 반드시 죽는다"는 것은 "꿈에서 병자가 죽으면 반드시 죽는다"라는 의미인 것이다. 두 번째 점을 치는 방식은 전석轉釋이다. 몽상을 일정한 형식으로 바꾼 다음 그 바뀐 몽상에 근거하여 다시 인사를 점치는 것이다. 혹은 몽상을 그것이 상징하는 물건으로 전환하기도 한다. 예컨대 '해'는 일반적으로 군주의 상징이고, '달'은 왕비 혹은 신료의 상징이다. 그러므로 꿈에서 해와 달을 보는 것은 대길大吉, 대부大富, 대귀大貴의 상징이다. P.3281『주공해몽서』에 이런 내용이 나온다. "꿈에서 해와 달이 사람을 비추면 부귀한 것이다. 꿈에서 해와 달에 절하면 부귀한 것이다. 꿈에서 해와 달을 입으면 부귀하고 길한 것이다." 혹은 몽상을 그것과 이어진 어떤 물건으로 바꾸기도 한다. 예를 들어 P.3809『신집주공해몽서』에는 "꿈에 교량이 부러지는 것이 보였는데 이는 크게 흉하다는 것이다. 꿈에서 집의 기둥이 끊어지면 집이 망하는 것이다. 꿈에서 활시위가 끊어지면 일이 성사되지 않는 것이다. 꿈에서 수목이 죽으면 큰 상을 치르게 된다". 이는 몽상 속의 어떤 사물을 사람으로 전환하여 유추하는 것이다. 이상의 몽상들은 집안이 망하고 사람이 죽고 일이 성사되지 않을까 걱정하는 사람의 심리상태를 묘사하고 있다.

혹은 몽상 속에서 같은 음을 먼저 취하고 다시 그 음에 근거하여 해몽을 하고 인사를 판단하기도 한다. 예를 들어 S.2222『주공해몽서』에는 "꿈에 아내가 칼(刀子)을 가져오면 아들이 생긴다"는 해석이 있다. 여기서 '刀子'는 '到子'와 음이 같고 '到子'를 뒤집으면 '子到'가 된다. 그래서 꿈에서 아내가 칼을 가져오면 아들을 임신하는 것으로 해석된다. 또 S.620『점몽서』에는 "꿈에서 야채(菜)를 보면 재물을 얻는다"는 해석도 있다. '菜'와 '財'의 음이 서로 가까워 꿈에서 야채를 보면 재물을 얻는다고 해석되는 것이다. 또 P.3105『몽서』에는 "꿈에서 관을 보면 관직을 얻어 길하다"라는 내용이 있다. '棺'과 '官'의 음이 같기 때문에 꿈에서 관을 보면 관직을 얻는다고 해석한 것이다. 고대에는 같거나 비슷한 음을 가져다 쓰는 해음諧音의 풍속이 유행하여 지금까지도 영향을 미치고 있다. 예를 들어 북방에서는 지금도 밖에 나갔다가 장례 행렬의 관(棺材)을 보면 상서로운 징조라고 여긴다. '棺'과 '官'이 해음될 뿐 아니라 '材'와 '財'도 해음이 되기 때문이다.

세 번째 해몽의 방법은 반대로 말하는 것이다. 몽상을 뒤집어서 거꾸로 꿈의 의미나 인사를 해석하는 것이다. 예컨대 P.3908『신집주공해몽서』에는 "꿈에서 노래를 부르면 근심이 큰 것이다. 꿈에서 춤을 추면 놀라고 두려운 것이다"라는 기록이 있다. 노래하고 춤을 추는 건 본래 길한 행동이나 이 점사에서는 불길한 것으로 해석하고 있다. 또 보통 사람들은 흉한 몽상으로 여기는 것을 길하게 해석하는 점사도 있다. S.620『점몽서』에는 이런 점사가 있다. "꿈에서 칼에 베여 피가 나면 크게 길한 것이다. 꿈에서 칼에 베이는 상처를 입으면 크게 길하여 재물을 얻는다." 사실 꿈은 매우 복잡하기 때문에 몽서라고 해서 사람들의 꿈을 모두 해석할 순 없다. 게다가 꿈을 해석하는 방식이 달라서 같은 꿈이라도 서로 다른 심지어 완전히 반대인 점사가 있을 수도 있다. 그래서 수준 높은 꿈 해석자는 항상 꿈을 꾼 사람의 구체적 상황을 함께 고려한 상황에서 꿈을 해석하여 사람들의 인정을 받는다.

택경은 주택의 풍수와 관련된 전적으로 집을 지을 때 방위, 방향, 착공일을 택하는 방법을 알려준다. 다른 점복 문헌과는 다르게 택경은 지질, 지형, 지모地貌 등의 요소를 고려하기 때문에 기본적인 과학적 정보들이 포함되어 있다. 건축학, 미학, 생태학 측면에서 어느 정도 과학성이 보이는 것이다. 물론 여기서 과학적 요소는 미신의 요소와 혼재되어 있다. 돈황유서에 남아 있는 택경류 문헌은 '오성택경五姓宅經'과 기타 택경을 포함하여 총 21건이다. 소위 '오성'은 고대의 궁, 상, 각, 치, 우 오음에 따라 다섯 종류로 나눈 것이고, '오성택경'은 음양오행, 상생상극의 이론에 근거하여 오성의 사람들이 각자 택해야 할 지모, 방위, 방향 등을 추산하는 것이다. 돈황유서 중의 '오성택경'으로는 P.2615, P.2632 뒷면, P.2692 뒷면, P.3492, P.3507, P.4667 등이 있다. S.6169 등의 기타 택경은 대부분 잔권이다. 이들 택경 사본은 송대 이후 대부분 사라졌다. 특히 '오성택경'은 당대에 매우 유행하다가 송대 이후에는 더 이상 유행하지 않았기 때문에 당대의 상택술相宅術 관련 연구에 중요한 자료가 된다.

장서葬書는 묘지의 방위, 방향, 흙 파는 시기를 택하는 방법에 관한 책이다. 『음양서陰陽書』「장사葬事」(P.2534), 『장서』(S.12456, P.2250 뒷면, P.2831 등), 『장록葬錄』(S.2263), 『사마두타지맥결司馬頭陀地脈訣』(S.5645) 등이 여기에 해당한다. 이들 장서 사본은 당오대 시기 민간의 묘지 선택 방법과 풍속의 이해에 있어 중요한 자료가 된다.

시일의기時日宜忌는 점복의 방법으로 시일의 길흉을 택하여 어떤 일을 해야 하고 어떤 일은 해서는 안 되는지를 판단하는 것이다. 그래서 '선택選擇' 혹은 '택길擇吉'이라고도 한다. 돈황유서에 남아 있는 관련 문헌은 P.2661 뒷면, P.2693, P.3281, P.3594, S.612 뒷면 등 20여 건이다. 다른 점복 전적과 마찬가지로 이 점복 방법과 해설 역시 과학적 근거는 부족하다. 그러나 당시 민중들이 이를 신봉했고 그만큼 민중들의 생활에도 큰 영향을 주었기 때문에 연구 가치는 상당히 크다.

녹명祿命류 점복 문서는 사람의 부귀빈천, 수명, 질병, 액운 등을 추산하는 점술이다. 그래서 '추녹명술推祿命術', '산명술算命術', '추명술推命術' 등으로도 불린다. 돈황유서 중에는 녹명 관련 문서가 '녹명술류 녹명문서'(P.2675 뒷면 등), '녹명술류 문서'(P.2482 뒷면 등)를 포함하여 30여 건이 남아 있다. 녹명류 점복 문헌은 당송 때 유행했다가 송대 이후 대부분 사라진다. 그러므로 돈황유서에 남아 있는 문서는 자료적 가치와 연구 가치 모두에서 매우 중요하다.

사항점事項占은 여러 가지 방법으로 특정 사항에 대해 점을 치는 것으로 질병점, 혼인점, 사망점, 실종점 등이 여기에 포함된다. 이들 중에는 독립된 문서도 있고 다른 점복 문서와 함께 초사된 것도 있다. 질병을 점치는 문서로는

P.2905, P.3288 뒷면 등이 있다. 어느 해, 어느 달, 어느 때 병을 얻을 것인지를 점친다. 혼인을 점치는 문서로는 P.2905, P.3288 등이 있다. 어느 달, 어느 때 에 그리고 어떤 상황에서 결혼을 해서는 안 되는지를 말해 준다. 사망 점 문서 (P.3028)는 어느 때 죽는 것이 산 사람에게 유리한 지 혹은 불리한 지를 점친다. 실종을 점치는 문서(P.3602 뒷면 등)는 실종된 사람이나 잃어버린 물건이 어디 로 갔는지 그리고 최종적으로는 어떻게 되는지를 점친다. 그밖에 '여자점逆刺 占'이라는 것도 있다(P.2610 등). 점을 보러 온 사람이 무슨 점을 보려 하는지 그 리고 그것의 길흉은 어떤지를 예측하는 점술이다. 또 "점이명면열심동법占耳鳴 面熱心動法"(P.2621 뒷면), "점인수양목윤이명등법占人手痒目潤耳鳴等法"(P.2661 등), "점 오명占烏鳴"(P.3479), "점음성괴占音聲怪"(P.3106) 같은 괴이한 현상에 대해 점치는 독특한 점술도 있다.

　유서類書는 고적의 원문 일부나 전체를 분야별로 나누어 참고나 인용을 할 수 있도록 편집한 참고서이다. 지금의 전문 사전이나 백과전서와 비슷하다. 유서는 한나라 때부터 편찬되기 시작하였으며, 지금까지 남아 있는 유서 중에 시대가 비교적 빠른 것으로는 당대의 『예문유취藝文類聚』와 송대의 『태평어람太 平御覽』, 『태평광기太平廣記』, 『책부원구冊府元龜』 정도뿐이다. 초기 유서는 대부분 전해지지지 않는다. 돈황문헌 중에는 상당히 많은 유서가 남아 있는데 대부분 지금은 전하지 않는 유서이다. 예컨대 서명을 가장 앞에 둔 『수문전어람修文殿 御覽』(P.2526), 『여충절초勵忠節抄』(S.1810 등)가 이에 포함된다. 소위 서명을 첫머리 에 두는 유서는 고적의 내용을 뽑아서 인용할 때 해당 부분 맨 앞에 그 고적의 이름을 적은 것을 말한다.

　『수문전어람』은 북제 때 편찬되었다. 총 360권, 50부로 나뉘어 있으며 각 부는 다시 몇 개의 '유類'로 나뉜다. 당시 전적 중에서 관련 기록을 뽑아 분류 방식에 따라 다시 편집한 것이다. 이 책은 후대의 대형 유서인『예문유취』와『태평어람』에 중요한 영향을 미쳤다. 돈황본『수문전어람』(P.2526. 그림 141)은 수미가 잘려나간 채 '鳥' 부의 鶴, 鴻, 鵠, 鴰 4류 88칙만 남아 있다. 현존하는 가장 오래된 유서이며 초사 연대는 당대 초이다. 이 사본은 비록 잔본이긴 하지만 인용한 서적이 70종에 이르며, 그중『고금주古今注』,『현중기玄中記』,『풍토기風土記』,『노자지귀老子指歸』등 14종은 이미 전하지 않는 고서라서 가치가 매우 높다. 예를 들어 '鵠' 류 중『남월지南越志』조목에는 "수곡水鵠은 크고 꼬리가 없으며, 고니처럼 울고 물 바닥에서 산다(水鵠, 大而無尾, 鳴如鵠聲, 在水底)"라는 기록이 있다.

『여충절초』는 당나라 때 왕백여王伯璵가 편찬한 책으로 고대 전적 중 충신의 절개를 권장하는 부분을 선별하여 분류해 놓았다. 전체 10권 100부이며, 충신부忠臣部, 도덕부道德部, 시덕부恃德部, 덕행부德行部, 현행부賢行部, 언행부言行部, 친현부親賢部 등으로 구성되어 있다. 이 책은『송사』「예문지」에 기록되어 있으나 원대 이후 사라졌다. 돈황유서 중에는 11건의『여충절초』(S.1810, S.1441 등. 그림 142) 사본이 남아 있으며, 이는 전체 책 중 30~40%에 해당한다. 편찬 체제는『예문유취』,『군서치요群書治要』등의 대형 유서와 흡사하다. 이 책은 당시 전적 중의 문자를 대량으로 인용하여 각 조목이 100자 이상으로 길다. 인용한 책 중에『현유자玄遊子』,『혁론奕論』,『태공금궤太公金匱』등은 모두 전하지 않는 터라 매우 중요한 학술 가치를 지닌다. 예컨대 '간현부簡賢部'에는 이런 기록이 있다. "『현유자』에서 이렇게 말했다. 무릇 두 사람이 사귀면 그 굽음과 곧음을 알 수 있고, 두 사람이 논의를 하면 도와 덕을 알 수 있고, 두 사람이 무거운 것을 들면

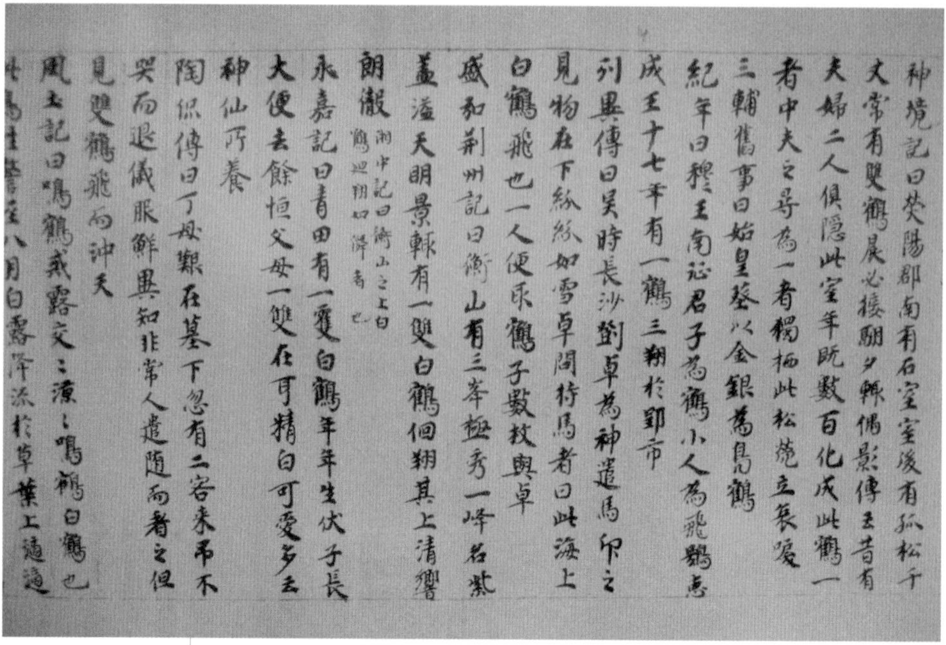

그림 141
P.2526『수문전어람』

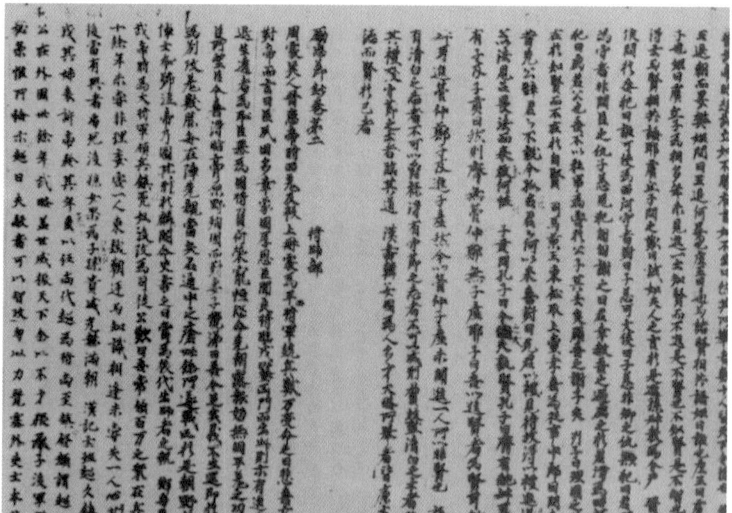

그림 142
S.1441『여충절초』

누가 힘이 있는지 알 수 있고, 두 사람이 분노하면 누가 용감하고 겁이 많은지 알 수 있고, 두 사람이 함께 걸으면 선후를 알 수 있고, 두 사람이 관직을 맡으면 누가 탐욕스럽고 청렴한지 알 수 있다. 이에 근거하여 논하면 현명함의 도를 알게 된다(玄遊子曰, 夫二人相交, 則知其曲直, 二人議論, 則知道德, 二人擧重, 則知其有力, 二人忿怒, 則知其勇怯, 二人俱行, 則只其先後, 二人理官, 則知其貪廉. 以此而論, 知賢之道)." 『현유자』는 현존 기록에 보이지 않는다. 따라서 이상의 인용문은 이 책이 과거에 존재했다는 사실뿐 아니라 일부 중요한 문장까지 전해주고 있어 의미가 크다. 『여충절초』에 인용된 현존 전적도 시대가 매우 빠르다는 점에서 중요한 교감 가치를 갖는다.

　인명을 첫머리에 놓는 돈황유서로는 『유림類林』(P.2635 등. 그림 143), 『사림事林』(P.4052), 『사삼事森』(S.5776 등), 『조옥집琱玉集』(S.2072 등)이 있다. 소위 인명을 첫머리에 놓는 유서라는 것은 고적을 인용할 때 먼저 인명을 쓰고 그 아래에 인물의 사적을 기록하여 서로 다른 특징의 사람을 기준으로 분류를 한다는 의미이다. 예컨대 『유림』「선사부善射部」에는 이광李廣의 사적이 기록되어 있다. 이에 따르면 이광은 농서隴西 성기成紀 사람으로 이릉李陵의 조상이다. 활솜씨가 좋아 한 발도 빗나가지 않았다. 서한 무제 때 운중雲中 태수가 되어 흉노를 막았다. 흉노는 그를 매우 두려워하여 '비장군飛將軍'이라 부르고 감히 서한 왕조의 변경을 침범하지 못했다. 어려서 아버지를 여읜 이광은 장성한 후 어머니께 아버지가 계신 곳을 물었다. 어머니는 호랑이가 아버지를 잡아먹었다고 답했다. 이광은 이 말을 듣고 펑펑 울며 활을 들고 밤낮으로 호랑이를 찾아 나섰다. 한번은 숲속의 큰 바위를 호랑이로 잘못 보고 활을 쏘았다. 화살이 바위를 뚫고 꽂혔다. 이광과 관련된 이상의 사적은 사서의 기록과 기본적으로 다르지

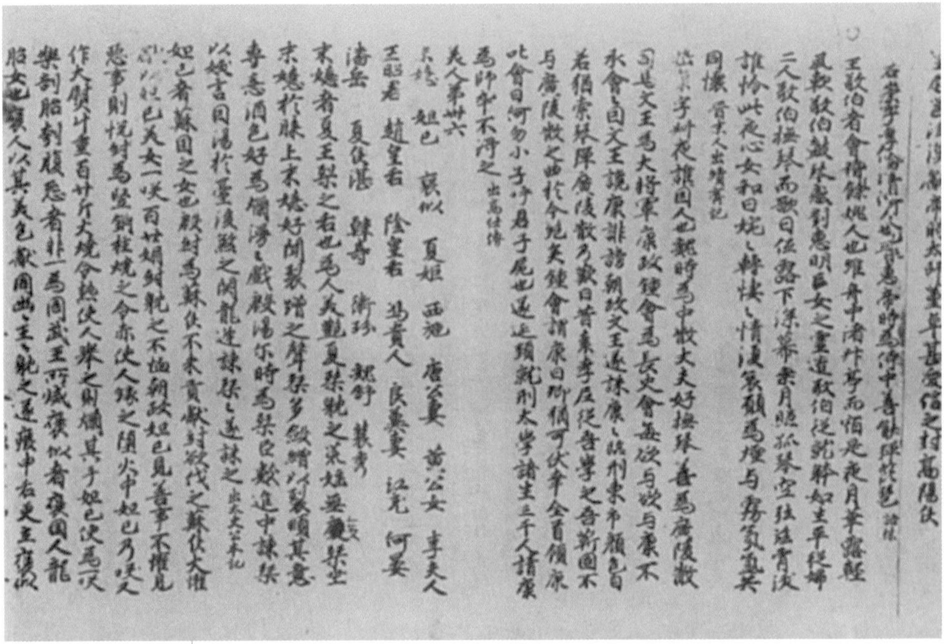

그림 143
P.2635『유림』

않다. 그러나 저자는 당시에 볼 수 있었던 전적에서 활 잘 쏘는 사람의 사적을 함께 모아 매우 의미 있는 작업을 진행했다.『유림』은 당대 우립정牛立政이 편찬한 소규모 유서이다. 원서는 총 10권으로 선사善射, 장용壯勇, 음성가무音聲歌舞, 미인, 추인醜人, 상서祥瑞, 괴이, 가요, 보은, 감응 등의 주제로 나눠 역사 인물의 사적을 기록하였다.『유림』은 대략 송대 이후 사라졌다. 돈황유서 중에는 3건의『유림』사본이 남아 있다. 이 책은 각 인물과 사적을 함께 배열하고 있는데 책에서 인용한 사마표司馬彪의『한서漢書』,『진양추晉陽秋』,『진기晉記』,『조기趙記』,『촉왕본기蜀王本記』등이 모두 전해지지 않는 터라 실전된 문헌의 수집과 교감에 있어서 중요한 가치

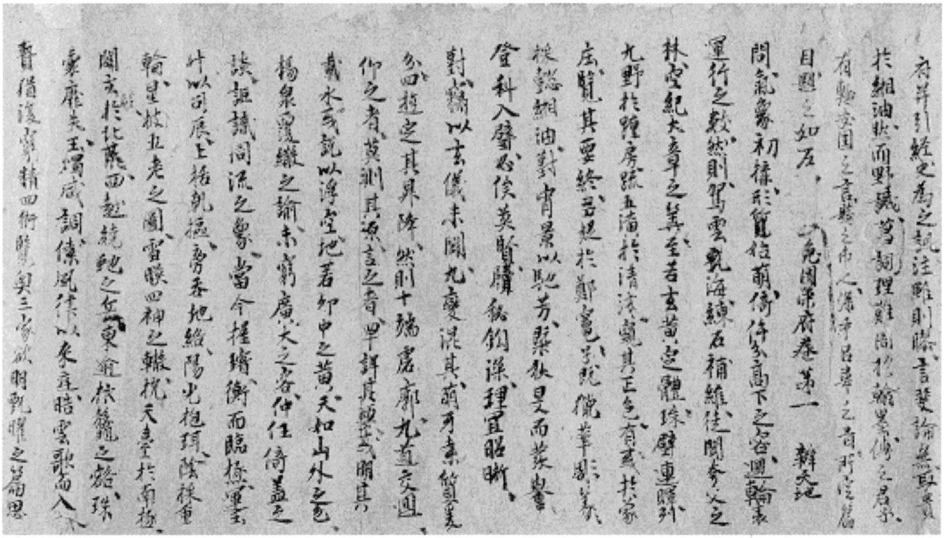

그림 144
S.1722 『토원책부』

를 지닌다.

돈황유서 중에는 문부체文賦體의 유서도 있다. 『토원책부兎園策府』가 바로 그것이다. 이 책은 당대 두사선杜嗣先이 당 태종의 아들인 장왕蔣王 이운李惲의 명을 받고 지은 것으로 당 고종 때 편찬되었다. 과거를 준비하는 사람들을 위해 문답 형식으로 과거 시험에서 자주 출제되는 문제를 소개한 것이다. 예컨대 변천지辨天地, 정역수正曆數, 의봉선議封禪, 정동이征東夷, 균주양均州壤 등의 문제이다. 전체 책은 10권, 48문門으로 나뉘며, 고금의 사적, 전고, 문장을 모아서 대구로 분류·편집하였다. 주석은 산문으로 써서 경사經史의 문장을 널리 인용하여 본문을 해석했다. 『토원책부』는 문장이 전아하고 유서의 편찬 체제로 보면 전에 없던 독창적 측면이 보인다. 그래서 송대 오숙吳淑이 편찬한 『사류부事類賦』의 선구라 할 만하다. 이 책은 송대 이후 실전되었다. 돈황유서 중에는 총 4건의 『토원책부』 사본이 남아 있다. 사본 번호는 P.2573, S.1722(그림 144), S.1086, S.614이다. 그중 S.2573과 S.1722를 이어붙이면 서명, 작자, 서문, 그리고 제1권 전체와 제2권 첫머리가 구성된다. S.614는 제1권과 서문의 대부분이 들어가 있으며 첫머리 2~3행만 빠져 있다. 따라서 S.614는 이어붙인 후의 P.2573+S.1722 사본과 대조하여 교감할 수 있다. S.1086은 수미는 잘려나가고 제1권 제2편 「정역수」의 일부, 제3편 전체, 제4편 「동정이」의 일부만 남아 있다. 이 사본은 남아 있는 내용은 많지 않지만 본문에 저자의 소주小注가 쌍행으로 들어가 있다. 당시 유행한 『토원책부』에 주석본과 백문본白文本 두 가지 판본이 있었다는 의미이다.

돈황유서 중에는 『주옥초珠玉抄』라는 작은 유서도 있다. 『익지문益智文』, 『수신보隨身寶』, 『잡초雜抄』로도 불리는 이 책은 문답 형식으로 역사 지리, 천문 역법, 윤리 도덕, 전장 제도, 절기의 기원, 사물의 기원, 사물명의 전고, 처세의 준칙 등 다방면의 기본 지식을 소개한다. 여기에는 일월성신日月星辰, 사시팔절四時八節, 삼황오제三皇五帝, 삼천팔수三川八水, 오악사독五嶽四瀆, 구주구경九州九經, 삼사삼재三史三才, 오곡오과五穀五果, 오성오행五姓五行, 부인사덕삼종婦人四德三從 등이 포함된다. 예컨대 이 책의 '삼황오제를 논함(論三皇五帝)'에서는 이렇게 말한다. "삼황이란 무엇인가? 복희伏羲, 신농神農, 황제黃帝이다", "오제란 무엇인가? 전욱顓頊, 제곡帝嚳, 헌원제軒轅帝, 요제堯帝, 순제舜帝이다." "오덕五德이란 무엇인가? 인, 의, 예, 지, 신이다. (…중략…) 오악五嶽이란 무엇인가? 동악 태산泰山, 서악 화산華山, 남악 형산衡山, 북악 항산恒山, 중악 숭산嵩山이다. (…중략…) 구주九州란 무엇인가? 기주冀州, 옹주雍州, 예주豫州, 형주衡州, 양주揚州, 양주梁州, 서주徐州, 연주兗

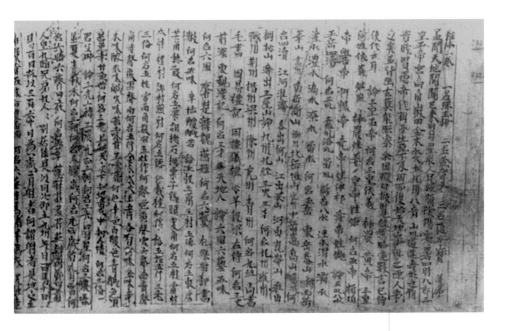

그림 145
P.2721 『주옥초』

州, 청주青州이다. (…중략…) 오미五味란 무엇인가? 맵고(辛),
달고(甛), 시고(酸), 짜고(鹹), 쓴(苦) 것이다." 모두 상식적인
지식이라 이를 알지 못하면 사람들과 교류할 때 비웃음을
샀을 것이다. 내용도 중요하고 한 글자 한 글자가 마치 구
슬처럼 간결하기 때문에 『주옥초』라고 불렸을 것이다. 『주
옥초』의 완성 시기에 대해 연구자들은 당 개원과 천보 연
간으로 판단한다. 정초鄭樵의 『통지通志』 「이십략二十略」 「예문
략藝文略」 저록에 장구령張九齡이 지은 『주옥초』 한 권이 있
는데 원대 이후에 실전된 것으로 보인다. 혹자는 돈황사본
『주옥초』의 저자가 장구령이라고 했으나 돈황본에 저자의
이름은 보이지 않는다. 돈황유서 중에 남아 있는 『주옥초』

사본은 P.2721(그림 145) 등 11건으로 상당히 많다. 이 책이 아이들의 교재로 돈황에서 널리 유행했음을 알 수 있다.

그밖에 사전 형식의 유서도 있다. 예컨대 '어대語對'(P.2524 등), 이약립李若立의 『영금籲金』(P.2537)이 이에 해당한다. 『근독서초勤讀書抄』(P.2607), 『응기초應機抄』(『S.1380), 『신집문사교림新集文詞敎林』(P.2612), 『신집문사구경초新集文詞九經抄』(P.2557 등)는 서명이 앞에 오는 유서이다. 그리고 『이교잡영李嶠雜詠』(S.555 등), 『고현집古賢集』(S.2049 뒷면 등)은 시체詩體의 유서에 해당한다. 돈황의 유서는 사라진 자료를 모으고 교감하는 데 있어 중요한 가치가 있을 뿐 아니라 고대 교육, 풍속, 사회 관념의 변화를 연구하는 데 있어서도 귀중한 자료가 된다.

집부集部

돈황유서에 남아 있는 집부 문헌은 수량에서 경, 사, 자부보다는 상대적으로 적지만 역시 중요한 가치를 지닌다. 당 이전의 집부 문헌으로는 『문선文選』과 『옥대신영玉臺新詠』이 있다. 『문선』은 현존하는 중국 최초의 문학작품 총집이다. 남조 양梁나라 소명태자昭明太子 소통이 문인들을 모아 편집한 책이므로 『소명문선』이라고도 한다. 이 책에는 동주東周부터 남조 양대까지의 우수한 문학작품들이 수록되어 있어 후대에 큰 영향을 미치며 유행했다. 돈황유서 중에는 20여 건의 『문선』 초본이 남아 있다(P.2493, P.2525, P.2527, P.3480 등). 초사 시기는 모두 수당 대로 현존 최고最古의 『문선』 초본들이다. 이 자료들 중에는 원대 이후 사라진, 소명이 원래 편찬한 무주無注본 30권본 『문선』 잔권도 있고(P.3480 등), 지금까지 전해오는 이선李善 주석본 『문선』(60권. P.2528)도 있으며, 이선 주석본 이전의 이름 없는 주석본 『문선』(Φ.242)과 지금은 전하지 않는 『문선음文

選音』(P.2833, S.821)도 있다. 이들 사본은 당연히 판본, 집일, 교감의 가치가 충분하여『문선』학에 새로운 연구 자료를 더해 주고 있다.

『옥대신영』은『시경』,『초사』를 이은 시가 총집으로 남조 서릉徐陵이 양대 이전의 시가 870수를 모은 것이다. 돈황본『옥대신영』(P.2503. 그림 146)은 당대에 초사되었고 62행밖에 남아 있지 않지만 현존 판본의 많은 착오를 교감할 수 있는 좋은 자료이다. 예컨대 반악潘岳의 시「내고內顧」중 "不見陵間柏"이 지금 판본에는 "不見陵澗柏"으로 잘못 쓰여 있다. 또 석숭石崇의「왕명군사王明郡辭」중 "遂入匈奴城"이 지금 판본에는 "乃造匈奴城"으로, "殺身良不易"이 지금 판본에는 "殺身良未易"으로, "甘與秋草幷"이 지금 판본에는 "甘爲秋草幷"으로 잘못 쓰여 있다.

돈황사본 당인唐人 문집으로는『왕적집王績集』(P.2819),『고진자앙집故陳子昻集』(P.3590, S.5971)과 유업劉鄴의『감당집甘棠集』(P.4093)이 있다.「동고자집東皐子集」으로도 불리는『왕적집』은 초당 때 여재呂才가 편찬하였다. 원래는 5권이나 지금 전하는 것은 3권본『왕적집』이다. 돈황사본『왕적집』은 비록 완질본은 아니지만 여재가 원래 편찬했던 5권본의 일부라 판본 가치가 매우 크다. 진자앙은 어려서 가학을 이어받고 나중에는 문장으로 이름을 날려 '해내문종海內文宗'이라 불렸다.『고진자앙집』은 그의 친구인 노장용盧藏用이 편찬한 책으로 총 10권이다. 현재 전해지는『진자앙집』의 최초 판본은 명 홍치弘治 4년(1491) 양징楊澄의 교정본이다. 돈황사본『고진자앙집』은 최초의 노장용 편찬 원본이다. 비록 잔본이긴 하지만 현재 판본에서 빠진 글자와 잘못 교정하거나 쓸데없이 들어간 문자 등을 교정할 수 있다.『감당집』은 만당 때 재상 유업이 지었다. 이 책은 유업의 시문집이 아니라 표, 장, 서, 계 등의 공문을 모은 것이다. 이 관사官私 문장은 비록 문학성은 부족하지만 여러 만당 인물과 사적에 대한 자료라 가치가 크다.

安仁哀永逝
綴思其人室　相所歴悰
私懷誰能延
盧思其入室
芳未友散逝
徐林為雙飛
陳本最陌依
有時衰往盛猶可
政之意中月昭我堂

悼亡二首

摧荊春冬謝　寒暑忽流易
之子歸窮泉　重壤永幽隔
私懷誰能延
淹留亦何益　僶俛恭朝命
廻心反初役
望廬思其人　入室想所歴
幃屏無髣髴　翰墨有餘跡
流芳未及歇　遺桂猶在壁
悵恍如或存　迴惶忡驚惕
如彼翰林鳥　雙棲一朝隻
如彼遊川魚　比目中路析
春風緣隙來　晨霤承簷滴
寢息何時忘　沈憂日盈積
庶幾有時衰　莊缶猶可擊

潘岳詩四首

內顧二首

靜居懷所歡　登城望四澤
芳林振朱榮　綠水激素石
初冰峨何偉
歸鴻日三千里若
遠行客恥懷朱顔村
逝盈足夜慇
淸晨朝露繁寄懷終日夕山川信悠永顔昔
良弗獲訓許歸雲沈思不可稗
獨悲安所慕人生苦朝露邂寄能城容慇相平素
爾情既來追我心亦遑顧形
斷隔不達精髣交中路
不見山上松隆冬不易故不見陵閒相歳寒守一度
無謂希見跡在遠　分弥固

안타깝게도 이 책은 송대에 사라졌다. 돈황사본 『감당집』
(P.4093. 그림 147)은 책자본으로 표와 장이 88통 남아 있다.
책의 대부분이 남아 있는 데다 한 권밖에 없기 때문에 중요
한 판본과 자료로서 매우 큰 가치가 있다.

　돈황사본 중 당대 인물의 시집으로는 『왕범지시집王梵志詩
集』, 『고적시집高適詩集』, 『주영집珠英集』, 『요지신영집瑤池新泳集』
등이 있다. 왕범지는 수당 대에 걸친 백화 시인이다. 그의 오
언시는 당송 이래 승려와 대중들에게 큰 환영을 받았으나
명대 이후 전해지지 않았다. 돈황유서 중에는 30여 건의 『왕

그림 146
P.2503 『옥대신영』

범지시집』 초본(S.778 등. 그림 148)에 300
여 수의 오언 백화시가 남아 있다.

왕범지 시는 내용이 광범위하고 여
러 사상이 들어가 있으며 언어는 통속
적이다. 예를 들어 첫머리 제1수는 다
음과 같다. "멀찍이서 세상 사람들 보
니, 한 마을에서 편안히 지내고 있네.
어느 집에 초상이 나면, 모든 마을이 서
로 울어준다네. 입 벌려 타인의 시신에
곡해주지만, 이내 몸도 곧 갈 것임은 알
지 못한다네(遙看世間人, 村坊安社邑. 一家
有死生, 合村相就泣. 張口哭他尸, 不知身去急)." 마을에서 이웃이

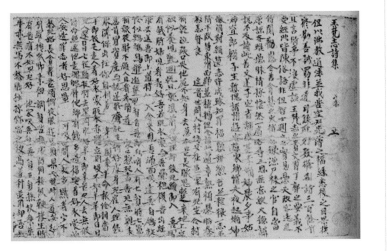

죽으면 온 마을 사람들이 가서 애도해 주지만, 남에게 곡해 줄 때 자신에게도 이런 날이 오리라는 건 생각지 못한다는 내용이다. 사람들의 일상을 묘사한 시도 있다. "내가 부자였을 때, 아내는 나를 참 잘 대해 주었네. 내가 옷을 벗으면, 두루마리며 저고리며 개주었지. 내가 장사를 나갈 때면, 길까지 나를 배웅해 주었네. 돈을 가지고 돌아오면, 웃음 가득한 얼굴로 나를 보았지. 흰비둘기처럼 내 주위를 빙빙 도는 것이, 마치 앵무새와 같았다네. 허나 가난한 때를 잠시 만나면, 어찌 그리 사납게 나를 대하는지(吾富有錢時, 婦兒看我好. 吾若脫衣裳, 與吾疊袍襖. 吾出經求去, 送吾即上道. 將錢入舍來, 見吾滿面笑. 繞吾白鴿旋, 恰似鸚鵡鳥. 邂逅暫時貧, 看吾即貌哨)." 돈황사본 『왕범지시집』은 판본에 있어서 중요한 가치를 지닐 뿐 아니라 고대문학사 연구에 새로운 자료를 더해 주었다는 점에서도 큰 의미가 있다.

고적은 당대의 주요 시인이자 작가로 문집과 시집 등 상당히 많은 저술을 남겼다. 돈황유서 중에는 『고적시집』(P.3862)에 36개 제목으로 50여 수의 시가 남아 있고, 그밖에 P.2567, P.2552, P.3619 '당인시집唐人詩集'에도 고적시가 일부 남아 있다. 『고적시집』은 지금까지 전하는 통행본이 있으나 돈황본 중 8개 제목의 8수는 통행본에 보이지 않는 시들이다. 예컨대 P.3619(그림 149)에는 이미 사라진 고적의 시「구곡사九曲詞」가 보인다.

한 무더기 바람이 한 무더기 모래를 싣고 오니,
사람이 가는 곳에 인가는 보이지 않네.
그늘진 산은 여름에 들어도 잔설이 남아 있고,
시냇가 나무는 봄을 지나도 꽃이 보이지 않네.

그림 149
P.3619 『당인선당시』

一隊風來一隊砂, 有人行處沒人家.

陰山入夏仍殘雪, 溪樹經春不見花.

통행본에 보이는 돈황본 고적시는 현존 최초의 당인 초사본이기 때문에 여기에 남아 있는 시구 역시 당대에 편찬한 고적시의 원래 모습에 가장 가까울 것이다. 따라서 통행본이 전해지는 과정에서 도출된 오류들을 이 자료를 통해 교감할 수 있다.

『주영집』의 전체 제목은 『주영학사집』이다. 무후武后 때 최융崔融이 편찬한 당인 시집이나 송원 대에 이미 사라졌다.

돈황사본 『주영집』은 S.2717 뒷면과 P.3771 뒷면 두 건이다. 모두 잔본이긴 하지만 새롭게 발견된 유일본으로 두 건 모두 55수의 시를 수록하고 있다. 그중 『전당시』에 수록되지 않은 시가 30수이며, 『전당시』에 보이는 다른 시들도 중요한 교감 가치를 지닌다.

『요지신영집』은 『요지신영』이라고도 한다. 당대 채성풍蔡省風이 편집한 책으로 문헌상에 보이는 유일한 당대 여류 시인 시가 선집이다. 이 책 또한 진작 사라지고 없었다. 돈황사본 Дх.6722 뒷면, Дх.6654, Дх.3681, Дх.3872+Дх.3874, Дх.11050 등은 모두 『요지신영집』의 일부로 여류 시인 네 명의 시 23수가 수록되어 있다. 이는 전체 23인 115수의 1/5에 해당한다. 돈황사본 『요지신영집』의 발견은 송대 이전 여류 시인 선집이 실전된 공백을 채워주고 있으며, 당대 여류 시인 집단의 창작에 대한 이해에 중요한 자료를 제공해 준다. 예컨대 「춘규원春閨怨」이라는 시는 원정 나간 남편을 그리워하는 아내의 애끓는 심정이 잘 표현되어 있다.

　　백 척의 우물 난간 위,

　　복숭아나무 몇 그루는 이미 붉어졌어요.

　　생각해보면 당신은 요해 북쪽에 있고,

　　저는 송가의 동쪽에 버려졌군요.

　　해가 저물도록 슬픈 마음만 더하고,

　　밝은 달이 기울도록 당신이 그립습니다.

　　봄날 밤 비단옷이 따뜻하리니,

　　부디 서남풍이 되어주길 바란답니다.

百尺井欄上, 數株桃已紅.

念君遼海北, 抛妾宋家東.

悃悵白日暮, 相思明月空.

羅衣春夜暖, 願作西南風.

이 시 자체는 『전당시』 등의 통행본 시집에도 수록되어 있다. 그러나 뒤의 네 구절은 빠져 있다.

돈황사본 가사집에는 『운요집雲謠集』과 제목을 알 수 없는 일부 곡자사집이 있다. 가사는 곡사曲辭라고도 한다. 곡조에 따라 소리 내어 가창할 수 있는 가사를 말한다. 『운요집잡곡자雲謠集雜曲子』라고도 불리는 『운요집』은 만당 때 가사 선집이다. 이 책은 작자 미상으로 대략 9세기 후반에 편찬된 것으로 보인다. 오대 때 완성된 비슷한 형식의 작품집 『화간집花間集』과 송대에 편찬된 『존전집尊前集』보다 더 이르다. 『운요집』은 기존 저작 목록에는 보이지 않으며 돈황유서에 S.1441 뒷면(그림 150), P.2828 뒷면, P.3251 등 3개 사본이 남아 있다. 여기에는 〈풍귀운風歸雲〉, 〈천선자天仙子〉, 〈죽지자竹枝子〉, 〈동선가洞仙歌〉, 〈파진자破陣子〉, 〈완계사浣溪沙〉, 〈류청낭柳青娘〉, 〈경배악傾杯樂〉, 〈내가교內家嬌〉, 〈배신월拜新月〉, 〈포구악抛球樂〉, 〈어가자魚歌子〉, 〈희추천喜秋天〉 등 13종의 곡조명에 30여 수의 사가 수록되어 있다. 『운요집』은 현존 최초의 가사 선집으로서 사의 기원과 형식, 내용에 관한 연구에 귀한 자료가 되고 있다. 여기에 남아 있는 작품은 여인의 운명에 특히 관심을 기울여 깊은 예술적 감화력을 보여 준다. 예컨대 원정 나간 남편을 묘사한 '파진자'의 네 번째 사가 그렇다.

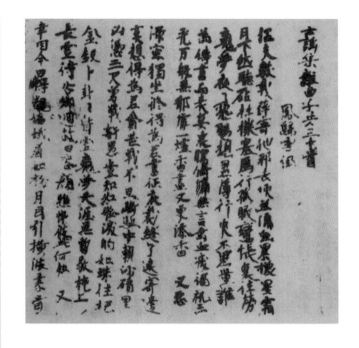

그림 150
S.1441
『운요집잡곡자』

젊은 나이에 원정 나간 남편 참으로 한스러우니, 천 리 밖으로 군대를 따라가 버렸네. 공명을 위해 천 리 밖으로 나가, 사막 변방에서 검을 잡고 활을 당기며 줄을 끊듯 사람을 버렸네. 멀리서도 규방 소식 아실까, 숨죽이고 눈물 참으며 홀로 잠드네. 봄이 가고 또 봄이 오며 뜰의 나무는 늙어가니, 왕의 군대는 어서 빨리 돌아오시어 이내 마음 하늘을 원망치 않도록 해주소서.

年少征夫堪恨, 從軍千里餘. 爲愛功名千里去, 攜劍彎弓沙磧邊, 抛人如斷弦. 迢遞可知閨閣, 呑聲忍淚孤眠. 春去春來庭樹老, 早晚王師歸卻還, 免敎心怨天.

이 사는 공명을 좇아 천 리 밖까지 종군한 젊은 남편과 눈물을 머금고 규방에서 독수공방하는 아내의 고통을 묘사하면서 왕의 군대가 싸움에서 이겨 돌아오기를 함께 기원하고 있다. 원망과 사랑과 기대가 교차하는 복잡한 심정이 감동을 자아낸다.

참고문헌

王重民, 『敦煌古籍書錄』, 北京:中華書局, 1979.

張錫厚, 『王梵志詩校輯』, 北京:中華書局, 1983.

唐耕耦·陸宏基, 『敦煌社會經濟文獻眞迹釋錄』第一輯, 北京:書目文獻出版社, 1986. 第二~五輯, 北京:全國圖書館文獻縮微複制中心, 1990

張鴻勛, 『敦煌講唱文學作品選』, 蘭州:甘肅人民出版社, 1987.

鄭炳林, 『敦煌地理文書彙輯校注』, 蘭州:甘肅教育出版社, 1989.

項楚, 『敦煌變文選注』, 成都:巴蜀書社, 1990.

王三慶, 『敦煌類書』, 高雄:臺灣高雄麗文文化事業股份有限公司, 1993.

王恒杰, 『春秋後語輯考』, 濟南:齊魯書社, 1993.

趙和平, 『敦煌寫本書儀硏究』, 臺北:臺北新文豊出版公司, 1993.

顔廷亮 主編, 『敦煌文學槪論』, 蘭州:甘肅人民出版社, 1993.

伏俊連, 『敦煌賦校注』, 蘭州:甘肅人民出版社, 1994.

胡戟·傅玫, 『敦煌史話』, 北京:中華書局, 1995.

張錫厚, 『敦煌本唐集硏究』, 臺北:臺北新文豊出版公司, 1995.

鄧文寬, 『敦煌天文曆法文獻輯校』, 南京:江蘇古籍出版社, 1996.

張錫厚, 『敦煌賦彙』, 南京:江蘇古籍出版社, 1996.

寧可·郝春文, 『敦煌社邑文書輯校』, 南京:江蘇古籍出版社, 1997.

趙和平, 『敦煌表狀箋啓書儀輯校』, 南京:江蘇古籍出版社, 1997.

唐耕耦, 『敦煌寺院會計文書硏究』, 臺北:臺北新文豊出版公司, 1997.

黃征·張涌泉, 『敦煌變文校注』, 北京:中華書局, 1997.

郝春文, 『唐後期五代宋初敦煌僧尼的社會生活』, 北京:中國社會科學出版社, 1998.

沙知, 『敦煌契約文書輯校』, 南京:江蘇古籍出版社, 1998.

周紹良·張涌泉·黃征, 『敦煌變文講經文因緣輯校』, 南京:江蘇古籍出版社, 1998.

馬繼興·王淑民·陶廣正·樊飛倫, 『敦煌醫藥文獻輯校』, 南京:江蘇古籍出版社, 1998.

李方, 『敦煌〈論語集解〉校證』, 南京:江蘇古籍出版社, 1998.

方廣錩, 『敦煌學佛敎學論叢』, 香港:中國佛敎文化出版有限公司, 1998.

施萍婷, 「敦煌遺書總目索引新編』, 北京:中華書局, 2000.

榮新江,『敦煌學十八講』, 北京：北京大學出版社, 2001.

王卡,『敦煌道教文獻研究─綜述, 目錄, 索引』, 北京：中國社會科學出版社, 2004.

鄭炳林・王晶波,『敦煌寫本相書校錄研究』, 蘭州：甘肅民族出版社, 2004.

林語殊,『中古三夷教辨證』, 北京：中華書局, 2005.

鄭炳林,『敦煌寫本解夢書校錄研究』, 蘭州：甘肅民族出版社, 2005.

張弓 主編,『敦煌典籍與唐五代歷史文化』, 北京：中國社會科學出版社, 2006.

許建平,『敦煌經籍敍錄』, 北京：中華書局, 2006.

郝春文,『中古時期社邑研究』, 臺北：臺北新文豐出版公司, 2006.

張涌泉,『敦煌經部文獻合集』全十一冊, 北京：中華書局, 2008.

王淑民,『英藏敦煌醫學文獻圖影與注疏』, 北京：人民衛生出版社, 2012.

郝春文・陳大爲,『敦煌的佛教與社會』, 蘭州：甘肅教育出版社, 2013.

黃正建,『敦煌占卜文書與唐五代占卜研究』(增訂版), 北京：中國社科出版社, 2014.

方廣錩・許培鈴,「敦煌遺書中的佛教文獻及其價值」,『西域研究』, 1996(1).

杜偉生,「敦煌遺書的裝幀與修復」,『敦煌與絲路文化講座』第一輯, 北京：北京圖書館出版社, 2003.

李致忠,「敦煌遺書中的裝幀形式與書史研究中的裝幀刑制」,『敦煌與絲路文化講座』第二輯, 北京：北京圖書館出版社, 2005.

方廣錩,「敦煌遺書三題」,『吳越佛教』第二卷, 北京：宗教文化出版社, 2007.

도판 목록